寻灯机

魅丽文化 桃夭工作室

爱丽丝之冬

上

草灯大人◎著

百花洲文艺出版社
BAIHUAZHOU LITERATURE AND ART PRESS

图书在版编目（CIP）数据

爱丽丝之冬. 上 / 草灯大人著. -- 南昌 : 百花洲文艺出版社，2021.12
ISBN 978-7-5500-4490-6

Ⅰ. ①爱… Ⅱ. ①草… Ⅲ. ①长篇小说一中国一当代 Ⅳ. ① I247.5

中国版本图书馆 CIP 数据核字 (2021) 第 229921 号

爱丽丝之冬. 上
AILISI ZHI DONG . SHANG
草灯大人 著

出 版 人	章华荣
出版统筹	曾英姿
责任编辑	蔡央扬
特约编辑	曾　枰
装帧设计	黄　梅
出版发行	百花洲文艺出版社
社　　址	南昌市红谷滩区世贸路 898 号博能中心 A 座 20 楼
邮　　编	330038
经　　销	全国新华书店
印　　刷	人民今典印务有限公司
开　　本	880mm×1230mm　1/32　印张 10
版　　次	2022 年 2 月第 1 版第 1 次印刷
字　　数	253 千字
书　　号	ISBN 978-7-5500-4490-6
定　　价	42.80 元

赣版权登字：05-2021-420

网址 http：//www.bhzwy.com

目录

第一集

初冬，大地白雪皑皑，混沌树影间，一片银装素裹。

天冷了，大街小巷的店铺也关门早，灯火瞬间熄灭，了无痕迹。

唯有家中点了暖黄色的灯，很温馨。

今天是艾黎的十三岁生日，爸爸给她买了大蛋糕，承诺陪她一整天。

艾黎已经有半个月没看见赵泽阳了，她知道，她最敬爱的父亲在陪伴他的家人，偶尔才能抽空来看望她这个被遗忘在角落里的孩子。

但是，这又有什么关系呢？

她不嫉妒，一点都不嫉妒。

在几年前的冬天，她便知道，能得到赵泽阳最好，得不到也罢了。

那个时候，她妈妈还没死于乳腺癌。母亲牵着她稚嫩的手，将她交到赵泽阳的手中，一边笑，一边泪流满面，说："泽阳，照顾好她。当初没和你说意外怀孕的事情，分手后还私自生下她，如今你有家庭，还来破坏你的生活，是我不对。我做尽了恶事，可孩子是无辜的，你不需要把她当作亲生女儿那样宠爱，只要给她住的地方，给几口吃的，拉扯大了便好。”

母亲丢下艾黎，走了。赵泽阳也没像个正常父亲一样牵起她的手，而是冷漠地丢下她，一走了之。

艾黎待在原地，怀抱膝盖，被冻了很久，也没能等到父母其中一个回头。

到了半夜，她冷得险些晕过去，这才被回到原地的赵泽阳抱起来。

“怎么这么烫？”男人手足无措，将她送往医院。

艾黎吃了药，睡了一宿。醒来时，她望着赵泽阳，心知一切都已尘埃落定。

艾黎不是涉世未深的孩子，她知道，母亲乳腺癌晚期，撑不了三个月了，这个世上，和她血脉相连的人只剩下父亲了。

赵泽阳承担起了作为父亲的责任，照顾她吃穿用度，无微不至。

艾黎很珍惜赵泽阳给的父爱，即使知道这份爱见不得光，但只要不暴露，她就能从中获得温暖。她得特别乖，才能得到更多的爱。

艾黎习以为常，也甘之如饴。

此时，赵泽阳掀开蛋糕的盒子，露出里面摆着鲜红草莓的奶油蛋糕，笑道：“我不知道你喜欢吃什么口味，就随便买了。”

艾黎的笑容很灿烂，暖洋洋的，任谁看了都欢喜。她说：“我很喜欢，叔叔送的蛋糕，我都喜欢。”

“喜欢就好，吹蜡烛，许愿吧。”

艾黎急忙闭上眼睛，口中念念有词。

“许了什么愿望？”赵泽阳问。

愿望内容是不能说的，但艾黎还是想趁机任性一回，以生日为幌子。

她喃喃：“我想，喊一声‘爸爸’。”

赵泽阳一愣，颇为难，一声不吭。

就在这时，他的手机突然响了。

号码那里保存了联系人的照片，可以看到来电人的相貌。可能是公司规定，所以工作用的手机，联系人名片里清一色都是同事的证件照。来电人是个叫陈奕的男人，五官周正，神色冷淡，不苟言笑。

艾黎看了很久，见电话铃声停止，刚想开口，哪知，手机又响了起来。

赵泽阳皱眉，接起电话："陈奕，怎么了？啊？好的，我马上去。"

他挂断电话，尴尬地看了一眼艾黎，暗道：在女儿生日这天离开，似乎不太妥当？

艾黎善解人意地笑："没关系，赵叔叔……可以去的。"

赵泽阳叹了一口气，弯腰，将宽阔的手掌盖在艾黎的发顶，温柔地揉了揉："对不起，艾黎。"

"没关系，您肯来看看我，我很开心了。"

赵泽阳走了，这一走便再也没有回来过。

艾黎没有吃蛋糕，她盯着色泽鲜艳的蛋糕出神。

过了一天、两天、三天，蛋糕发霉，出现了绿点。

蛋糕原封未动，艾黎也滴水未沾。

就在她要倒下的前一天晚上，有人闯入了她家，是房东。

房东把她带到了孤儿院，按照赵泽阳的吩咐，给她办了手续，证明她是父母双亡的孩子，无家可归，乞求人收养，尽管事实的确如此。

艾黎没有反抗，呢喃道："赵叔叔呢？"

对方不耐烦地回答："死了，据说他威胁手下出纳员挪用公司公款，被曝出来了。出纳员不堪压力自杀，他害怕坐牢也自杀了。"

"哦。"艾黎不知道说什么好，一直以为这种事情只会在新闻里发生。

她一边回忆赵泽阳生前的音容笑貌，一边像是突然想起了什么，机械性地呢喃："陈奕……叔叔，你知道陈奕这个人吗？"

房东愣了一下，说："陈奕？好像在新闻里看到过，是你赵叔叔公司里的人。调查挪用公款事件的时候，记者有询问他对于死者的印象。唉，我和你一个小孩子说这些干什么。"

艾黎又在唇间轻轻呼唤这个名字：陈奕。

这个在父亲死之前与他聊过天的男人到底是谁？

赵泽阳死了，艾黎的天塌了。

她其实不肯相信赵泽阳是自杀，如果自己父亲是自杀，那么代表什么呢？代表他对这个世间毫无留恋，也不贪念与艾黎相处的时光。

艾黎珍视如命的父女关系，在赵泽阳眼里不足为道。不可能，她也绝对不允许这种可能性发生。

她偏执地认为自己父亲并不是自杀，他一定是被迫害的。

因为她觉得赵泽阳一定很在乎她，就好像她在乎赵泽阳一样，他绝不会离她而去。

艾黎的心理有些扭曲，心中升起一种朦胧的探究欲与恨意：如果那天，这个叫陈奕的男人没有把赵泽阳喊出去，他是不是就不会自杀了？是陈奕亲手毁去了她的幸福吗？

她想查明真相，她不相信父亲会自杀，她想，其中一定有隐情。

至于陈奕……他的长相早已暴露在来电时的照片里，艾黎记得他。

艾黎在孤儿院待了一年，她不太爱说话，时常盯着树叶发呆，所以来领养孩子的父母都不太喜欢她，一是怕她年龄大了养不熟，二是觉得小姑娘性格孤僻，他们更偏好那种笑起来阳光明媚的可爱女孩。

来年的冬天很冷，寒风凛冽，树上仅剩的几片枯叶被风吹落，旋转落地。不一会儿，“咔嚓”一声，枯叶被人踩碎了，是一双锃光瓦亮的黑皮鞋，意大利皮革，名牌货。

艾黎坐在院门口，被声音惊扰，循声望去，愣在原地。比小说更“狗血”的事情发生了，艾黎每天想着的男人陈奕先生，突然来到了孤儿院。

艾黎目不转睛地盯着他，听他和负责人说明来意：“我打算来孤儿院寻找一名合适的女孩带回家收养。”

年龄不能太小，十三四岁正合适。性格乖巧，长相甜美，女孩的样貌最好照着他手里的照片长。这些要求既怪异又苛刻，可以说，他并不是想要照顾孤苦无依的孤儿，而是想寻找一个替身。

即使大家无父无母，日子清苦，但谁都不想去一个堪比地狱的家庭，按照别人给的轮廓活下去。

这个时候，艾黎站了出来。她道："叔叔，你觉得我合适吗？"

这是和赵泽阳有关的男人，艾黎本能地想接近他。

陈奕看了一眼面前的女孩，冷漠道："我的小女儿在两年前因摩天轮倒塌致死，此后，我的长子便患了严重的心理疾病，不肯和人交流，自我封闭。所以，你如果要来我家，我希望你扮演好他的妹妹这个角色。有没有治疗效果无所谓，死马当活马医，只是我希望你能完完全全变成我的小女儿，你可以吗？"

艾黎笑了笑，娇声娇气地喊："可以的，爸爸。"

陈奕一愣，懂了，当下办了手续，将艾黎接回家。

在这种鸟不拉屎的地方待久了，谁不想逃？才十几岁的孩子就有这样的心机，陈奕不知道是该惊讶，还是该嘲讽。

艾黎回房间，随意收拾了几样东西。她的身后，比她年龄稍大的女孩又妒又恨地说："艾黎，你去那个家庭，肯定不会过得好。"

"嗯。"艾黎不为所动。

"你不是被当作女儿养，你是替身，没有人会真心疼你的。"

"知道了。"

"傻子！"

一贯不知反驳的艾黎此时突然开口："没有哪个家庭会把收养的孩子当作自己孩子看待。不是自己不能生育，就是有其他见不得人的原因。一般人不太可能爱心泛滥，去负责其他人的一生。所以，不要有太高的要求，身为被遗弃的孤儿已经处于劣势，太强的自尊心会毁灭你。"十三岁的艾黎，已是这样偏激了。

"……"

“再见，不对，是再也不见。”艾黎垂眸，带着东西离开了孤儿院。她在这里待了不过一年，本来打算成年后离开孤儿院再去寻找陈奕的，哪知这人和她缘分不浅，现在就遇到了。

陈奕对艾黎还是有警惕心的，他让朋友办理了收养手续，登记入朋友户籍，自己再领艾黎回家暂住，这样一来，他和艾黎只是陌生人关系。他供她吃穿，让她当治病工具，她也无法觊觎陈奕的财产，或者对他户籍里后代的血脉传承造成任何威胁。

回家路上，陈奕告诉艾黎很多关于小女儿的事情，暂时不考虑让艾黎改名，改名显得太假，长子不一定买账。他是想看看，找个和小女儿相似的女孩回家，长子会是什么样的反应，能否移情。自从妹妹死后，陈鹤川便自我封闭，不肯开口说话。陈奕四处寻医，最终找到了一名国内知名的心理医师，对方说陈鹤川这是心理方面的疾病，倒不是生理性的，得用特殊的治疗方式。譬如使陈鹤川将对死者的情感转移到另外一个生者身上，从而建立起新的情感依托，重拾求生欲。在情感分析派的心理学上，将这种治疗方式称之为移情，是个专业术语。他希望用情感迁移的治疗方法，让陈鹤川敞开心扉，振作起来。

先不说方法有没有用，首先找到感情转移的对象就是一大难题。为此，陈奕苦恼许久，但见陈鹤川日渐消瘦下去，又于心不忍，于是死马当活马医，才想着去孤儿院收养一名女孩。不过收养在家中是一回事，纳入户口本又是另外一回事了。陈奕可以照顾一个外姓女孩，提供她生活方面的支出，却绝对不会让她完全替代幺女，让对方入他家的户口本，他的领域意识强烈。

车刚停在院子，陈奕还没来得及反应，就见长子站在二楼窗口。少年的半张脸隐在细碎的发间，瞧不真切，只知那双如墨黑眸眼底布满阴霾，阴戾狠绝。

日光浮出，把少年高挺的鼻梁涂抹上一层亮色，如鱼肚的一道白，让他五官都显得更加立体。

他眼睛一眨不眨地盯着他们，唇线冷硬，微微咬着。他看起来敌意很重，不好接触。

陈奕站在楼下，有些难堪，不知该如何介绍。倒是艾黎大大方方地走上前，抿着唇，朝少年腼腆一笑，那笑让人如沐春风。

她心里明白，想要在这个家里留下来，查清楚父亲的事情，她就必须有利用价值。而这个价值，取决于陈奕的长子能不能接受她。无论如何都得讨他喜欢，这是艾黎的目的。

艾黎想了想，还是壮着胆子，乖巧地喊了一声："陈哥哥。"

陈鹤川不知为何，像是满身倒刺的刺猬遇到温暖，露出柔软的肚子。他突然放下一身防备，柔和了神色，回答道："妹妹，欢迎回家。"

艾黎原本做好了被奚落的准备，此时有些震惊，呆立原地，如遭雷击。

陈奕不常在家，有宋姨管事，准备一日三餐，倒不愁艾黎与陈鹤川的吃穿用度无人照料。

陈鹤川在意艾黎，这个"在意"与寻常的喜欢不同。他过分关注艾黎，企图掌控她的一举一动，将她控制在自己的行动范围之内。对于她，凡是力所能及的事情，他都不肯假人之手，尽数贴上"陈鹤川所有"的标签，不许旁人触碰。

这让艾黎不禁有点好奇，之前他和妹妹究竟是如何相处的呢？

陈鹤川对她态度温和亲昵，全都是拜他死去的妹妹所赐。这样一想，艾黎又心生朦胧的寂寞感，她所汲取的温暖，所获得的宠爱，都是别人的。她不过是那个女孩的替身罢了，用来消遣寂寞的物品，专属陈鹤川。

"过来，我给你梳头发。"陈鹤川朝她摊开掌心，勾了勾小指。

艾黎战战兢兢地坐在他的身旁，害怕举止有不妥当之处，在他面前穿帮。实际上，陈鹤川知道她的名字，也应该确信她不是亲妹妹。

只是他那些思念之情无处容身，所以他才将那些情愫一股脑统统塞到艾黎的身上。

“你的头发很香……”陈鹤川撩起一缕黑浓的长发，艾黎的发质很好，表层覆盖一层油面，散发着护发素的茉莉清香。

艾黎觉得后脖子很痒，陈鹤川温热的气息喷洒在敏感的皮肤上，激起一层鸡皮疙瘩，让毛孔都缩紧了。

她低低回答：“用了你准备的洗发露，还有护发素。”

“我知道，我能闻得出来，你很乖。”陈鹤川的声音在她耳边回响，音调婉转，语调悠扬，恰似一曲《高山流水》，很是温柔动听。

他细心为她梳理发丝，梳子与头皮有一定距离，留出了一段恰到好处的距离，虽然显得有些刻意，却不得不说十分体贴。

陈鹤川帮她扎了双马尾，从柜子里翻出一对彩色旋转木马的发圈，套上，贴紧耳根。艾黎两颊带着一抹亮色，看起来俏丽活泼。

她讷讷地问：“陈哥哥之前也常常给人梳头吗？”

这话里话外的意思，问的是谁，陈鹤川与她心照不宣。

陈鹤川轻轻道：“是的，我常常给妹妹梳头。你不习惯吗，妹妹？”

“习惯。”艾黎觉得他很奇怪，说话透着一股死气沉沉的味道，有着不符合他这个年龄的世故与成熟。

寻了个机会，艾黎赶紧逃之夭夭。

她下楼，被宋姨看到了，对方笑说：“这双马尾真好看，你自己扎的吗？”

“不是，是陈哥哥扎的。”

宋姨惊讶了一下，道：“这可真是奇了怪了，陈少爷从不肯帮人做这些琐事，就连大小姐在世时求他帮忙梳头发，他都不肯。还是艾黎小姐有本事！啊，不说了，这种事情都过去了……”

宋姨很懂察言观色，见艾黎此时脸色惨白，唇无血色，便急忙闭了嘴。

艾黎手握台阶扶手，攥紧冰冷的栏杆，指节泛出青白色。她脊背出汗，凉飕飕的，脑中不断浮现陈鹤川的脸。他睨着她，一双黑瞳毫无温度，清清冷冷道："是的，我常常给妹妹梳头。"

骗人，他根本就没有这种习惯。

那么，陈鹤川为什么这样做呢？

艾黎不明白了，她难道不是他妹妹的替身吗？如果是替身，那么陈鹤川应该循着妹妹生前的轨迹而活，为什么又换了一种相处模式呢？

她不明白啊，而且也不敢去问清楚。

这时，艾黎的身后传来陈鹤川的低声呵斥："宋姨，你话未免多了点，午饭准备好了吗？"

宋姨窥见陈鹤川阴沉的脸色，如临大敌，战战兢兢道："少爷稍等，很快就好了，我去厨房看看。"

宋姨一走，陈鹤川拍了拍艾黎的肩膀，关怀备至地道："妹妹，宋姨和你都聊了什么？"

艾黎摇摇头："没什么。"

"是吗？"陈鹤川嘴角噙着笑，眼神却阴森冰冷，"不要别人说什么，你就信什么，我是你的哥哥，你该信我。"

"嗯，我相信陈哥哥。"艾黎为求自保，假装没心没肺地朝他甜甜一笑。她也不知道自己在害怕什么，她只是不敢和陈鹤川对视。少年的那双眼，亮如星辰，仿佛只消一眼，便能窥探人心。艾黎进入陈家，是带着小小的心机与不好的目的的，如若被陈鹤川发现，那么她将可能惹上一身麻烦。艾黎浑身一颤，突然有这样的觉悟。

可具体能做些什么呢？艾黎仔细去想，又毫无头绪，无从说起。

或许，除了调查父亲的事情，艾黎只是想要一个家。机会来了，她便用此借口，在陈鹤川这里寻个栖身之所，安居下来。

陈奕工作繁忙，不常在家，几乎每个月只有那么一两天的见面时间。看着长子一天天恢复如初，他很满意，也默许了艾黎的存在。

时光荏苒，转眼间便到了七年后的冬天，艾黎二十一岁，在H

城大学读大四，上半学期。

她在成年后就搬离了陈家，陈鹤川大病初愈，不再病态地需要她，所以她能抽身离开。

艾黎待在陈家那几年，浑浑噩噩，成日里没有目的，如行尸走肉一般过活。她想要查证父亲的事情，可是她年纪小，人微言轻，连赵泽阳生前工作过的公司都进不去，更别提调查了，与此事有关的人等闲根本不会搭理她一个乳臭未干的毛丫头。

除此之外，还有一个逼迫她离开陈家的原因。

那件事发生在她成年的生日宴上，她刚和班上同学小聚归来，一回陈家宅邸，便被人堵在角落。

那一味清苦的薄荷香自四面八方而来，艾黎被困在其中，不得动弹。

突然，一只指节分明的手来到她的头顶，摸了摸她的头，来人轻描淡写道："生日快乐，妹妹。"

艾黎知道，这个清清冷冷的声音，出自陈鹤川。

不知为何，她总怵他，如老鼠见到猫，避之不及，生怕晚了一步，就看不见隔日的太阳。

陈鹤川对她坏吗？不坏，甚至可以说是宠爱至极。然而这份溺爱带有某些不明的情愫。

他将她当作死去妹妹的替身，所以才会疼她、爱她，对她好这么多年。

这些年，艾黎在愧疚中煎熬，亦不想一错再错。

她企图开口，却被陈鹤川抢先一步堵住了所有话语。他拿出一枚橄榄绿宝石耳钉，打算亲手为艾黎戴上，温声细语道："恭喜你，从今天开始，你蜕变成少女，不再是女孩了。希望我能见证你每一年的成长，我会一直陪伴你。"

陈鹤川的意思是，他要跟着她一辈子吗？

艾黎心头一凛，她咬住唇，抑制不住心底深处的焦虑感，撕心裂肺地朝他喊道："陈鹤川！我不是你的妹妹！你的妹妹……早就死了！"

她说了很过分的话，陈鹤川手上动作一顿。没过多久，他继续为她戴上耳钉，随即像是完成了最心爱的艺术品，满意一笑。

这时，陈鹤川才慢条斯理地回答："我知道，我一直都知道。"

"什么？"艾黎的瞳孔放大，看着似笑非笑的陈鹤川，总觉得此时的他格外陌生。

"艾黎妹妹，我一直在想，是什么样的人，会心甘情愿做她的替身呢？"陈鹤川朝前走了一步，离她更近，温声细语道，"所以我在想，你来我家，究竟有什么目的？于是我一直等、一直等，等了这么久，你终于熬不住了吗？你很有趣，我也很喜欢你。"

"什么意思？"艾黎轻声道。

"你和爸提出了要搬离陈家的建议，对吗？"

"对。"艾黎轻咬下唇。

陈鹤川打了个响指，笑得温柔："你不惜做她的替身也要接近我，为何又临阵脱逃了呢？是在陈家没得到你想要的东西吗？还是说，你怕我？"

"我……"

"我可是一直在等你长大，艾黎。"

"……"

艾黎皱眉，她可不觉得陈鹤川是在和她表白。

她的陈哥哥一直极有城府，让人捉摸不透。也可以说，他将她当作玩具，观察她的成长轨迹，他是不是一早就怀疑她了，所以才这样行径怪异地盯着她？她告诉自己：还是逃跑吧，艾黎，逃得越远越好。

当晚，她没打招呼，就带着陈奕给的"感谢金"、证件，以及私人物品，偷偷摸摸地跑回了大学。

这一别，就是整整三年。

第二集

艾黎的大学专业是会计，日后能涉足的行业广泛，给她的调查奠定了良好的基础。她最想进的公司，还是赵泽阳生前工作的那个企业——竹山集团。

竹山有限公司在H城有设立分部，当年的老人早已被调到L城的总部任职，包括陈奕也去了总部，相当于升职。

就业前景而言，自然是去总部更有发展潜力。陈奕在总部是上层高管，让他看在往日情面上多多关照，拉她一把，是不成问题的。然而艾黎并不想领这个人情，她的行动也不想被陈家的人发现。

艾黎隐藏多年的天使面孔，终将在这一刻破裂——她的脊骨突起，在肌肤内呈现出蜿蜒的轨迹，那一点羽翼定会破皮而出，褪去圣洁的白色，露出黑暗的本质。

她啊，其实是带有目的的黑天鹅，拥有一对华丽、黑亮的翅膀，从来不是天使。

于是，大四这一年，艾黎给竹山分部投了简历，作为一名即将毕业的名校会计生，渴求一个实习机会。

由于艾黎在大学里这几年表现极佳，拿下过各类比赛的奖项，也考取了会计证，竹山公司很快就给了回音，欢迎她作为一名出纳实习生来分部工作，为期三个月，毕业后是否转正，视工作能力而定。

这天是初冬，雨夹雪。昨夜伏在地面的薄薄霜雪，今日被雨打了去，迅速消融，了无痕迹。

窗外下着淅淅沥沥的雨，窗内却沉闷燥热，角落里点着暖炉，没有半点温度流失。

艾黎穿上纯黑色吊带内衣，布料柔软丝滑，紧贴肌肤。

她在腿根处绑了袜带，深色的蕾丝蝴蝶结，蝶翼繁复。这是意大利工匠手工编织制成，镂空技艺高超，精致又奢华。

不知为何，艾黎突然想到了陈鹤川。他偏爱清纯甜美的裙子，总替她挑选这一类的衣裙。他会笑着对她说："艾黎，你看起来很可爱。女孩子就应该穿得像个洋娃娃，不对吗？"

她附和他，但笑不语。实际上，艾黎不喜欢粉色系的东西，她从小便喜欢暗沉的颜色，平静的黑色，抑或压抑的灰色。

那时，艾黎在私底下疯狂地展现叛逆的一面。她会在腿根处绘画，用黑色的马克笔画残肢断翼的蝴蝶，象征自己。她自小在身体里埋下的这颗种子，不经意间便悄然生长。

潜伏了那么久也没有用，没能查出父亲的死因，也不甘心寄人篱下，所以艾黎一成年便逃跑了，离陈鹤川越远越好。

上班前，艾黎回放之前录下的新闻节目，是报道她父亲死因的。

她在本子上记下被采访的几个人的名字，都是公司职员或是那个被逼自杀的出纳员白芷的同事。刘烨、宋茜司，这是出事的出纳员交好的两名职员，先从他们下手吧？

毕竟是他们口口声声地证明白芷的清白，然后将矛头指向赵泽阳，说他畏罪自杀，情节恶劣的。反正赵泽阳死了，死无对证，说话不用负责任，所以可以尽情恶意猜测。

"那么，让我来看看，你们有没有说谎。"艾黎呢喃自语，笔尖在纸上划了一道口子，刺啦一声。

上班第一天，财务部资历最深的老人梅姐带艾黎熟悉办公室环境，了解公司的财务制度后，就一边做事，一边安排艾黎干些简单的活计。

整个财务部门的人都自报了名字，没有一个人是和艾黎心中的名单对得上号的。想来也是，那都是七年前的事情了，谁知道他们还有没有在岗位上。

艾黎咬了咬下唇，问梅姐："小梅姐，你知道咱们财务部里有叫刘烨或是宋茜司的前辈吗？"

梅姐警惕地回头，道："你问这个做什么？"

"他俩认识我叔叔，小时候在家里做过客，对我很好，所以印象深刻。我来公司实习的时候，叔叔还特地跟我说，他朋友以前也在这里工作，可惜多年没联系了，我还想着……"

梅姐了然，小姑娘这是寻着老熟人带路呢。

她叹一口气，说："宋茜司是我姑姑，她现在不工作了。"

"啊？这样呀。"艾黎遗憾地皱眉。

"这事儿，我就和你说，你别讲出去。"梅姐口渴，领她去茶水间喝茶，拉开一张椅子，跷起二郎腿，开始聊八卦，"现在分部都是新人了，我在这里工作了七年，是老人，当年还是我姑妈介绍我进来的。八年前出了一起事件，整个财务部的人都被换了，无一幸免，惨痛啊！"

"怎么说？"

"当年财务经理威胁下属出纳员挪用公款，被发现了。财务经理要出纳员顶罪，她不肯啊，就自杀了。后来高管追究责任，连着财务经理也畏罪自杀了。一个部门死了两个人，风气不正，上头都想整顿，自然从里到外都换了人。也有可能是觉得晦气，大家也不敢在这里做事。别说，我真觉得我们办公室夏天也凉飕飕的……"

艾黎只囫囵听了个大概，具体事情，她比梅姐更清楚。

为了一起事件，遣散一个部门吗？

还是说，是为了不走漏风声呢？

艾黎想往深处查下去。她抿唇，问：“梅姐有你姑妈的联系方式吗？家庭住址之类的？”

“喀喀，我其实没和她联系了。”

“大概的地址就好了，我很想去拜访一下宋茜司阿姨，小时候她很疼我。”

梅姐很尴尬，不知是真的对宋茜司不熟悉，还是假的。她想了很久，说：“具体的位置，我不清楚了。好像是在城东一带，接近中山花园的位置。”

“好的，谢谢。”

知道了大概住址，接下来的工作就方便许多。艾黎就是掘地三尺，也要把她找出来。

下班后，办公室外下起了雨。

有男同事也是实习生，叫叶乔森，“犬系男孩”，内向老实，看见女生就脸红。

他给艾黎递伞，支支吾吾道：“我家就住在旁边，艾黎你好像是乘地铁来上班的，家远吧？那……那就用我的伞好了。”

多一个朋友，多一条路。艾黎抿唇，笑了一下，不打算拒绝。

正当她打算接过伞的时候，突然有一只白润的手紧扣住她的肩，把她拽入怀中。

艾黎脊背发麻，猜到了什么——果然，她的身后传来熟稔的男性嗓音，对方冷淡道：“不必了，我送我妹妹回家。”

“是……是艾黎的哥哥啊！你……你好，我叫叶乔森。”

“嗯，你好。”男人没礼貌，并未自我介绍。

他揽住艾黎，霸道地把她往雨里带。

艾黎与这个男人共待一把黑伞下，抬眸，只见对方的眉眼如幼年时期一般漂亮，褪去了温柔的外壳，便只剩下凌厉的气质，不苟言笑的侧脸。

这是她的哥哥，陈鹤川。这个让她畏惧了多年的噩梦，再次笼罩了她。

陈鹤川警校毕业后，历练几年，成了一名刑警。

他风里来，雨里去，刀尖滚过，火里烤过，水里蹚过，所有会皮开肉绽的疼痛事儿都经历过，练就了一身健硕有力的肌肉。他后腰上狰狞的伤疤象征荣耀，每一道都有自己的故事。

艾黎不是没见过他身上的伤，她记得自己刚考上大学那一年，他执行了危险的任务，为了护住人质，遭绑匪连砍数刀，被送入重症加护病房。

她和陈奕一起，站在灯火通明的走廊上等待。按照陈奕的话说是，从前的陈鹤川就是被艾黎“救活”的，现在的他，醒来的第一眼，必是想见自己的妹妹。

只有艾黎心里清楚，她早已和陈鹤川摊牌。他当她是个玩意儿，戏弄她多年，从未真正上过心，又怎么会想见她？她算是哪根葱呢？

少女内心总敏感脆弱，艾黎望着来回奔走的医生与护士，心生朦胧的情愫：只要陈鹤川能大难不死，她勉强喊他一声陈哥哥，也没什么大不了的。

她应该是同情陈鹤川吧？否则她怎可能为他心急如焚，揪碎心肝？

后来，陈鹤川醒了。他睁开眼，眼睫如浓黑色的蝶翼，瑟瑟发抖。他看她一眼，在呼吸罩里低语，看那温柔的口型，仿佛还把她当作死去的亲妹妹。

只是，她无法再接纳他的盛情。因为她早知事，身负重任，要替父亲而活，查清楚过去的事情。她是一路走向背光处的人，和原本就属于光明与正义的陈鹤川格格不入。

她自惭形秽，不想再与陈鹤川有瓜葛。何况，他待她也没半点真心。

艾黎的思绪飘忽一瞬，很快收拢。

陈鹤川已经问了她两次了：“你家住哪里？”

他在人前亲昵地喊她妹妹，人后却冷漠如冰。

“我自己回去就好了。”艾黎愣愣地往一侧躲，站到了雨里。

陈鹤川冷漠地扫她一眼，随即伸手，将她拽回伞下：“湿了。”

艾黎脚下一个踉跄，跌到陈鹤川温暖的臂弯之中，满鼻都充斥着男人的薄荷香，以及沐浴露独有的花香，甜腻与清淡并存。

特别是，她的腰上一团火热……陈鹤川的手不小心触碰到了她窄瘦的腰肢上，惹得她一阵战栗。

艾黎一惊，想从他怀中挣脱。可惜男人力道太大，她被吃得死死的，动弹不得。

“再问一次，你家在哪儿？不然，我就带你回我家了。”陈鹤川眯起眼睛，若有所思。

艾黎咬住下唇，简直要疯了，咬牙切齿道：“西风街第十二栋302室。”

“真乖。”可他的话语并未带着宠溺的音调。

陈鹤川真的将她送回了家，她原本以为这厮会大摇大摆闯进来，结果他只在门口站了几秒，便走了。

艾黎看着男人渐行渐远的背影，回忆起他湿透了的左肩，心里某个位置塌陷，空落落的。

不要被骗了，艾黎，他已经戏弄你数年……绝对不能被骗两次，还是同一个人。

晚上，艾黎懒得煮饭，点了一份外卖。外头恰逢瓢泼大雨，外卖员的电动车滑倒，打翻了盖饭。

对方的声音听起来像是个中年人，他一边战战兢兢地和艾黎道歉，一边承诺会尽快重新送来猪肉盖饭。

这让她想起了父亲，她不忍为难，温声细语道：“别担心，这份就当送到了，我签单了。我再点一份，让别的外卖员派送一下。

快过年了，各行的人工作都不容易，彼此体谅就行了。”

外卖员哽咽着道谢，艾黎挂断了电话。

又得多等一会儿了啊……

艾黎险些饿晕时，终于等到了另一个外卖员的电话，楼道里随即就响起窸窸窣窣的走路声。她以为是外卖送到了，急忙开门……一个宽肩窄腰的性感躯体瞬间撞入眼底，牛仔裤松垮，露出一点内裤边沿，白花花的，印着“CK”字样。

艾黎茫然抬头，瞅见人脸，惊得后退一大步：“哥……哥？”

她的舌头打结，大脑也失去了运作能力。

陈鹤川怎么会在这里？！

艾黎大三就搬出学校，自己租房住，偶尔去上个课、考些证，没有住宿舍的必要。她在这里住了两年，和房东关系极好，房东还是她的学姐，自然对她多有照顾。

昨天，学姐好像跟她提起，最近会有新房客搬进来的事情。

难道这个新房客是陈鹤川？！不，不可能，世界这么小吗？

艾黎下意识窥探，好了，这次不止背，连男人光膀子的上半身都看得一清二楚。

陈鹤川在她的印象里一直是阴郁、持重的形象，哪知他也会有这样肆意张扬的一面，独居时，不管不顾，整日里衣冠不整。

“我丢个垃圾。”陈鹤川抿唇，解释，“刚洗完澡。”

“哦。”艾黎正想关门，却被陈鹤川堵在门口。

“等等！”他的手如同烙铁，嵌在墙上，死死抵住了门框。强烈的男性气息一时间侵占了艾黎的五感，让她的一颗心怦怦乱跳，如临大敌，兵荒马乱。

“什么？”艾黎问。

“你的外卖。”陈鹤川将那袋子往前轻轻一抛，丢进屋，示意他不会进入艾黎的私人空间。

“怎么会在你手上？”

陈鹤川玩味地问：“不喊哥了吗？”

“……”艾黎不语，经不起逗。

“刚才看到外卖员来了，问了一下谁的，就接过来了。”

“他会把东西给一个外人吗？”

“我说，我是你男朋友。”

“……”艾黎咬唇，不知道他想做什么，她……一直把他当邻家哥哥的，在羽翼未丰的当年。

“我困了，先睡了，晚安。”艾黎进屋，将外卖袋子打开，一侧还有一杯用锡箔纸密封的姜汁撞奶。

诧异之余，艾黎拿勺子挖了一口奶冻，塞入口中，奶香四溢，入口即化，很好吃。

袋子里还有一张字条，是陈鹤川写的：“怕你忙忘了饿肚子，所以特地做了点甜点。没想到你点了外卖，顺道一起给你了。”

这是陈鹤川做的甜点，从小到大，他都只会做这一道甜点，独属于妹妹——

那个并非叫艾黎的妹妹，与他血脉相连的妹妹。

这是真事，宋姨说的。

隔天是周日，不上班，一大早，艾黎就去城东一带打听宋茜司的事情。

不得不说，十几年前的新闻，个人信息保密工作做得不好。几次出镜的职员都没打码，记者直接问了采访者的真名。虽说仅有几个画面，一瞬即逝，虽然不会招惹来大麻烦，但还是有隐患。

她找了一圈，问住了十多年的街坊邻里，费了好大气力，终于寻到了宋茜司的家门。幸亏宋茜司没搬家，否则人海茫茫，这条线就算是断了。

今天是休息日，基本没人上班，正是拜访的好时机。

艾黎按响门铃以后，很快便有人来开了门，是个三十几岁的女人。八年前的新闻，当时宋茜司也不过是二十几岁，相貌变化不大，很容易认出。她烫了一头波浪卷，眼妆没卸，衣着虽然并非奔赴宴席的礼服一类，但也十分精致。她在家也是全副武装的装扮，想来休息日也会来人，而且是异性。毕竟女为悦己者容，见闺密就不用这般精心打扮了。

“你是？”宋茜司睨了艾黎一眼，目光像把细密的梳子，将她上上下下扫了个遍。

“您好，我是在H城警局跟陈鹤川警官搭档的刑侦顾问，您喊我小黎就好。”这句是编的，然而陈鹤川的身份是存在的，所以暂且以假乱真。

“哦，你找我有什么事吗？”宋茜司不打算把她放进来，挡在门边。

“我们最近在整理旧的案子，有一些事情，想来和你核对一下。”

“我可不记得自己跟什么案件扯上关系了，你不会是来诈骗的吧？”宋茜司傲慢地摊开手，向她讨要证件，“你的证件给我看看，刑事顾问也有证件吧？请出示相关证件，不然我不予回答。”

完了，被将军了。

艾黎不动声色地避开话题，直截了当地问：“八年前，您指证赵泽阳经理胁迫白芷出纳挪用公款，因为您曾和白芷是室友，在白芷自杀前一周，见过他们两个碰面密谈。还说白芷一直联系着某个男性高管，而您笃定这个人便是赵泽阳，对吗？”

“关你什么事？”宋茜司的声音弱下来，瞧艾黎的架势又不像是诈骗犯，她死鸭子嘴硬，梗着脖子喊，“证件呢？！证件拿出来！没有证件，你说个屁？！”

“请问，您是在哪里看到他们碰面的？您距离他们两个人有多远？这个距离要恰巧不被赵泽阳看见，又能准确认出赵泽阳的脸，想必很难吧？”

“没有证件就给我滚！我不会回答这些问题的！”宋茜司推了艾黎一把，险些令她摔倒在地。

就在这时，艾黎掉入某个熟稔的怀抱中，抱着她的男人一只手递出了名片：“证件吗？我有，这是我的刑事警察证，以及警号。”

陈鹤川，怎么又是他？！

看到证件，宋茜司一下子没了脾气，轻轻回答：“我……我记不清了，都是七八年前的事情了。我好像是在越前街的蛋糕店里看到的，隔壁就是奶茶店，他俩就坐在里头谈话，只隔着一层玻璃窗，所以看得很清楚。”

“时间呢？”

“好像是晚上，又好像是下午。”

“准确的时间！这种事情，你怎么可能忘？你和白芷不是最好的室友和同事吗？你在新闻里都是这样讲的，每一个字，我们都有视频记录的。”艾黎一字一句地说，每一个音都清晰可闻。

“是……是晚上，我想起来了！”宋茜司没有想到，自己还有被一个初入社会的小姑娘压制的时候，她难堪地咬唇，开始赶人，“好了，问完了赶紧走吧，我等一下还要出门！”

“谢谢。”

砰的一声，门被重重关上了。

艾黎将所有对话都记录在册，回过神来，正对上陈鹤川深不可测的一双眼。

他微笑，笑不及眼底：“艾黎，你在查什么？”

“我……”

“驯化一只野兽，最重要的是驱除它的有害性。所以告诉我，你究竟在查什么，艾黎。”

艾黎面无血色，咬住了唇。

第三集

阳光透过模糊的玻璃窗闯入楼道，分散成无数柔和的光线，万千浮尘飘散在暖黄色的光柱中，忽上忽下地飘动。

陈鹤川的眉眼就是在这样的光中，显出丘壑低谷，美若山河，摄人动魄，只消一眼，便令人魂飞九天外。

艾黎看痴了一瞬，很快反应过来，垂下眼睫。

陈鹤川不依不饶地追问："艾黎，告诉我你在查什么。你以前答应过我，绝对不会对我隐瞒任何事情。不过是离开我几年，就跟别人学坏了？"

"鹤川哥……"艾黎抿唇，宁死不屈。她那双杏仁大小的猫瞳忽闪忽闪，闪着光，可怜兮兮的，教人不忍苛责。

陈鹤川凝视着她，看了许久才错开目光，冷着嗓音道："算了，我不逼你。"

艾黎松了一口气，紧绷得酸麻的小腿松懈了些许。

她还没来得及完全安心，只见得陈鹤川侧身，贴近她的耳轮，轻描淡写地说："不过，你得记住，你是我的人，如果出了什么事，我不介意你躲入怀抱，受我庇护。"

他话音刚落，艾黎垂眸，细声细气说了一句：“鹤川哥哥，我有事先走了。”

她加快脚步往前走，没过多久，就没了踪迹。

她刚出楼道，寒气汹涌如潮，将她周身温暖驱散。

艾黎瑟瑟发抖，缩成一团。她漫无目的地走着，不知为何，到了一栋居民楼前。

楼下有个小公园，一对夫妻带着儿女笑闹，脸上洋溢着幸福。天刚迟暮，远处飘着几缕晚霞，天光闪耀，红如火团，在屋顶烧成一片。那光华将他们一家笼罩其中，快乐的情绪会感染旁人，看得人心生温暖。

那是赵泽阳的妻子，她从丧夫之痛中走出来，很快又找到另外一个相伴余生的男人，生了儿子，又带着前夫留下的孩子一同生活，她的人生没受到任何干扰。

艾黎遵循父亲遗嘱，要保护好他生前所爱之人，所以艾黎绝对不会向外界透露自己的身份。

这个世界上，也许只有艾黎还一直念着赵泽阳，只有她在努力证明赵泽阳对她存有父爱。只有她还相信，她所深爱的父亲并不想抛下她，也并不是自杀，一切都有苦衷。

她其实有点偏执，没有缘由，只是某种不甘心的情绪隐隐作祟。

“怎么到这里来了？不回家吗？”艾黎身后响起了陈鹤川的声音，她很快收回视线，将那一家人的身影挡在身后。

“随便逛逛，现在回家了。你也要回家吗？那我们一起走吧。”她心虚，所以讨好似的轻轻扯了扯陈鹤川，将他带离此地。

陈鹤川不着痕迹地瞥了一眼那家人，倏忽眯起狭长的双眼，任由做贼心虚的妹妹将他拉走。

难得今日蠢兔主动撞上门，陈鹤川的目光落到自己的手上，他细长的手指与艾黎的交织在一块儿。他勾唇，道：“今天这么主动？”

艾黎闻言，浑身一颤，察觉到手上的异样。该死，她怎么会主动去牵陈鹤川？

艾黎慌忙松开手，逃也似的跑回家，锁上了门。

她将家里每个窗户都拉上窗帘，防陈鹤川跟防狼似的。何止是狼，他比狼还要狠戾上三分。

饿到了夜里九点，艾黎捂住胃，实在饿得受不了了。

她小心翼翼地下楼，一溜烟跑到附近的街上买夜宵吃。鬼使神差地，艾黎走到了越前街的蛋糕店。这家蛋糕店很有名，开了十余年，不止蛋糕，还有些奶茶、甜点，是情侣约会的好地方。

宋茜司说过，她亲眼所见，白芷跟赵泽阳在这里密谈。

那是什么时候呢？白芷自杀前一周的日期，艾黎不会忘记，那天是2010年的12月23日，冬天。那天晚上夜空出现了名为“血月”的月全食，即为红色月亮。由于天气晴朗，很多城市皆可用肉眼观赏到这壮观天象。H城甚至搞了一场血月摄影大赛，参赛者纷纷投稿拍到的红色月亮，第一名可赢得五万奖金。

艾黎突发奇想，在网上搜索：2010年12月23日，越前街，血月。

没一会儿便跳出几张照片，都是那场摄影大赛的参赛作品。

扫了几眼，无甚特别的，艾黎刚打算关闭浏览器，却被最后一张照片吸引住了视线，照片上的血月低低悬挂在天际，几乎就在蛋糕店左侧，相机镜头正对着蛋糕店正门。店内灯火通明，店外红月诡谲，阴冷神秘，两处交相辉映，呈现一场难言的视觉盛宴。

照片很漂亮，在比赛中拿了不错的名次，可艾黎的关注点并不在此处。她看到蛋糕店的玻璃窗上贴满了圣诞节减价以及推出招牌圣诞蛋糕的海报，当时是12月23日，12月24日是平安夜，25日是圣诞节，所以绝对不可能在节日来临之前撕下海报。

那么就出现了一个问题：宋茜司声称自己是在晚上看到了白芷与赵泽阳在蛋糕店内密谈，特地强调是在玻璃窗外看见的。然而玻璃窗上贴满了海报，如何见得到人呢？

艾黎跑进店里，指着手机上的照片，问老板：“你们店一般提早几天贴节日海报？比如这种圣诞节蛋糕的海报。”

老板一头雾水，老老实实地回答：“一般会提前半个月贴，有事吗？”

“也就是说，绝对不可能只提前三天就贴上了，对吗？”

“对，都需要宣传期的，不多贴几天，怎么会有客人来买蛋糕？”

“好，谢谢你。”

“请问有事吗？”

艾黎摇了摇头，说：“没事，哦，对了，您还记得2010年12月23日发生的事情吗？有个叫白芷的女职员自杀了，生前还来过店里。”

老板环顾四周，压低声音回答：“怎么问起这件事？几年前，警察也来问过我。”

“例行调查。”

“哦。”

“您对她有什么印象吗？”

“她是个漂亮女人，腿细细的，我还多看了几眼，没想到转眼就在新闻上看到她死了，吓得我做了好几天噩梦。”

“还有其他人陪这个女人来店里吗？”

“有，是个男人。长相嘛……他好像故意低着头，我也没怎么注意。”

艾黎能懂，客人来店里先到前台点餐，然后就坐在位置上等店员准备饮品与甜点。反正已经付过账，不怕客人赖账，没人过多关注客人的样貌。要不是白芷年轻漂亮，没准老板连她也不记得。

如果能问出来详细的信息，估计八年前，警察就知晓了，哪用得着由宋茜司的证词来判断与白芷密谈的男人的身份。

艾黎心中了然，那张海报早在一周前，大约12月十几号就贴在玻璃窗上了。假如宋茜司狡辩，说是下午看到白芷，那时还没贴上海报，那也没有用。因为这个信息本就是错误的，她在蛋糕店外，绝对不可能看到白芷。

也就是说，她一直都在撒谎。

警察之所以没发现这一点，是因为白芷自杀时，早过了圣诞节，蛋糕店的海报被揭下，所以无人注意密谈当天是否能从玻璃窗清晰看到店里的客人这件事情。

根据老板的口供，那天白芷的确在店里和男人私会。

然而，宋茜司所说的证词却是错误的。她分明看不到白芷私会的情形，却笃定白芷那天与赵泽阳密谈，她的依据是什么？她又为何要说谎？

那么，就只有一种可能性了。

宋茜司没有亲眼看到白芷在死前一周曾去过蛋糕店里，却仍能肯定白芷曾在蛋糕店里待过。她知晓这个消息，一定是有人将讯息传达给她的。

是谁呢？这个人，极有可能就是真正与白芷私会的男人！

白芷自杀后，宋茜司跳了出来，以知情人的身份强调男人的身份，明确说出他是赵泽阳。

如果那人是赵泽阳，他会找一个人指证自己的罪名吗？很明显不会，他惶恐至极，逃都来不及，还会上赶子暴露自己吗？绝对不可能，这是自相矛盾的做法。

所以，告密者另有其人。这个人处心积虑将挪用公款的罪名嫁祸给赵泽阳，把自己的身份捂得严严实实。为了增加可信度，让这件事尘埃落定，他逼迫宋茜司做伪证，达成自己的目的。

他是谁？其中有什么秘密？

如果没有半点好处，生死攸关的事情，宋茜司怎么敢做伪证？

八年前那个冬天的秘事，绝对不是自杀这么简简单单。

艾黎露出一个会心的笑容，她的调查没有错。由此可见，她的父亲啊，绝对不是心甘情愿赴死。也就是说，他对世间仍有眷恋，对艾黎仍有爱意，并不是毫无求生欲。

她是被人爱着的，而害死她所爱之人，是要付出惨痛代价的。她说到做到。

第二天，艾黎称病请假。她将手里的证据整理成文件，在U盘里留了备份，然后带着这些资料去找宋茜司。

对方刚开门，她就大步流星走进去，占据最佳位置。

艾黎说："我查过了，你说自己23号在蛋糕店外偶然看到白芷与赵泽阳私会密谈。然而23号晚上，玻璃窗上贴满了海报，根本看不清人。如果只是路过，也不会将注意力放在一家平淡无奇的蛋糕店里，直到分辨出店中的人才离去。所以说，你在说谎，你做了伪证。"

"那就是下午看到的，我记错了时间。"宋茜司急不可耐道。

"绝对不可能！"艾黎笑，"这张海报贴了足足半个月，就算你说是十天前看到也没有用。这是23号晚上拍的照片，左下角有照片实时拍摄的时间，无法造假。照片可以清晰看到蛋糕店玻璃窗上的状况，的的确确贴满了海报。或许你在白芷死后，亲自去蛋糕店核实了情况，证明站在店外五米也能瞧见里头的客人，暗暗松了一口气，知道自己所言毫无漏洞。但是，海报是白芷自杀前一天才撤下的，与你说的'店内客人清晰可见'的情况相左。由此可见，你在说谎。是背后有人指使你，让你把脏水往赵泽阳身上泼。你告诉我，他是谁？你又为什么要这么做？"

"可能是我记错了，都是八年前的事情了，谁记得那么清楚！"

"这是一条人命，宋茜司，你害人不浅！"

"滚开！"女人撒泼无药可救，宋茜司疯了似的将艾黎往门外推，随即重重关门。

这次很倒霉，没有人在后头扶住艾黎了，她摔倒在地，脚崴了，传来剧烈刺痛。

艾黎倒吸一口凉气，刚打算打电话给朋友，却被人拦腰抱起。

她不敢抬头看，闻到熟稔的男性香水味，便知是陈鹤川。

"陈鹤川，你都不上班吗？"艾黎不敢问他听到了多少，她只是恨自己不够小心，被抓住了把柄。

“脚疼吗？”陈鹤川懒得问她七七八八，不会去伤人，就是传统意义上的好人，只要她还没越界，他作为人民警察就不会为难普通老百姓。

“疼……”艾黎成功绕开话题，委委屈屈地装可怜。

“活该。”陈鹤川抱着她朝医院跑去，健步如飞。

艾黎蜷缩在他温暖的怀里，想了很多事，关于父亲的，关于宋茜司的。她想，她若是要让宋茜司说出真相，那必须采取一些其他的手段了。

这种人想让她就范，就得“以毒攻毒”。

艾黎为了父亲，也一定要找出幕后元凶。

她想明白了，三魂六魄瞬间归体。这一回魂，好似不太是时候。因为她隐约察觉到自己手臂上尚有余温，陈鹤川的手……似乎在摩挲她的手臂？

这……这算是耍流氓吗？她要不要反抗一下？

艾黎手臂的触感依旧，他人的指节在光滑的肌肤上抚动，留下细细密密的焦灼感，如同炭火在烧。不知为何，她浑身出汗，犹如针扎。

她刚想挣扎，却听得陈鹤川清清冷冷地道：“为什么这里有伤口？”

“嗯？”艾黎瞬间清醒，不自觉缩了缩肩。

她想起来了，她曾自己动手刺过文身，头两针扎错了位置，不小心划了一道疤。因为加了文身药水，所以那一块皮肉有了永久性的伤痕，仔细去摸会感受到一道浅显的疤痕。她从前离经叛道，不愿被陈鹤川管束，在清纯的小白裙短袖袖口下，是她用马克笔画的一只只残肢黑蝶，以那道疤为虫脊，自肉里伸出单薄的蝶翼。

她的秘密被发现了。

艾黎支支吾吾："不小心划伤的。"

"为什么会划伤？艾黎，你背着我伤害自己吗？"陈鹤川微愠，他的沙哑嗓音里含着怒火。

他有没必要这么生气吗？艾黎不太懂。

她咬唇："不用你管！"

"不用我管？"陈鹤川嗤笑，"你确定不要我管吗？如果不要我管，那么为什么三番五次借我名义，出去坑蒙拐骗？你想查什么？求我不就好了？艾黎，你接近我是否抱有坏心？是有什么目的吗？不然，你为什么要去调查宋茜司？调查八年前的事情？"

艾黎脸色煞白，不知如何回答他。她虽然聪明，手段却没有陈鹤川这只老狐狸高明。

"八年前的那件事情，和我爸有关。你来我家接近我，是为了我爸，对吗？"陈鹤川不提，不代表他不知道。他只是在等，企图看被逼急的兔子咬人时能有多大的力气。

"只是好奇。"

"是吗？"

艾黎只能打亲情牌了，她惨兮兮地笑："我是孤儿，如果陈叔叔不带我离开福利院，我就没有家庭收养了。我想读书，不想没文凭，长大后做基层工作，所以我得离开那里。"

"小小年纪，就有这么深的心机？艾黎，你真可怕。"

艾黎不置一词，和陈鹤川早些撕破脸也好，免得她次次忍耐，事事伪装。陈鹤川现在将她贬得一文不值，明明他才是心思最深的那一个，若是他早就发现她的企图，又何必演这么一出戏呢？而且长达那么多年。

艾黎犟嘴："要是早知道我是这样的人，你为什么不揭穿，还把我当妹妹养，费心费力演这么一出戏？"

陈鹤川见她生气，嘴角微微一翘，倏忽道："所以，这才是我妹妹的真性情吗？"

“什么？”艾黎恼羞成怒，重重一拳挥去，却打了个空。

陈鹤川非但不气，还乐在其中。

“我等了你这么多年，你一直忍耐到现在，才肯给我看刺猬的本性吗？啧，做你哥哥真辛苦。”

艾黎又不懂了，她以为陈鹤川只是单纯想戏弄她，可听话音，他又不像是那种人。这厮究竟想怎么样？

“不明白吗？”

艾黎不会不懂装懂，老老实实摇头。

陈鹤川发出急促的一声笑，短暂又低沉，撩人心弦。他轻声道：“我不想我未来女朋友对我还藏着掖着，不拿真心相待。”

“你说什么？”艾黎警惕地抬头，做出高踢腿的危险动作，企图从他怀里一跃而下。

哪知，陈鹤川招数更快更狠，一下子挡住她的动作，把她死死扣在了怀里。艾黎的脸紧贴着陈鹤川的胸口，听到他胸腔里蓬勃有力的心跳声，渐渐安心，每个毛孔都变得酥麻。

糟了，要沉溺其中了。艾黎瞳孔一缩，咬牙切齿地道：“放我走，我能自己走。”

“怎么？是害羞了吗？”他还在逗她，非得逼她原形毕露。

“没有。”

“不喊陈哥哥了？”

“……”她认输了。

“还装吗？”

“装什么？你不是什么都知道吗？再装，你会信吗？”艾黎完全是破罐子破摔的架势，语气里有点撒泼的意味，听起来像是无理取闹。

此举又引得陈鹤川一阵笑，不知他是觉得她可爱，还是感到无奈。

“你想装也可以，我喜欢听你喊我陈哥哥。”陈鹤川凑近她耳轮，呼出的气喷洒在她的耳背，那处满布神经末梢，很敏感，一点风吹草动，就能惹得人心绪紊乱。艾黎毫无防备，就这样中招了。

她再喊他陈哥哥，她就是狗！

艾黎一声不吭，生闷气。她不是陈鹤川的对手，这厮见招拆招：她装成熟，他就戏弄她；她装傻，他就让她难堪。所以她倒不如什么都不做，装死，那或许他就拿她没法子了。

到了医院，医生说艾黎脚腕需要冰袋冷敷，没伤到骨头，回家喷点云南白药，多养几天就行了。

医生对陈鹤川道："女朋友脚受伤了，你多照看一点。能床上躺着就别下地，少走路，休养几天。如果可以，去菜市场买个猪蹄，炖黄豆汤，补一补钙，老偏方，吃了总没错。"

艾黎脚疼，张牙舞爪，嘶声道："他不是我男朋友。"

陈鹤川抿唇一笑："对，我是她老公。"

"……"艾黎蔫了。

回到家，艾黎单脚跳回房，执意要一个人吃饭，赶陈鹤川走。

陈鹤川懂不能逼迫太急的道理，面对她这种死鸭子嘴硬的性格，得小火慢炖，时间久了，入了味，方可下嘴，细嚼慢咽入肚。

艾黎扶着门，刚想关，却听得陈鹤川道："你想知道，当年见你的第一眼，我明知你不怀好意，却依旧不揭穿你，究竟是为什么吗？"

闻言，艾黎几乎是一瞬间想到了那日的场景。陈鹤川站在楼上，即使日光昏暗，也掩不住他俊秀的容颜。他的鼻梁挺拔，目光冷淡，与她对视时，仿佛能看透人心。

所以，他在那一刻便知她心怀鬼胎？

这么多年，陈鹤川究竟以什么心态看待她呢？估计是嘲讽她吧？讽刺她自以为神不知鬼不觉混入陈家，实际上所有人都知道她的本性，只是不揭穿罢了。

艾黎的手指攥得死紧，指甲几乎要断在门板里。陈鹤川看见了，探手，将她的指头一根根掰开，摩挲指腹。

陈鹤川风轻云淡道：“我在你身上看到了我妹妹的影子。她无助死去的时候，无人施以援手。所以你有难，我想救你。”

艾黎猛然抬头，瞪大了眼睛。此时的陈鹤川不苟言笑，深沉的黑眸仿佛有光，覆盖了一层淡淡的金色。

他的话语有力量，一瞬间击中她死寂多年的心脏。

艾黎手足无措，这么多年，她一直以小人之心度君子之腹吗？陈鹤川并不想伤害她，也没想过戏弄过她。看到她前几年叛逆的行事，陈鹤川是失望至极，还是恨铁不成钢呢？

自从父亲死后，她封锁了自己的内心，习惯性用恶意去揣测人心。这一切，都是她错了吧？

“陈鹤川……”艾黎挣扎了一秒，发出细软如奶猫的声音。

陈鹤川眯起眼睛，嘴角微勾，道：“别太快感动，我从前对你没坏心，不代表今后没有。你的秘密，我早晚会查个水落石出。我需要你对我毫无芥蒂，完完全全敞开心扉。至于其他的话，等婚后，我们来日方长，慢慢谈。”

她的感动不过一瞬间，很快她就清醒了。

陈鹤川能守株待兔这么多年，等着她暴露真性情。凭这份耐心以及城府，足以说明，他绝对不是善人！

第四集

艾黎在请求重审赵泽阳挪用公款案的资料中，添加上了一段话：“如果一个人并非毫无求生欲，而是被人逼迫，选择自杀，那么逼迫之人这样的行为可称为故意杀人罪，也就是典型的谋杀。而且宋茜司的证词充满漏洞，无法判定赵泽阳先生生前犯下罪行，无法将其定性，证据也不足，所以我作为赵泽阳先生后辈，为其申请重审案件，洗刷名誉污点。”

这份资料还差最后一个步骤，那就是宋茜司的证词。她需要宋茜司亲口承认自己的错误，向她的父亲道歉。

艾黎想到了宋茜司平素在家也是全副武装的样子，她是在等待男人吗？或许，她也有不为人知的秘密，而这个秘密可能被人当作把柄，借以差使她做牛做马，包括做伪证。

思及此，艾黎选择跟踪宋茜司。

每到夜幕降临时分，宋茜司便会悄悄出门，步行至一条人声鼎沸的巷弄。

艾黎没跟住，一时跟丢了，好不容易发现宋茜司熟悉的身影，却一头撞进了陈鹤川的怀抱。他胸口的肌肉结实又硬朗，像是一堵厚实无比的墙，她感觉鼻梁骨都差点被撞断了。

这个冤家，怎么又跟着她来了？！

艾黎横眉竖眼地看着他，他不以为然，道："这种地方，你以为你一个女人能进得去？"

她看了一眼陈鹤川所指的地方，来来往往的都是男人。他们脸上带着轻松快乐的笑容，显然这间会所的招待极好，宾至如归。

这是什么地方，答案不言而喻。

"想进去吗？"陈鹤川逗她，刻意压低了声音。

"想。"艾黎知道这时候跟陈鹤川对着干没什么好果子吃，干脆认输。

"求我。"

"……"卑鄙。

她抿唇，说："那我找别人去，三条腿的蛤蟆难找，两条腿的男人还不好找吗？"

艾黎刚往一侧迈开步，就被陈鹤川长臂一揽，死死压到胸口。他黑着脸，说："我带你进去，少闹脾气。"

艾黎不吱声了，不管过程如何，目的达到就行了。

前台的人见陈鹤川来了，喊："帅哥，来玩的话，先留个证件。"

陈鹤川不愧是警队里练过的，什么世面都见过。他从口袋里摸出一根烟，"流里流气"地叼到唇间，慵懒道："怎么？来你这里玩，还这么多规矩？"

艾黎没见过这种不良少年风格的陈鹤川，他一贯是沉稳持重的硬汉模样，她觉得新鲜，目不转睛地瞅着他。

陈鹤川瞪了她一眼，继续和前台的人打太极："没证件就不许我在这里消费？这是什么规矩？"

前台的人没被他的气势吓到，不卑不亢继续道："不好意思，帅哥，这是店里的规矩，每位客人都要登记。不过你放心，我们有保密协议，绝对不会暴露客户信息。"

艾黎明白，这是威胁呢。来会所玩的人，哪个想把自己暴露出去？总归是不光彩的事情，大家都把自己藏得严严实实的。前台的人备着这一手，是防止店里的客人撒泼闹事，要是闹大发了，直接曝光个人信息，让对方吃不了兜着走。

这招够绝，想来也是店里服务足够好，否则怎么可能有客人买账，早倒闭了。

陈鹤川拿他们没办法，叹了一口气，把证件丢出来，催促道："快些登记，我可不想在门口露脸。"

他们很快就抄写好了证件号码，拍照备份，然后放行。艾黎瞧了一眼证件名字，发现除了证件照是真实的，其他的信息没有一个对得上。

她目瞪口呆，小声问道："哥，你造假啊？"

陈鹤川将那根烟收回口袋，冷笑道："你以为我们出任务的时候，会暴露自己的真实信息吗？"

闻言，艾黎对其肃然起敬。

他们来的时间巧，听店里的常客说，今晚有"钢管女王"羽冬的表演。还有人坐了三个小时的动车，不远千里而来，就是为了一睹羽冬的风采。

这时，舞池的灯光骤然熄灭，如同被劲风扫过的烛火，一瞬之间便没了影。不知何处，突然响起电吉他激情四射的弦音，来势汹汹，振奋人心。

舞台中央亮起聚光灯，一名陌生女人的身材曲线毕露，应该是羽冬。钢管下降，折射出璀璨的光。她像是一只妖娆的小野猫，腰肢舒展，攀附在钢管上。她腰窝很深，形成夸张的弧度。不过是一个高踢腿动作，她便如游龙一般缠绕在钢管上，尽显女人肢体的柔媚动人。

羽冬的舞蹈不能说完美，但观感不赖，看完有种说不清道不明的情绪，真要说的话，她的每一个舞蹈动作都快狠准，如浪客拔剑出鞘，见血封喉，不浪费一丝力气。光线昏暗，却难掩其锋芒。她不是在舞蹈，她是在演绎，用身体诠释何为“完美的梦中情人”，是女人妒恨、男人爱慕的那种妩媚形象，是个狠角色。

一舞结束，羽冬气喘吁吁，将擦过汗水的纸巾往台下丢。纸巾刚落地，便遭到哄抢，被陌生男人捡起细嗅，充斥情色意味。

在这一刻，艾黎看清了羽冬的脸，居然是宋茜司！这时浓妆艳抹的羽冬，与她往日居家的形象简直判若两人。

艾黎震惊，喊出声：“宋茜司？！”

没有人回应她，大家都在疯狂热舞，夜生活刚刚开始。

就在这时，一名服务员突然挤入舞池，拽了拽艾黎的袖子，说：“这位美女，我们老板有请，麻烦来一下后台。”

“老板？”艾黎皱眉，有些胆怯，下意识拉了拉陈鹤川的袖子。

服务员微微一笑，做出噤声的动作，道：“不方便说太多，您能过来一趟吗？”

艾黎不知道他的葫芦里卖的是什么药，大着胆子跟了上去。

脱离了嘈杂的人群，耳根子一下清静了，艾黎长吁一口气。

陈鹤川说：“你没来过这种地方吗？”

“没有。”

“那就很乖。”

他们的目的地是一间日式风格小包厢，原来这间会所别有洞天，可以说是有钱人的销金窝，只有你想不到的，没有他们做不到的。

艾黎在榻榻米上落座，给自己倒了一杯热过的清酒，随意翻阅宣传杂志，里面有一句话吸引了她的注意力：“男人心目中最完美的女人。”

这个完美无瑕的女人，应该指的就是羽冬吧？不，是宋茜司。

没过多久，有人走进来。

羽冬穿着艺伎独有的精致和服，和服上绣着樱花纹，下摆绣着细腻的金边，头簪花穗，款款而来。她掩唇轻笑：“这打扮是不是很新鲜？这是艺伎的妆容，日本京都苟延残喘的行业，国人想一窥真容，却因不懂日语，而无法体验艺馆艺伎温柔小意的待客之道。而我今天，就是为了圆这些人的梦，让他们在国内体验日本古老行业的风情。”

艾黎不懂宋茜司在说什么，她好似变了一个人一般，仿佛她们素不相识。

羽冬絮絮叨叨：“你知道吗？艺伎是一种在日本从事表演艺术的职业，平日用舞蹈、乐器一类助兴，满足男性客人的占有欲与浪漫幻想，还有对完美女性的幻想。和情欲无关，不卖弄色情，只是排遣人的寂寞，迎合男人的自尊心，让他们在这里尝到极乐滋味。这间会所，就是以此为宗旨开的。也可以说，我就是所有男人幻想的完美体，是世界上最优质的女人。”

她是疯了吗？她将自己物化，还沾沾自喜。

“你是？”艾黎也不知出于什么原因，突然咬唇，试探性地问了一句。

哪知，羽冬迅速接话，给她斟满酒，温婉地说：“我是宋茜司的姐姐，我叫羽冬，是这间会所的‘头牌’，也是老板。”

嗯？什么情况？艾黎抿唇，心脏抽动了一下。

艾黎和羽冬的一番对话，你来我往，皆是机锋。

羽冬不愧是在酒色场所里厮混的女人，并无任何异常与破绽，完美到令人不安。

这一夜，没有什么实质性的进展，等出了会所，艾黎问陈鹤川：“你相信她说的话吗？”

陈鹤川把玩手间的香烟，呢喃道：“什么话？”

“她说，她是宋茜司的姐姐。”

“不，她就是宋茜司。这样说也不对，她像是寄宿在宋茜司体内的羽冬。”

“什么意思？”

“宋茜司的指甲上涂满了紫罗兰色的指甲油，平时拿东西下意识用左手，是左撇子。左手的中指右侧有厚茧，指甲也略歪，说明她长年以来的握笔习惯是左手执笔。而羽冬的指甲无色，拇指指缝里残留一丝浅紫色的痕迹，说明是刚抹去指甲油。而她端酒杯的时候习惯用右手，右手中指左侧也有厚茧，许是常年握笔导致的。我特意留意了一下她的两只手，皆有用笔痕迹，宋茜司操控左手，羽冬操控右手，也就是说羽冬确实是宋茜司。”

“所以呢？我不明白，或许她两只手都运用自如？”

“人都是有惰性的，何必将自己练成能左右开弓的异类？看那个茧子厚度便知，那是长年累月积攒下来的，并非临时起意。如果她不是装的，那就只有一种可能……”

艾黎忽觉脊背发麻，如芒在背：“宋茜司的体内住着羽冬？”

“初步估计，是这样，不排除伪装的可能。如果是假装，那这女人心思颇深，竟花费数年时间编织这个谎言。”

“她想做什么？”艾黎咬唇，问。

“我不知道，不过你得小心。”陈鹤川弯腰，突然凑近她，两个人的鼻尖近在咫尺，只余一寸的距离，“不过如果害怕了，我允许你躲进我的怀里。”

艾黎后退一步，垂眸，默不作声。她的鼻尖冻得通红，她抿着唇，有点可怜的模样。

陈鹤川不逼迫她，淡然道：“算了，不逗你了。回家吧，很晚了。”

“哦。”艾黎小心翼翼跟上，望着陈鹤川高大的背影，一时间有些恍惚。

她对陈鹤川的感情很复杂，一方面因为自己的父亲，她不敢太相信陈家人。另一方面，陈鹤川确实对她关怀备至，自小缺爱的她，的确将他看作最敬重的兄长。这是她的秘密，悄然藏在心底多年。

可她把他当哥哥，他又当她是什么呢？应该不是妹妹吧？

一时间，艾黎竟然有些羡慕陈鹤川的亲妹妹了。她离世这么多年，一直有人记得她，守护她，真温暖。

陈鹤川停下缓慢的步伐，若无其事地朝后伸出手，手心朝上，道：“要牵手吗？”

艾黎不吭声，她想起小时候陈鹤川也是这样，看她气喘吁吁走不动了，便冷着一张脸，硬邦邦地问她：“要不要牵手？”

那时，迫切想接近陈鹤川的艾黎自然没有拒绝。她扬起一张笑容灿烂的脸，脸颊两侧浮现若有若无的高原红，欢欣雀跃地说：“要，陈哥哥。”

“才走这么几步就累了？我的妹妹，居然是个小麻烦。”少年牵起她的手，这样对她道。

那时候还未长大，陈鹤川再早熟，终归带着股稚气。他藏不住情绪，意气风发，偶尔也会真心以待。

艾黎回忆片刻，从梦中惊醒。

她怯生生地探出了手，很快就被陈鹤川握住。

他说：“为什么怕我？”

艾黎抿唇，小心翼翼说：“我一直……把你当哥哥。”

这是她为数不多的真心话，掩埋于心底多年，终于说出口。

陈鹤川愣了一瞬，说：“对不起。”

“什么？”

“我一直没有把你当作妹妹，我喜欢你。”这句也是真心话，以真心碰真心，若是不能完美契合，便总会有人受伤。

“……”艾黎深吸一口气，不敢有所回应。她还没搞清楚父亲的事，不敢轻易信任陈家人。

“你为什么要查赵泽阳的事？他从前和我爸是同一个公司的同事。”

“我知道，所以才要查。”

“这事，和我陈家有关？”

“有。”

“你混进陈家，是心怀不轨？”

艾黎抿唇，称是。

“哦。”陈鹤川没有多说话了。

他牵着她朝前走，像小时候那样照顾弱小的姑娘，又不太一样。因为他们的关系早已变质，掺杂些说不清道不明的情愫，绝非普普通通的兄妹之情。

到了家门口，陈鹤川唤她名字，说：“我是我，我爸是我爸。”

“嗯，我知道。”

“我是刑警，所以不会姑息任何犯罪者。”

“……”

“你可以信任我，像小时候那样。我也会帮你查下去，让真相水落石出，即使和我爸有关。”

艾黎动容，回头看陈鹤川一眼，嗓子有些哑。

陈鹤川笔直地站在原地，神色无比坚毅。他是个天生充满正义感的男人，很适合这个职业。

许久之后，只听他说：“所以，你不必将我拒于千里之外，对我设防。”

“我知道了……”艾黎松了一口气，扬起一个大大的笑脸，“谢谢你，陈鹤川。”

“嗯，晚安。”

多年的心结，在这一晚悄然解开。或许连艾黎自己都没察觉，听到陈鹤川那番话，她除了满心感动，内心还有一丝微乎其微的喜悦。

次日，艾黎上班时，去寻梅姐，问她有关宋茜司的事情。

梅姐略尴尬，说：“其实宋茜司只是我远方表姑，我对她的了解也不是很多。之前入职，家里人找她帮忙，只知道大概住址，别的时候都没联系过。”

艾黎了然，便问：“那你知道她的籍贯吗？”

“这我还真不太清楚，不过听我妈说，她以前和我表姑打过交道，估计是同一个地方的人吧？我妈是L城F镇的人。怎么了？你怎么突然问这个？”

“没什么，随便问问。”艾黎含糊过去，将那个地址记在心中。

她想去深入调查一下宋茜司。宋茜司当年大学刚毕业，不过是二十出头的年纪，八年过去了，想来现在也就三十二三岁的样子。

艾黎打算去查查宋茜司的过去，要去L城F镇。她称病，请假一周，反正实习生没工资，也就无所谓。

巧了，陈鹤川因之前节假日也在工作，上头特批他休一周假。

艾黎还没来得及出门，便被陈鹤川堵在门口。

他瞥了一眼门左侧那个小小的行李箱，轻描淡写道：“小姑娘一个人出门不安全，我陪你一起去吧。”

说完，陈鹤川强硬地顶开门，拎起她的行李，快跑下楼。

艾黎目瞪口呆，她从未见过如此厚颜无耻之徒！

第五集

更不要脸的还在后头，艾黎看到自己跟陈鹤川的列车座位是连座，终于忍不住爆发了："哥，你还要脸吗？"

艾黎心无芥蒂以后，倒是愿意遵从本心，喊陈鹤川哥哥了。她本就渴望有个哥哥，这个空缺能让陈鹤川填补上再好不过了。

陈鹤川挑眉，说："你这叫不识好歹，我出于关心，陪你出行，你没一句感激的话，反倒怨气颇重？你怎么这么狼心狗肺，就知道欺负我？"

"……"究竟是谁欺负谁？艾黎简直无话可说。

她斜睨了陈鹤川一眼，生闷气。哪知，她还没坚持多久，第一个难题就来了。

行李箱太沉，她无法将其搬到架子上去。而后头的乘客越来越多，再不放上去，行李就挡道了。

于是，艾黎厚着脸皮，喊道："哥，帮我个忙。"

"什么？我听不到。"

"我说，帮帮我……"她越说越小声，嘟囔了一句。

陈鹤川勾唇，手搭上行李箱，心想，他真是越活越回去了，竟这么幼稚，跟一个小姑娘斗法。

他自嘲一笑，拎起行李箱，不费吹灰之力就将东西放到了一侧的架子上。陈鹤川抬臂时，后腰的衣服被牵起，露出若有若无的肌理，他的脊骨沟壑很深，线条明朗，肌肉紧绷，光泽明艳性感，叫人看了便挪不开眼。

艾黎满心满眼都是那一片雪花白，呆了一瞬，被人敲了一记栗暴才回魂。

“在看什么？”陈鹤川逗她。

“什么都没看。”

“掩耳盗铃。”

“说……说我？”

陈鹤川睨她一眼，微微笑道：“还说不喜欢我？明明看我看成了傻子。”

“我没有。”她细声反驳，不知是否认那句“傻子”，还是否认看他。

入了座，陈鹤川将一张照片递给她，照片左下角写着：拍摄于2004年2月12日，F高中。

十四年前的毕业照？

艾黎细想了一下，宋茜司的年龄能对得上号，这是她毕业班的照片？

艾黎找寻了一番，指着照片最左侧的少女，问道：“这是宋茜司，对吗？”

“没错。”

“这照片，你哪儿来的？”

“你第一次去找宋茜司的时候，我调查了她。从她的证件上得知她的籍贯，抱着试一试的心态去搜F镇的本地高中。她今年三十一岁，我记得以前的小学是五年制，所以她高中毕业那一年，不出意外的话，应该是十七岁。所以，我给那些高中都发了邮件，希望他们能调出 2004 年的各班毕业照给我，经过好一番排查，大抵确认了她的高中母校。”

艾黎吓了一跳，她该庆幸自己没跟陈鹤川耍心机。他就是一条见血才收的狼狗，不咬下一块血淋淋的皮肉，决不罢休。

她自言自语：“究竟是什么样的高中，才会备份十几年前的学生毕业照啊？”

“这所高中大概是想打亲情牌，盖了一所百年大礼堂，将每一届的毕业照都存在其中，留作纪念，至今已存放二十五年份的毕业照。”

“还真是巧合。”

“这世上最不愁的就是巧合，古人言，无巧不成书。”

艾黎似想起了什么，战战兢兢道：“说起这个，我想问，你有没有调查过……”

“没有。”

“我还没说完。”她想问的是他有没有去查过她的身世。

“我没有调查过你。比起调查，我更想听你亲口跟我说。”

艾黎垂眸，他果然知道她想要问什么。

“为什么？你不好奇我的目的吗？”

陈鹤川慢条斯理地问：“你还记得，我曾对你说让你信我吗？”

“嗯。”

“你信我，礼尚往来，我也该信你。”

“你就不怕我伤害你？”

他单手撑头，忍俊不禁地望着她，问：“那么，你有伤过我吗？你想过害死我吗？”

“没有。”

“那不就得了。”

“可是知人知面不知心，你不应该这么信任我！”艾黎的声音微微提高，有些歇斯底里的意味。或许陈鹤川不懂，可她懂。她没有对陈鹤川下手，是她暂时处于观望状态，这并不代表她心地善良。她后怕，怕自己一时鬼迷心窍，伤害一个全心全意信赖她的人。

“不用担心，你又没有让我受到伤害。你从前辜负我的心意，我原谅你，只希望你从今往后能全心全意相信我。”

艾黎不出声，在心底慢慢咀嚼他这一番话。

“我是你现在最亲近的人，在前进时，放心将手交给我。”陈鹤川轻描淡写地说完这句话，随即望向窗外，若无其事地握住了艾黎的手。

艾黎感动不过两秒，突然察觉不对劲的地方——陈鹤川这是死性不改，趁机吃她豆腐吧？！

到了镇上，他们第一时间订了一家旅店，两间标间，房门正对着。将行李放入房间后，艾黎便去了一趟F高中，陈鹤川在来之前和校长打过招呼，所以他们很快就在办公室里见到了校长，拿到了记有历届毕业生名单的纪念册。可惜那年的学生个人资料早清除了，因为学校每五年便会销毁一次信息，避免资料室的存储压力过大。

艾黎拍了几张照片，又指着纪念册里的班主任，说：“请问，这位老师还在学校里上课吗？”

校长看了一眼，说：“郑老师啊？有的，她十点下课，你们可以在办公室里等一下。”

“麻烦您了。”艾黎客套两句，局促地等待着。

没过多时，便有一个中年女人走进办公室。她保养得当，戴细边眼镜，看起来像个学识素养颇高的知识分子。

“你们好，我叫郑颖，是高三C班的班主任。”

艾黎毕恭毕敬地握手，说：“我叫艾黎，麻烦郑老师跑一趟，有点私事想询问一下。”

“你说。”

“十几年前，你教过这个班级对吗？”

郑颖微笑：“对，那是我入职带的第一个毕业班，印象颇深。”

艾黎焦急地将毕业照拿出，用白皙的指尖指着宋茜司的身影，小心翼翼地问道：“你记得她吗？可以和我说说她的事情吗？”

“宋茜司？”

“你有印象？”她大喜过望。

郑老师抿唇，说：“有印象，不过她的事情，或许你问这个女孩会比较清楚。”

有其他隐情吗？怎么突然这样说？艾黎很好奇，但还是循着对方的指示，望向照片里的另外一名女孩。她看上去比较高，唇红齿白，长相清秀漂亮，非同寻常。在那个年代，想来她定是男生们心目中的女神，是男生们夜夜魂牵梦萦的梦中情人。

“她叫什么名字？”艾黎呢喃自语。

“她叫祁升，现在博金大药房工作，你们可以去找她，当年她和宋茜司的关系最好。”

“好的，谢谢你。”

艾黎的视线再次落到毕业照上——祁升和宋茜司差不多高，站在同一排。她们关系密切，明明可以站在一起拍照，却有种关系疏离的感觉。照片上两人一个站最左，一个站最右，有种各奔东西的架势，其中深意，耐人寻味。

她们两个人的关系，真有郑老师说的那么好吗？单单从这张毕业照来看，她们的关系似乎并不好，艾黎再次陷入了沉思。

啧，这潭水究竟有多深？

艾黎原以为，羽冬的故事不过是一个结，解开了便没有了。等她深入接触后，这才发现那个结能化作无数纤维，缠绕、纠结，最终如漫山遍野的藤蔓一般，将入侵者绞杀其中。艾黎就是擅闯者，稍不留神，便有可能被铲除。

“有什么收获？”陈鹤川去外面逛了一圈，回来时，郑老师已经走了。

艾黎答道："要去找这个叫祁升的女人，她知道宋茜司的事情。"

"哦，陪你找女人，我没意见。若是陪你找男人，我就要吃醋了。"

"……"艾黎斜睨了他一眼，心里暗暗骂了一句：有病。

"少在心里嘀咕脏话，你在想什么，当我不知道吗？"

艾黎敷衍地说道："我没说脏话，我也没想什么。"

"你没想事情，我却一整天都在想。"

"想什么？"

"想你。"陈鹤川轻笑一声，短促又性感。

"……"

夜风萧瑟，隐约飘起了雪絮，棉球大小，从空中落下来，纷纷扬扬。

艾黎拢紧羽绒服，蹲在药房左侧的巷子里等祁升。没过一会儿，祁升便下班了。

陈鹤川走上去，还是一贯的流程，将证件递给她看，取得信任，继而详谈。

祁升刚下班，还没吃饭，所以谈话地点定在一家面馆，店面位置僻静，来往的人不多。

艾黎又冷又饿，等到自己的排骨拉面上桌，拿起筷子就先吃了起来。祁升坐立不安，随意吃了两口，问道："两位警官，请问找我有什么事吗？"

艾黎也不傻，任谁都会以为此刻的平静乃是暴风雨前夕，吃不进饭实属正常。

她开门见山问道："你记得宋茜司吗？我想知道有关她的事。"

"宋茜司？"祁升的反应很大，她拎起包，起身要走，"我家里还有事，我们下次再聊吧。"

"有什么事呢？如果是难事，人民警察为人民服务，我们跟你一起回家，帮帮忙？"陈鹤川淡淡道。

祁升尴尬地抿唇，复而坐了下来，小声说道："她是个疯子。"

“疯子？此话何解？”果然被艾黎猜中了，其中有料。

祁升絮絮叨叨地讲，面汤的热气在她眼前氤氲开。

故事说起来或许有些枯燥冗长，但至今仍时不时出现在她的梦里。那该是她高一发生的事情，宋茜司是她的同桌。初次见面的时候，她对宋茜司的印象很好。宋茜司有一头飘逸的长发，刘海凌乱。她站在风雪中，亭亭玉立，无任何昂贵华衣粉饰，都能在瞬间吸引人的目光。

见到宋茜司的那一刻，祁升呆滞了一瞬，她的视线无法从宋茜司身上挪开。宋茜司用微翘的小指把垂下的细发别到耳后，黑发、白肤、红唇，美艳无双，只消一眼，便让人惊心动魄。

她主动接近宋茜司，心里想的是，如果能成为宋茜司的朋友就好了。

这一天来得很快，宋茜司给了她机会。

宋茜司去祁升家一起写作业，宋茜司说：“你很喜欢我，对吗？”

“对。”祁升内向，点了点头，耳根泛红。

“那么，你将会是怎样的朋友呢？”

“什么意思？”

“是萍水之交，还是莫逆之交呢？”

祁升鼓足勇气，提高了音量：“要怎么验证？我当然是能为你赴汤蹈火的朋友，是绝对不会背叛你的朋友。”

宋茜司只是笑，温和有礼的微笑，没有任何压迫感。

“你不信吗？”祁升焦急地说，“真的，我什么都可以为你做。”

“你刚才说赴汤蹈火？那就试试看吧。”

“什么？”

祁升不明就里，直到宋茜司带着她来到厨房，烧了一大锅沸水。

宋茜司眯起眼睛，拽住祁升的手腕，准备往沸水里放……

应该只是一个玩笑，祁升这样想。

等她看到宋茜司满脸期待的样子，她又暗暗咂舌——这好像并不是玩笑。难道宋茜司想看她被烫伤的样子吗？

“不是说，为了我做什么事情都可以吗？看到你以手试水，会让我很开心，那你要不要做呢？”宋茜司诱惑她，声音低哑。

祁升的手掌被升腾的水蒸气烫到，指节微蜷。她刚想发怒，却见宋茜司惊慌失措地松开她，把火关了，倒掉沸水。

宋茜司愧疚地道歉：“对不起，祁升。我刚才只是闹着玩，我也不知道为什么……”

她说得真心实意，与之前判若两人。祁升自己也认为这只是一个玩笑，宋茜司又不是疯子，怎么可能做出故意伤人的事情？

然而，当她回忆先前所发生的一切，宋茜司那满脸期待的模样始终在脑海中挥之不去。

真好笑，有一瞬间，她竟然当了真。

五点多的时候，宋茜司上了趟厕所，起身动作太大，抖落一本笔记本。

出于好奇，祁升偷偷摸摸翻了一页，只见上面写了一句没头没脑的话：你烧热水想做什么？不要伤害我的朋友。

什么意思？祁升没明白，后来不知不觉也就忘了这一件事。

就这样过了两天，学校课间休息，祁升又看到了这本笔记本。它被宋茜司藏在书包深处，若隐若现。

就看一眼吧？反正宋茜司不在。

她将手探入书包，拿出本子，潦草地扫了一眼。

那一句令她在意的话居然有了回复，同样的字迹，自问自答般：当然是帮你测试朋友的真心，蠢货。如果她把手伸入沸水，那她就是我的朋友了。

祁升心脏一颤，急忙将本子塞了回去。

这是怎么一回事？宋茜司想害她吗？

宋茜司那天的表情不住在她脑海中放大，她一闭上眼，仿佛还能闻到宋茜司发间若隐若现的芬芳。宋茜司笑着，像恶魔一样蛊惑她："将手放进去吧？放进去，烫伤也不要紧。只要你有所牺牲，我们就是朋友了。"

祁升瞬间清醒，她打算疏远宋茜司。宋茜司再美，也是蛇蝎美人，不论真假，她都不能够再接近宋茜司。

然而，已经来不及了。

因为她一抬头，便看到宋茜司站在一侧对她笑。对方深褐色的虹膜里满满是她的倒影，就这样不远不近地看着她，身上徐徐飘来的花香，沁人心脾。宋茜司的笑容可怕，和那天一模一样。

逃也来不及了，"疏远"的这扇门被关上了。

"上次是我去你家玩，要不今天晚上，你来我家吧？"宋茜司对她说。

祁升当机立断拒绝了。青春期少女的想象力丰富，她已经幻想出另外一个恐怖的故事。她去宋茜司家，相当于自投罗网。或许是她有被迫害妄想症，以为区区高中生也敢伤人。

但是祁升就是怕，单纯的、不掺任何杂质的畏惧。她惊恐地逃离，拼命想摒弃有关宋茜司的一切。

"你背叛我了。"宋茜司的脸瞬间变得阴沉，几秒后，她孩子气地将每个字吐出口，"所以，我不跟你好了。"

片刻后，宋茜司又说："不如，我们玩一个游戏。我有时候会把你当作敌人，无时无刻不想害你。你可以逃跑，也可以求饶。你向我求饶的时候，得分辨出那时的我究竟有没有善心，会不会放过你。如果你运气足够好，我会放过你；如果你运气不好，或许就会被我猎杀。能听懂我说的话吗？"

祁升告诉自己那只是玩笑话，可仍然坐立难安。

她装傻，摇了摇头。她不想接受这个游戏，可宋茜司就像是单方面下达命令，逼她不得不接受。

宋茜司只是笑，轻轻"呵"了一声。她弯腰，细长柔顺的黑发从两肩扫下来，拂过祁升的侧脸。她慢条斯理地说："就好像上次那样，如果没有善良的我救你，你的手就会被完完全全浸到沸水里。”

“丁零——”祁升心底深处响起了警铃，几乎是瞬息之间，她想到了两张截然不同的脸，都是宋茜司的脸，一张肆意大笑，一张愁眉不展。哪个是真正的她？哪个是虚假的她？

好奇害死猫，她果然不该看那本笔记本！

罪魁祸首都是它，要撕掉，全部都撕掉！

她木讷地说道：“必须玩吗？”

“对，从现在起，游戏开始。逃吧，我美丽的姑娘。”宋茜司一字一句，咬字清晰。

回忆就此戛然而止。

艾黎问：“之后发生了什么事情？”

祁升似乎想到了什么，看起来痛苦难耐，不再多言。

他们还要追问，她已经站起身，疯了一样跑到车水马龙的街道上，身影很快消失在人群里。

第六集

积了雪的地面，一脚下去，踩实了松软的雪。用脚底的污秽践踏洁白的雪，总有种异样的快感。

然而，世间万物都不好欺，人作恶后，它们便肆意惩罚众人，路人稍不留神就会滑倒，狠狠摔在那片被碾压结实的冰雪里，摔得够呛。

祁升就这样摔在了雪里，她的手机跌出去好远，屏幕亮起。有人给她发了一条短信，隔着手机都能感受到彻骨的冷意：“你真的做好将秘密说出口的准备了吗？谁不是忍受内心煎熬，苦苦撑过一辈子？你就真的想堕入地狱吗？祁升，我的朋友。”

原来，她自以为逃出了噩梦，噩梦却在暗处如影随形，如附骨之疽。

原来她不曾被救赎，永生永世都将受其掌控。所以她要听话，否则没人能帮她保守秘密。

遇到艾黎的那一瞬间，她想过要解脱，将所有故事一次性说出来，求个了断。结果人的胆怯作祟，她还是动摇了。在看到宋茜司的短信时，她的心理防线崩塌，再不敢说出口。

雪还在没完没了地下个不停，仿佛要将故事都掩埋掉一样。

艾黎站在玻璃门前，望着祁升逃跑的方向，自言自语道：“她在怕什么？”

“有短信来了。”陈鹤川喝了一口大麦茶，说。

“短信？”

“她脸上的妆容很浓，几乎是一张反光镜。我看到她的下颚亮了一下，然后她顺势将桌上的手机收到包里了。有人发短信给她，她藏得那么快，是不想被我们发现。”

“是谁呢？”艾黎懂了，“难道是宋茜司？那时我们正在说有关宋茜司的事情，让她心虚的对象也只有宋茜司了。”

“应该是的。”

“不应该啊，她要是真的怕，最开始又为什么和我们说？”

陈鹤川突然笑，指尖摩挲杯沿，说：“你在什么情况下，会和别人倾诉往事？”

“如果这事对我来说打击很大，我在等事件尘埃落定之后，会找人诉说这个故事。说出过去，也是放过自己。”

“那你的故事说到一半，什么情况下，你会突然闭嘴，对事件讳莫如深？”

“在我察觉到有危机的时刻，认为再说下去，必将受害。我懂你的意思了，她想和我们倾诉，想把真相说出口。她以为自己躲过了宋茜司，却没料到那个女人还一直在她左右。祁升害怕了，所以她不敢再多说，逃跑了。”

“什么事情会让她这样害怕？”

艾黎脸色凝重：“那必定就是一个不为人知的秘密了。”

“答对了。”陈鹤川放下大麦茶，揽着艾黎的肩头，一道朝门外走。调查又陷入了僵局，那他们不如去查查祁升背后有什么故事。

只要陈鹤川想查，没有查不到的事情，艾黎对此有深切感悟。

第二天，他们便找到了祁升的姑姑家。由于父母工作不在本地，祁升高中三年几乎都是在姑姑家吃饭。

他们来问，邻居却说："你们找祁莲啊？别找了，估计去医院了。"

"医院？"艾黎问。

"是啊，她老公瘫痪好多年了，一直住在疗养院里，由护工照顾。说句实话，她离婚了还轻松一点，拖着这样的老公，不知道多辛苦。"

"怎么瘫痪的？"

"好像是从二楼掉下去的，虽然楼层不高，但头部受了外伤，最后不知怎么捡回来一条命，却也瘫痪了。你说这人也真是的，要真想死，不爬楼顶跳，爬自家窗户跳？谁都知道这种高度摔不死人……罪过罪过，说了这种话。"

陈鹤川问："是哪天出的事情？"

"日子我记不清了。等会儿，我想想，好像是2003年的事情，那时候我儿子刚开学，应该是9月吧。"

"你知道祁升这个人吗？"

"啊，我知道，那个小丫头啊。唉，现在的小孩都没良心，她姑父原先对她那么好，现在她姑父出了事，她却连看都没来看过一眼。"

祁升高二发生的事情，她正值青春期，两者之间有关系吗？

"好，谢谢了。既然现在家中没人，我下次再来找她。"陈鹤川说完这句，便跟艾黎匆匆忙忙下了楼。

艾黎说："我总觉得这事和祁升有关。"

"嗯。"陈鹤川并未多言。

她舔了舔下唇，试探性地问："要不，诈诈她？"

"哦？"

"大部分人高中时认为的大事，到了三十岁都能轻松看待了。而她一直隐瞒着，极有可能是现在也无法解决的事情，譬如犯罪。

"未成年人犯罪，说句实话，无法让他们受到理应受到的惩罚。但是年幼的人和成年人对恶意事件的心理承受能力是不一样的，就好比我小时候经历的事情，我至今也无法忘怀。”

“小时候经历的事情？”陈鹤川走近一步，弯腰，定睛看她，蛊惑道，“告诉我，那时候，你都经历了什么？”

“是个噩梦，不说了。”艾黎垂眸，此事揭过不提。

她是走投无路了，才选择用偶然事件钓鱼，引祁升上钩。

当天晚上，艾黎照常在药房门口堵祁升下班。祁升看了她一眼，视若无睹，急匆匆地往前走。

艾黎在雪地里气喘吁吁地追，她本不想在人潮汹涌的地方说，可祁升不给面子，她就只能喊出口了：“祁升，你姑父出事那天，你在哪里？”

问题仿佛问到了点子上，祁升回头，惊恐地望向艾黎。那惊慌之色不过一瞬，她便恢复了冷漠的表情。

她淡淡地回答：“我和我最好的朋友在一起，警察来问过了。”

“最好的朋友？”艾黎皱眉，只觉得此时的祁升很遥远。她站在灯火阑珊处，笑容浅淡，带有一丝说不清道不明的味道，眉目细长，在斑斓的灯光里，朦朦胧胧。

“宋茜司，她是我最好的朋友。她能为我做证，我们两个一直待在一块。”

艾黎目瞪口呆，觉得现在的祁升很陌生。

她之前明明不是这样说的，她明明认为宋茜司是疯子，明明疯狂地想躲开宋茜司。

艾黎抿唇，说：“你在撒谎……我会挖出来的，所有故事，我会凭一己之力挖出来的。”

“随便你怎么说。”祁升斜睨了她一眼，大步流星地走了。

还是得从祁升下手。

艾黎有时候会想，也许这一切对她查明父亲的死因帮助不大，但细想又推翻了这种念头，只要能看到宋茜司那腐烂发臭的根部，逼迫宋茜司说出真相，那么这一切就有意义。她要的东西不多，只是那种被别人扼住喉咙的痛苦，她要百分之百奉还给宋茜司。

艾黎通过郑老师这条线，找到了祁升高中时期的暧昧对象。那时候的早恋，自以为隐蔽，殊不知大人都瞧在眼里，只是睁一只眼闭一只眼放过了而已。

他叫姜舒，现在一家游戏公司做程序员，已经结婚了，是“二十四孝”好老公，下班便马不停蹄地赶回家，并不好堵到他。

陈鹤川截住了人，出示证件，请他到茶馆喝茶。

姜舒显得镇定，即使三十多岁，举手投足间还有股少年人的翩翩风度，难怪祁升喜欢他。

“请问有什么事情吗？”姜舒拉开袖子，看了一眼表，焦急地说，“我太太会担心，我得快点回家。”

陈鹤川突然眯起眼睛，说：“一直循规蹈矩地生活，不好受吧？”

“你说什么？”

“下班就回家陪老婆，上班就努力工作，做个优秀好员工，蝉联数年优秀职员荣称。”

“你怎么知道？”

“照片就贴在你们公司前台，你是受老板重用的技术人才。我很想问，会不会有那个时刻降临？”

“那个时刻？”

“想随心所欲的时刻，肆无忌惮地破坏一切，不遵循规则，放纵自己的时刻。”

姜舒不知想到了什么，皱眉道：“你不是警察吗？”

“是啊！”陈鹤川笑了，“这种时刻，类似犯罪。”

艾黎打断了陈鹤川的话，大概明白了他所用的心理战术。她摆出那张毕业照，指着祁升，说：“还记得她吗？”

姜舒抿唇，没有说话。

“和她在一起的日子，应该很特别吧？你们不是相爱吗？为什么后来没在一起？”

“这是我的私事。”

“我需要了解你的私事，因为这些事对我来说至关重要。”艾黎坚定地说。

“我的私事，对你来说有什么要紧的？何况，她的事情，不要再查了，她是个可怜的女孩。”

“她可怜？我就不可怜吗？就因为你瞒着你的私事，可能导致我痛失最亲最爱的人，纵使知道这个结局，你也要不顾一切选择隐瞒吗？少拿同情她的话当借口，你不过是铁石心肠的小人。她的私事可是调查的关键，你不说的话，我有权认为你是在包庇！隐瞒重要信息！”

姜舒长叹一口气，说：“好吧，其实也不是什么大不了的事情。你们想知道，我就说好了。”

他能心无芥蒂说出过去，代表这一段故事已经结束，被尘埃淹没，与祁升不同。

“那是我最疯狂的一段日子，我至今都难以忘怀。”于他而言，那是一段非同寻常的疯狂岁月。

2003 年 1 月 12 日，高二上半学期，寒假前夕，F 高中转过来一名品学兼优的好学生，他叫姜舒。

姜舒，人如其名，清俊倜傥，如云卷云舒，给予旁人如沐春风之感，颇得班内女生青睐。

谁都渴望和他同桌，获胜者却是祁升，一个美貌与才华并重，足以配上姜舒的女孩。

最佳亲近位置被祁升捷足先登，其他人只能偃旗息鼓，来日再战。

姜舒也只是十几岁的少年，说没有热血冲动的时刻，那是假话。面对这样主动亲近的女孩，他心底的某处悄然塌陷，第一道防线就这样被轻而易举地攻破了。

两人起初的接触，无非就是借借修正液、帮忙交作业本之类的小事。时间久了，青春男女便大着胆子约着一起去买书，分别时，像是情侣一样，姜舒给祁升买了一根冰棍，奶油味的，五毛钱一根，不贵，小殷勤。

祁升舔着冰棍上厚厚的奶油，嘴角微微上扬，露出精致的六颗牙齿，矜持地笑。

姜舒朝她摆摆手，就在她伸出手的那一瞬间，他注意到了她手腕上的几道瘀青，看宽度与长度，像是手指留下的痕迹，与雪白的肌肤格格不入。

她是遇到了什么难事吗？难怪今天阳光明媚，天气有点燥热，在充斥暖气的图书馆内，祁升还是没有脱下厚重的长袖外套，那伤痕太明显了。

这样的瘀青激起了姜舒强烈的保护欲，他坚信祁升有难言之隐，虽然他还不是一个成熟的男人，但他必须保护心爱的女人，就像警匪片《英雄本色》里面演绎的那样。

祁升慌乱无措，迅速缩回左手，藏到身后。她失态了，低着头，匆忙回家。

没被发现吧？她当时肯定是这样期待的。

姜舒没有当场询问她，假装没有发现。他善解人意，也为自己的通情达理而沾沾自喜，自傲的情绪迅速膨胀。

再后来呢？

没有后来了，祁升身上原本长年累月增加的新伤突然消失，姜舒再也没有看见过她受伤的痕迹，保护欲也逐日锐减。

不过如此，她也不是什么很可怜的女孩嘛。

不知为何，他的心中突然产生了这种古怪的念头。祁升还是一如既往地清纯美丽，可原本萦绕于她身边的那种神秘感凭空消失了。

姜舒咂了咂嘴，顿感索然无味，于是提出了分手。

艾黎问：“分手的时候，她是什么反应？”

姜舒垂眸，说：“她抓着我的手，像是疯了一样，说‘我为你做了这么多，你竟然……’至于她做了什么，我也想问，可是没有后话了。”

艾黎皱眉，幻想出那个画面：祁升怒不可遏，天真无邪的少女面孔被撕开了。她抓住姜舒，像地狱罗刹一般，露出狰狞的表情，质问男人：“我为你做了这么多，你竟然……”

她做了什么呢？所有人都想知道。

第七集

原以为从姜舒这条线查下去会有许多收获，哪知线索犹如壁虎断尾一般，抱着谜团迅速溜走了。

艾黎没有办法，只能和陈鹤川厚着脸皮去拜访祁升瘫痪的姑父。

疗养院外站着一名抽烟的辖区警察，陈鹤川遇见熟人，问："赵师弟，你怎么在这儿？"

赵信挑开警帽，看了陈鹤川一眼，毕恭毕敬道："陈师兄？你不是在H城吗？怎么来这小地方了？我来例行探访，不过估计没什么用，就是走个仪式。"

"什么探访？"

他撇了撇嘴，夹着烟头指着里头那位，说："就他，几年前跳楼瘫痪了，连话都说不了，别说问事情了。"

"什么事情？"

"机密。"

是和祁升姑父有关的事情，艾黎给陈鹤川使了个眼色，意思是资料必须拿到手。

陈鹤川为难道："实不相瞒，我们也是来找这位的。"

赵信摁灭了烟，倒吸一口凉气：“不应该啊？这又不是你们辖区的案子，唉，如今是找到凶手了，哪知凶手成了哑巴，什么话都说不出来。”

“什么凶手？”

“这个资料我不能给你，要不这样，要是你查的事情真跟他有关，就去F派出所，找我师哥要一下卷宗，案卷名字是‘狗头鳗少女献祭重大杀人案’。”

“行，麻烦你了，那我们先走一步。”

艾黎惊讶地问：“狗头鳗是什么？”

陈鹤川摇了摇头，他也不知道。

这世上还有陈鹤川不知道的事情？果真世界之大，无奇不有。

他们上网查了一下，发现狗头鳗是F镇的传说，可以说是海怪，也可以说是渔夫信奉的神明。以前，海上天气神秘莫测，以捕鱼为生的渔民为了安心，会信一些虚无的东西，祭祀风，祭祀雨，连支配潮汐的月亮，都被旧时的人称为月神。

假的，可惜一切都是假的。

传说狗头鳗是一种体形巨大、类似“鱼龙”的怪物，它有长尾，沾满了黏稠腥臭的黏液，可以轻易伸入船内，卷住渔民的手脚，将其拽下海。有人说，狗头鳗和水妖或是鲛人是一类，难辨虚实。

结果，真的有人声称亲眼看见了。

艾黎得知这一状况，是在看了“狗头鳗少女献祭重大杀人案”案卷后才知道的事情。她打开文件，第一眼看到的就是几张冷门杂志连载小说的复印稿，文名是《狗头鳗的新娘》，文章以第一人称叙述，写着：

我常常会梦到这样的情景。

我躺在软滑厚重的海藻上，上方有光，下方灰暗。我呵出一口气，发现眼前满是气泡，低头看了一眼，手指也因为泡水过久，细胞吸水肿胀而生出多层褶皱。原来，我睡在水底，没被呛死，还能呼吸，像是一条鱼——

咦？鱼吗？

我望着上方，隐约发现有人在慢慢下沉。

是个美丽的少女，她的长发乌黑发亮，像是一张网，完全占据了我的视线，隐约可以看到她那惨白到发亮的脸颊，以及红艳饱满的樱桃小嘴。

她是活的吗？

一定是活的，和我一样，能在水中呼吸。

落下来了，她就这样轻飘飘地落到我的怀里。

啊，是我的新娘，献祭给狗头鳗的新娘。

艾黎只翻了几页便跳过了，她对这种神神道道的故事不太感兴趣。她率先拿出来的是几张2003年的时报裁剪下来的纸片，应该是重要信息：2003年1月23日，学生上课的最后一天，第二天就是寒假。这天凌晨，在F码头发现一具女尸。她穿着F高中的校服，是失踪多日的女高中生。尸体被咸涩的海水泡开了，法医推断不出具体死亡时间，死因倒是一目了然，腰腹被刺，测量伤口的深度与宽度，初步判断是小型的水果刀。死者由于失血过多导致休克死亡，被凶手抛尸大海，沉浮好几天方才上岸，正巧漂到F码头附近，一大早出海捕鱼的渔民发现后，便报了警。

报纸上就粗略写了这些，搭配上匪夷所思的大标题《渔民传说：狗头鳗的诅咒？！》，黑体字，粗犷硕大，触目惊心。

她再翻动几页，纸张在手指间翻飞，发出沙沙的响声。后面有负责此案的第一批警员留下的笔记，有警队的特殊符号，艾黎看不懂，只得喊陈鹤川来看。

他两指接过纸，轻声说："上面写了F码头的传说，还说当地渔民与旅游地产开发商闹了矛盾。那一带没人管理，他们违章搭建避风的小屋，将渔具摆在屋内，合适捕鱼的时候就开船出海，把那一块沙地完全占为己有。后来旅游地产的开发商买下了沙地，打算建造那种一间房就十几平方米的海景小屋，供外地游客来海边游玩。开发商要渔民搬走东西，渔民不同意，耍无赖，闹得很大，还见过血。”

艾黎不明白了：“这和诅咒有什么关系？”

陈鹤川勾唇，轻笑：“狗头鳗是当地渔民的传说，出海前要祭祀狗头鳗，往海里抛果蔬，开船后还得往海里丢一个熟猪头，献给狗头鳗，说是这样方能保航海平安。而旅游开发商坏了规矩，不尊重当地习俗，老辈人扬言这些人会遭到报应，必将被狗头鳗诅咒。结果没几天，码头就出了人命，消息就这么传开了。”

“最后，那块沙地开发了吗？”

“没有，这件事闹得人心惶惶，F码头的旅游名声臭了，此事就搁浅了。”

“是个人都会猜，这一切都是渔民的阴谋吧？他们把那一块沙地视作珍宝，为了证实狗头鳗的真实性，所以搞出个少女献祭事件……”

“你是指，渔民为了占有沙地，齐心协力杀人吗？”陈鹤川说到了点子上，可他的话实在太吓人，艾黎不敢附和。

“明明没有证据，也要凭感觉怀疑别人吗？”

“我不知道……”

“呵，这就是人性。”陈鹤川说。

她沉吟一声，便不吭声了。

陈鹤川狭长的眼微微眯起，不动声色地看着艾黎，说：“告诉我，你在想什么？”

“我……”艾黎的下颚被粗粝的男性手指抬起，她被迫与陈鹤川对视。他的瞳孔漆黑，仿佛旋涡，瞬间将她吸了进去。

大脑被那些可怕的念头侵蚀，她快要窒息了——

叮咚。

等一等，她好像想到了什么。

艾黎在一瞬间想到了一个画面：美艳无双的少女站在沙地里，她的脚上沾满了灰白色的沙石，一路走来，沿途留下长长的血迹。

校服背部都是血，触目惊心，犹如一朵朵带刺蔷薇在细腻的布料上绽放，浑身猩红。然后，她一步步往深海走去。她要做狗头鳗的新娘，要把自己献给狗头鳗，正如书里写的一样。

书里？好吧，这一切都是幻想。

艾黎清醒了，马上翻回前面，细细阅读那篇小说——《狗头鳗的新娘》。

开始那段是楔子，后面才是正文。艾黎随意翻阅了几页，故事情节清晰明了：

我的手里握着水果刀，血正顺着刀刃不断往下流。原来血液也能这样有分量，啪嗒、啪嗒落在地面上，震耳欲聋。

我和她并没有过节，只是我缺一个人作为祭品。

当我将冰冷的刀刺入她的后腰，看她的樱桃小嘴微张，呵气如兰，那一瞬间，我沉迷了。我战栗不已，兴奋得想大叫。我带着她跳入海里，看着她下沉，最终被古老的狗头鳗卷走。

你是知道的，狗头鳗最护短，它会守护自己的新娘。

它会用它黝黑的尾巴卷着她，把她带入深不可测的海底。

那里是起点，也是归途；那里是光明，亦是黑暗。

我将为它寻找下一个祭品，复活狗头鳗的神话。它的诅咒，无论远古，还是现代，都该像噩梦一样跟着每一个人，如影随形。

后面或许还有故事，但案卷上只保留了这一部分。

艾黎记下作者的笔名，再翻阅几页，发现警察的笔记还有后续。这次她看明白了，上面写的是：作者极有可能就是少女献祭案的真凶，这是他的杀人报告。他是渴望成为当红作家的男人，由于想不出引起共鸣的题材，于是打算借身边真实案例，写一个能引起人共鸣与恐惧的故事，红遍大江南北。事实上，他的确做到了。

几句笔迹潦草难以辨认的话之后，又写了一段话：“我们通过杂志社找到了作者的家，却发现他在前几日跳楼自杀未遂，瘫痪了，连语言能力都仿佛丧失了，案件陷入胶着状态。没有他的口供，我们什么都不能进行，也无法将其定罪。”

的确，时至今日，他们等了足足十几年，也无法还原真相。

他们说的作者，恐怕就是祁升的姑父吧？怎么会有这么巧的事情？警方刚查到凶手的住址，对方就心怀愧疚，企图自杀？

艾黎总觉得哪里不对劲，反复翻看几遍，终于明白了。

在第一个少女死亡之后，又发生了一起类似的事件。

如果凶手真的是懦弱的人，会被负罪感摧毁，那么他又怎么可能再去杀一个人呢？

他啊，明明是冷血无情的人吧？

其中会不会有什么误会？

一切都要从姑父跳楼自杀的那一天说起了，那一天的某个时刻，一定有着改变祁升一生的事，让她既愧疚，又惧怕，任凭宋茜司摆布至今。

那么，究竟是什么呢？

艾黎背着陈鹤川，将案卷里的资料都拍了下来，发出“咔嚓”的声音。

陈鹤川侧目，突然从后头拥了上来，双手扶住桌沿，将她困在怀中：“你在做什么？”

艾黎没说话，不动声色将手机塞回口袋，收缩腹部，往前倾，尽量与身后的人保持距离。

“不说吗？”陈鹤川又靠近了一点，呼出的气息炙热，犹如烙铁上细微的星火，随风落到艾黎的肩上，刺得她一个激灵。

“没做什么。”她下意识撒谎，这步棋却错得离谱。

“我说过，你可以信任我。”

陈鹤川突然伸出手，纤长的指节摸上她的腰脊，顺着突起的椎骨，一寸寸往下摸去。就在艾黎以为他要做出其他举动时，他两指并用，迅速抽出她塞在口袋里的手机，将其解锁，点开相册。

他扫了几眼，眯起狭长的眼，说：“案卷机密，不得私自带出资料室。”

随之，他狠下心，一键删除。

艾黎咬住了下唇，一声不吭。她心里有气，但嘴上不敢说。

“你是不是在想，我这个人冷血无情？”

“没有。”艾黎的语气硬邦邦的，明显不服气。

“呵，我本来想帮你的。”

“已经删了。”她真不知道，这样还怎么帮。

“我记在脑子里。”

“什么？”艾黎瞪大眼睛，难以置信。足足几十页的资料，陈鹤川就看了一眼，就深深印在脑子里了？

怎么可能？他又不是怪物！

“你听说过超忆症吗？”

“那是什么？”

“超忆症是一种医学异象，患此病症的人，没有遗忘的能力，大脑会长期储存记忆。所有发生过的事情，即使过了十年百年，还会清晰记在脑子里。不巧，我就是患者之一，所以你想要的资料，我都能在脑子里给你读取。”

艾黎愣了一秒，没想到他真的是个怪物。

片刻后，她突然想到了，陈奕当年找她来，就是想将陈鹤川从丧妹之痛中拽出来，可如果他是超忆症患者，那么再努力，也无法拯救他。

因为他根本就没有遗忘的能力，那些痛苦的过去都会存在他脑海里，被铭记一生一世。

难怪陈鹤川会一蹶不振，让陈奕那般焦急。这一刻，艾黎突然有些懂了。

她问：“无法忘记事情，会很难受吗？”

“不知道，因为我没有体会过遗忘的幸福。从未拥有，就无法对比。”他松开艾黎，摇了摇手上的钥匙，“该走了，他们要下班了。”

“好。”艾黎没问太多，每个人对幸福的定义不同，她没有资格评论他人的事，也无法感同身受。

街上，车辆川流不息，四面八方吹来的风，将艾黎的衣服下摆吹得猎猎作响。

她突然使坏，想测试一下陈鹤川，问：“死去的女高中生叫什么？”

陈鹤川抬眸看她一眼，说：“燕林。”

“我昨天穿了什么颜色的外套？”

“褐色风衣，黑色皮靴。早上戴了粉色条纹围巾，下午只穿一件单衣，最贴身的那件是黑色，肩带上镶嵌了六枚水钻，牌子是 Anel（安奈尔）。估计那是你最喜欢的款式，上个月 5 号、13 号、23 号你都在穿。还有别的样式与颜色，我也记得一清二楚，你想听吗？”

艾黎愣了一下，不敢多问，骂了一句：“流氓！”

陈鹤川只是笑：“怎么能骂我流氓呢？要不是你穿了件紧身浅色上衣，我又怎么能从肩带突起的轮廓分辨出水钻？不过，下次还是别穿太薄的上衣，眼神好一点的正常人，仔细一些就能辨别出里面衣服的颜色。至于 Anel，是我看到你家门口的信箱有 Anel 新款传单，上面就有说，水钻黑色的蝶翼是最热款。”

艾黎也不知该骂他登徒子还是自己不够谨慎了。

她懊恼地说：“如果不是你格外注意，怎么可能会记得这种东西？”

陈鹤川勾唇：“说了，我只是过目不忘。”

过目不忘也不能注意这种细节啊！

艾黎觉得气，心头火上涌，又不知这怒火从哪儿来的。反正罪魁祸首一定是陈鹤川，只有他有这个能力，能让一贯心平气和的艾黎发起火来。

“陈鹤川，陪我去找燕林。”快到旅店的时候，艾黎转头对陈鹤川说。

“你是在求我帮你吗？”他暧昧地问。

“嗯。”

“帮你，我有什么好处？”

艾黎呆滞了一秒，他费心费力帮她，的确是一件吃力不讨好的事情。

陈鹤川还在等她的答案，她艰涩地说：“只要你帮我，我就同意你……”

“闭嘴——”他突然伸出食指抵住她的唇，没有恶声恶气地勒令她，声调依旧温柔。

“嗯？”艾黎抬眸，瓮声瓮气道。

“我对你这种廉价的交易不感兴趣，所以别继续说下去，省得自取其辱。”

之前的话分明是陈鹤川最爱听的，可不知为何触到了他的底线，惹他大发雷霆，出声讥讽。

夜里风大，寒气灌进了嗓子眼，艾黎忽然觉得有点冷。那种茫然的感觉又排山倒海而来，将她压垮。好像，她并没有自己想象中那么了解陈鹤川，甚至可以说，她对他一无所知。

隔天，他们去了一趟燕林的家。这是献祭给狗头鳗的第一个少女，究竟是他杀，还是诅咒，总要问个清楚。

呵，她是不是傻了，怎么可能会有诅咒的存在？

按下门铃后许久没得到回应，艾黎就觉得不对劲了。

厨房里明明亮着灯，窗户也是开着的，像这种旁人能轻而易举翻进去的矮窗台，绝不可能在家中没人的时刻，还肆无忌惮开着窗。

明明有人的，却迟迟没来开门。

过了足足十分钟，门终于被拉开，传来“吱呀”的一声，门缝里探出半张脸：“你们找谁？”

艾黎舔了舔下唇：“我找燕林的妈妈。”

“哦……”对方仿佛不感兴趣，垂眸想了一会儿，说，“那进来吧。”

门大敞开，阳光洒进来，艾黎这才有机会看清屋内人的脸，是个中年女人，上身穿着睡衣，没化妆，头发犹如枯草一般毫无光泽，偏干，非油性，她显然没有用护发素的习惯。

陈鹤川出示了证件，说：“我是H城公安局刑侦一队的刑事警察，这是我的警号。今天上门叨扰，是想来核实一桩案子的细节。”

对方木讷地点头，礼貌地笑了笑，说道：“我是燕林的姐姐燕星，如果你们要找我妈的话……她在去年因心肌梗死病逝了。”

“节哀顺变。”艾黎紧张地说了一句，幸好对方不甚在意。

她环顾四周，发现墙上贴满了便笺一类的纸片，还有几张漫画稿，细看，是一条黑色海鳗，腰腹竖起坚挺的鱼鳍，青目獠牙。

这是狗头鳗吗？她突然好奇，原来有人和她一样，十几年后，还在查以前的案子吗？

燕林对于燕星的意义一定重大，就好像赵泽阳于艾黎而言，她能够感同身受。

她们有一样的过往，也许今后也有一样的目的。

艾黎说：“你还在查燕林的死因吗？”

这样直截了当地问，极其不礼貌。

然而燕星不在乎，耸了耸肩，说：“查了这么久，什么都查不到，算了。”

“我陪你查吧，想做的事，怎么能轻易放弃呢。”艾黎善意地笑了笑，拿起那些藏在茶几后面的笔记，“这上面都写了什么，全部说给我听吧。现在是中午十二点四十分，我有很长的时间，可以听你慢慢说。”

燕星如遭雷击，她望着艾黎，眼眶突然热了。

“行吧，你想听，那我就说给你听。”她咧嘴，生硬地笑，熟练地将笔记整理好顺序，动作行云流水，一气呵成，仿佛做了成千上万遍。

第八集

燕星的妹妹燕林长得很漂亮。她的皮肤软滑细腻，肤若凝脂，唇若红樱，似橱窗里令人爱不释手的洋娃娃。

刚出生，这个小姑娘就获得了全家人的宠爱。燕林是燕星的妈妈与继父所生的女儿，意义不同，获得的关注也多，是燕星艳羡不已的人，也是她不能比拟的对象。

继父没把燕星当作亲生女儿，虽不至于虐待，却也并未有过好脸色，所有父女亲情都只给了燕林一个人。

然而燕星没有嫉妒燕林，更没有对她心怀恨意。因为燕星也如同父母一样，深深爱着这个小姑娘。

燕林会牵她的手，亲昵地喊她姐姐；晚上也会抱着自己的小被子，蜷缩到她的怀中，与她一同取暖，互诉秘密。

因为姐妹俩亲密无间，所以继父与燕星的关系也缓和了不少。

可以说，是燕林慷慨大方，将充盈的阳光分了一点儿给燕星。

这一切都中止于 2003 年。那一年，燕林死了。

这个以她为中心构建的幸福家庭就此支离破碎，一切都回归了原点。

继父与母亲的矛盾频频出现，面对燕星也没有好脸色。亲生母亲甚至抓着她的手腕，撕心裂肺地大吼："为什么死的不是你？"

"您在说什么？"

"啪嗒"，某根名为亲情的弦在脑中断裂了。

"对不起，我不是这个意思。"妈妈情绪崩溃，捂住了脸。

燕星惨兮兮地笑，将她嵌入皮肤的指甲缓缓松开，说道："没关系，我理解的。"

一切都无法回到过去，也可以说，被巨石砸中的湖面无法短时间内恢复平静。其乐融融的假象已经被撕裂，再也无法恢复。

她迫切地想找到燕林，让迅速咬合的生命齿轮走得慢一些，让所有故事恢复原样。

她是个可怜人，只能通过燕林，卑微地讨要一些家庭温暖，就像是一只挤入人皮肤深处，如饥似渴汲取血液的蚂蟥。

可惜，燕林已经死了。

那么，还要找吗？

当然要找，只有一点点挖出燕林的痕迹，感受她生前的轨迹，才能让燕星获得安慰。

很奇怪吗？无法理解吗？可有时候人就是这样。

人得有一个活下去的目标，而燕星的目标，就是一直搜索有关燕林的故事，包括她的死因。这样偏执的人，仿佛只有找到燕林背后的秘密，等一切尘埃落定，才会停手。

燕星啊，要毁了那个杀死她妹妹的人。因为是那个人以游戏的心态，肆无忌惮地毁掉旁人的生活，夺走了别人赖以生存的光。

她必须让他付出代价。她要找出真相，延续自己与燕林的故事，这是她活下去的唯一目标。

也可以说，燕星和艾黎是同一类人。

她们都急不可耐地想向世界证明自己的存在，不希望被世人所遗忘。

人活着都是有痕迹的，她们不断寻找死者的生前轨迹，事实上就是为了证明自己。

艾黎问："那么，后来呢？"

燕星调整了僵直的坐姿，舔了舔下唇，手指收缩蜷曲，是紧张的表现。等了很久，可能是她咽了好几口唾液之后，她终于说出口："我想找到她，所以去她的学校找她的同学。"

"同学们都说了什么？"

她迫不及待想跟艾黎证明什么，从一沓笔记中翻出一页。哗啦一声，其他的纸张应声落地，四散飘零。

"别急，慢慢说。"

"一个叫舒淇的女学生说，燕林消失的前一天，好像找过姜舒。姜舒是他们班的尖子生，成绩好，长相也好，很多女生爱慕他。我想，燕林也可能是其中之一。她告诉过我，她喜欢上一个男生，但是不敢表白。我像是普通家长那样循规蹈矩地劝她别早恋，高考重要。她很生气，再也没有和我说过话。如果当时我能像普通女孩一样，倾听她的心事，和她说更多的话，她是不是就不会被杀了？"

艾黎有些生气，突然抬高声音，说："别傻了，她会死，和你没有半点关系！"

"什么？"又来了，那种焦躁不安的感觉，燕星下意识地握住手腕。那天晚上被母亲紧握手腕的感觉，是一如既往的痛苦。她的指甲很长，没有修剪好，有着锋利的尖刺，稍一用力就能扎入皮肉中，如同现在这样。

"对不起，我不是那个意思。"艾黎道歉，和她母亲所说的话一模一样。

讨厌，非常讨厌，这种情绪将她淹没了。

燕星迷茫了一瞬，惨兮兮地笑："没关系，我明白的。"

"你找过姜舒吗？"

"找过。"

“他说了什么？”

“他说，燕林曾和他表白。”

“是这样吗？”艾黎自言自语，冥冥之中，有线串起来了。

如果燕林曾和姜舒表白，那么她就是祁升的情敌之一，毕竟祁升和姜舒有过一段不为人知的恋情。面对燕林明目张胆的火辣告白，人非圣贤，谁会不起恨意呢？

毕竟她大胆到全班都知晓了她对姜舒的心意，包括祁升。

艾黎问：“燕林是怎么失踪的？从什么时候开始失踪的？你们是如何察觉她失踪的？”

“她两天没去学校，我们才发现她失踪了。”

“两天？什么意思？”

“放学后，她给我们打过电话。她说她晚上不回家吃饭，在同学家里睡，和同学一起吃饭。没等我回复，她就挂断了电话。就这样过了一天，第二天晚上，我们才知道燕林没去学校，又等了一个晚上，没找到人，我们就选择报案了。她说睡在同学家，可是班里没有人承认自己曾和她接触过。直到几天后，我们见到了她浮肿的尸体。她死了。如果我第一时间发现她声音里的异常，或许……”

“都过去了，事情过去十几年了。”

“对。”燕星清醒了，原来她毫无作为，浑浑噩噩度过了十几年。

明明那天的情形，还犹如昨日一般清晰，惊恐与畏惧的情绪亦然。

艾黎抚了抚略干的唇瓣，问：“也就是说，燕林在打电话的那一刻还活着。而她的死亡时间，就是在挂断电话与寻到尸体这段时间里。”

“对，我记得很清楚，是五十六个小时。”

五十六个小时之前，燕林还活着，语笑嫣然；五十六个小时之后，她就死了，只是一具冷冰冰的尸体，只能凭借记忆去怀念她的音容笑貌。燕星又开始颤抖了，因为是她接的电话，如果她察觉不对劲，再追问一句地点，是否一切都会发生变化呢？她现在会不会就是幸福的？

她的脑海很快被燕林占据。她好像看到了，燕林泡在蔚蓝色的大海里，白皙的脖颈被滑不唧溜的黑色长尾卷住，一点一点拽入深海……

突然，燕林睁开眼睛，僵硬地启唇：“救我。”

啊——

这是燕星的梦魇。

艾黎写下时间：五十六个小时。

她的心里已经有了完整的计划，当务之急就是查清楚，这五十六个小时，燕林都做了什么。

如果艾黎没记错的话，那时候祁升还没和姜舒恋爱，自然不会变成犯罪嫌疑人，也不会被警察追问。那么十几年前，她的不在场证明估计就是一个谜题了，谁知道她做了什么呢？

祁升的姑父作为狗头鳗少女献祭案的犯罪嫌疑人，警方怀疑他杀了燕林；而燕林恰巧又和祁升有关系，是祁升的眼中钉、肉中刺。这一切，真的只是偶然吗？

还是说，其中有什么不可告人的秘密？

夜风凛冽，月色明亮。海面波光粼粼，不远处传来渔民用方言吼的吆喝声，大晚上有人在捕鱼。只要往网里丢个防水的手电筒，趋光的海鱼就会成群结队而来，自投罗网。

艾黎离开燕星的家，不由自主往公路旁边的海岸走去。

她张开双臂，迎着呼啸的海风，对陈鹤川说：“我有点糊涂了。”

“怎么了？”陈鹤川背靠护栏，翻出打火机，拨亮它，眼底燃起猩红色的火光。

“最开始，我想查的是赵泽阳的事情。因为宋茜司的证词有疑点，所以我想逼迫她说出真相，哪知误打误撞，闯入了另外一个局。我想知道宋茜司做伪证的原因，其中定然有不为人知的秘密，作为知情者，我可以借此击溃她。然而这个秘密越挖越深了。我去查宋茜司的过往，无意间了解到祁升的事情，或许祁升也是秘密的知情人，为了保证秘密不被说出来，宋茜司采取了极端的手段，那就是与祁升互相牵制，让祁升保守她的秘密。宋茜司精通人性弱点，若想打破这个平衡，我必须查明祁升的事情。这样一来，祁升不再被宋茜司掌控，她便可能说出宋茜司的事情。只要了解到宋茜司背后的故事，我就能威胁她承认自己的证词谎话连篇，如此就皆大欢喜了。”

“当务之急，是查清祁升的事，对吗？”

“应该是吧。”艾黎哆嗦了一下，继续说，“只是，祁升也不好查。”

“嗯？”

“我总觉得哪里不对劲，可是又说不上来。”

“那就拆开说，想到哪里说哪里。”

“祁升最开始想和我们说实话的，可是看到了宋茜司的短信，就不敢多说了。又过了几天，她突然一反常态，声称和宋茜司是朋友，对姑父去世的事情反应也很大，并且有确切的不在场证明。怀疑别人不在场证明的真实性，这是推理小说里的做法，现实是只要有确切的证明，警方就得偃旗息鼓，将对方排出嫌疑人名单。你说，这是怎么一回事？一会儿说，一会儿不说，好像变了一个人似的。”

“你就当是两个人吧。”

“什么意思啊？”

陈鹤川打了个哑谜：“上午的祁升想说出真相，而下午的祁升想掩盖真相，不同时间段的祁升是不同的人。”

“啊？我没明白……”恕她愚钝，她是真的不懂了。

陈鹤川轻轻“呵”了一声，结实精悍的手臂圈住她，与她面对面，鼻息相闻。他暧昧不清地说：“就这么说吧，昨天的我想和你结婚，现在的我想吻你。”

他说完，略带薄荷清香的唇就凑了上来。

两人仅仅距离一厘米，险些“肇事翻车”。

艾黎心跳很快，被吓呆了，下意识往后躲。

“小傻子。”

“陈鹤川，你别这样……”艾黎求饶，细声细气，奶猫儿似的，犯了天大的错，别人都不忍苛责。

陈鹤川放过她，指着不远处的海岸，说：“今晚大丰收。”

艾黎循声望去，原来是渔民满载而归。他们几人戴着长长的塑胶手套，齐心协力抱着一条巨大的海鳗回家，一路上，有说有笑。

原来，狗头鳗是真实存在的吗？大海深不可测，谁又说得准呢！

如今，要查的问题有五点：

第一是祁升与宋茜司共同守护的秘密是什么？

第二是燕林的死和祁升有没有关系？是祁升姑父杀了她吗？

第三是祁升的姑父为何选择自杀？他是自愿赴死吗？

第四是祁升为姜舒做了什么？

第五是燕林失踪的五十六个小时里究竟发生了什么？

先从第四点查起吧，有燕星的协助，会简单许多。

时间倒退回 2003 年，燕林刚挂断电话的那一刻。那天是 2003 年 1 月 20 日晚上 6 点，学校放学后一个小时，当天没有晚自习。

燕星的笔记上说，她找过燕林的同学。因为燕林强调了，是在同学家睡，这个词很关键，应该出不了纰漏。

不过结局可想而知，没人承认自己跟燕林有过接触，更别提带她回家睡觉，那会背负杀人犯的嫌疑，谁愿沾上腥味？

此路不通，但那是当年不通。

当时杀人事件闹得沸沸扬扬，不论真假，谁都不敢多说，生怕被警察盯上。

他们还是孩子，就一张嘴，说不清楚的话，很容易惹麻烦。

他们不约而同选择闭嘴，这叫明哲保身。

如今过去了十几年，情况不一样了。

大家都释怀了，或许反倒有种“怀念”的感觉，能以轻松的心情说出这件事。

这一点，燕星是不懂的，可艾黎明白。

因为其他人也是这么说她的父亲赵泽阳的，说那都是过去的事情了，他命不好，想不开，死得活该。

所以，艾黎再次找了燕林的同学丁伊，询问当年事。

这一次，果然有了不同的结果。她拿出一本陈旧的小本子，笑着说："那件事太轰动了，而且是发生在我们班级里的事，所以大家私底下组织了侦探小队，自发调查燕林的死。都是年轻时候的事情了，一晃眼过去这么多年了。"

她的话语里皆是对往昔的怀念。这让艾黎感到不适，因为丁伊以游戏的心态对待这一起案件，调查事件也不过是为了满足自己的好奇心，甚至有种蠢蠢欲动的兴奋感，仿佛这种处于安全环境中探求危险的行为，带给她极大的刺激。真要说的话，就好像窗外狂风暴雨时，待在屋里看街巷形形色色、来来往往躲雨的人，喝一口滚烫的红茶，喟叹："幸好我没有淋到雨，不过这样乌云密布的天气真可怕。"

一面害怕，一面庆幸，这种复杂的感受就形成了刺激感，让人心驰神往。

艾黎接过那本笔记，咬住下唇，疲弱地瘫倒在沙发上，如坠冰窖，瑟瑟发抖。

第九集

这本笔记沾了灰，想来之前摆放随意，缝隙里藏着陈年粉笔灰，破破烂烂不成样子。

艾黎随意翻了几页，有风吹过，阳光下，那些粉尘四散飞扬。

第一页上面写了大大的人名：燕林。

从这本笔记可以想象出当时发生的事情：

按照丁伊所说，当年他们曾找过燕林的好友，一个和她一起骑车回家的女生。询问情况时，对方惊恐地说："燕林啊？我也不知道，那天她说有事，一个人神秘兮兮往另外一个方向骑走了，那边不是回家的路，谁知道她去做什么了。你们说，她真的是被人杀害的吗？会不会是姜舒拒绝了她的表白，她受不了就自杀了啊？腰上那一刀可能是她自己捅的，对吧？也有这种可能呀！"

丁伊等人没闲情听她叽叽歪歪，小手一挥，领着后头的同学一齐往反方向骑去，沿途问了一些店家，大家对惨死的少女皆有印象，纷纷"指点迷津"。一行人绕了一段远路，线索断在一条公路的路口，眼前是一道银白色的铁制护栏，眺望更远的地方，漫山遍野一片翠绿，不远处白浪翻涌，是海。

大家不知道该往哪个方向骑了。

燕林的死就与海有关，她的尸体漂浮在海上，如今已经找到了她的埋葬地。丁伊撇了撇嘴，突然觉得索然无味，不打算继续调查了。

到了饭点，说散就散，她将后续工作交给了另外一部分同学，感兴趣就继续查，不感兴趣就罢了。青春期的少年少女没有什么毅力，调查死亡事件也不过是一场游戏，谁都没有当真。

笔记就这么一点内容，没有什么有价值的线索。

艾黎要了其他参与调查的同学的联系方式，随意联系了几个人，发现他们几乎都忘了此事，有的人甚至记不清燕林是谁。

艾黎想放弃，却不料在这时，接到了某个陌生男人的来电。

电话那头的他声音略显疲惫，犹犹豫豫地问道："您是警官吗？"

"嗯。"艾黎顺着他的话，下意识接道。

"我在同学群里看到有人讨论燕林的事情，这么多年过去了，你们还在调查她啊？"

"是的，怎么了？"

"我……我这里有些东西，一直忘记交给警察了。"

"什么东西？"

"有关燕林的，能麻烦您来一趟吗？我是真的忘记了……"他唯唯诺诺道。

艾黎懂了，明明记了十几年的事情，哪能叫忘记呢？

不过她不想吓走大鱼，于是温柔道："好的，我们马上就到，请给我一个地址。"

不一会儿，艾黎就收到了对方发过来的信息。

她对陈鹤川说："我们一起出门，有鱼上钩了，今晚大丰收。"

陈鹤川扯了扯嘴角，说："等了这么多年才上钩的鱼，怕是不好钓。"

他话中有话，艾黎明白。

车开得快，没一会儿就到了男人家。他行色匆匆，似乎胆怯想逃，正好被人高马大的陈鹤川堵在门口。

“你好，请问你是许先生吗？你说有东西要交给警察，现在拿出来吧。”陈鹤川是个狠角色，先发制人，点名道姓，寥寥几句说明来意，直接斩断了许泷的后路。

“我……我丢个垃圾。”

“垃圾？我帮忙吧？”

“算了，请进吧，家里没人。”许泷缩头缩脑，将他们迎接进屋，继而关上了门。

陈鹤川这时候还吓唬人家，说：“既然这么怕，为什么还要‘自首’啊？”

“什么‘自首’，我没犯罪！”

“那是什么情况？这样藏着掖着，反正不是什么好事吧。”

许泷咬牙，将茶几底下的东西翻了出来，交到陈鹤川的手里，说：“这是燕林的东西，那天和丁伊散了以后，我一个人又骑车往前找了找，在礁石旁边找到的。这是燕林书包里的东西，书包被烧得面目全非，我用木棍翻出一个铁制的铅笔盒，把它扒拉出来打开以后，看到了这封信。”

许泷一股脑儿说完，终于勇敢了一回，郁结在心头长达十年的愧疚感顷刻间消除，他痛痛快快地深吸了一口气，爽了。

艾黎翻开纸张，只见得里头写着：“来F海滩见我，松阳公园前面的那块海域。不要让人知道，这是我们的秘密。晚上在外过夜吧？我请你看星星。”

落款是姜舒，难不成他才是杀人犯？他约了燕林，然后杀了她？

燕林一看到心爱的人向自己发出邀请，自然不会拒绝，欣然前往。哪知，不是甜蜜约会，而是鸿门宴。

姜舒不是拒绝了燕林吗？那他还杀她做什么？难不成燕林要死要活，纠缠不清？艾黎大脑卡壳，没想明白。

现在，姜舒成了犯罪嫌疑人。

燕林收到自己暗恋对象给的约会信，应该会偷偷跟他核实一下。假如这封信是有人假冒姜舒写的，肯定没一会儿就被揭穿了。然而看这结果，燕林还真是赴会后死的，说明姜舒并未否认信件内容？

艾黎问了一句：“那天，姜舒在学校吗？”

许泷回道：“那时候姜舒生病请假，在家里待了好几天了。所以这封信可能是他在校外偷偷塞到燕林手里的，他肯定没病，一早就在海边等着，然后杀死燕林。”

“他为什么要杀燕林，杀人动机呢？”

“我不知道，可能单纯讨厌一个人吧。”

“你讨厌一个人，你就会杀了她吗？”

“那倒不会。”

“所以说，哪有单纯的恶意，一定事出有因。”

许泷不服气，说：“你别不信，还有一件事，我还没说完。”

“什么？”

“我后来又去找了，找到了燕林的自行车。之前说过，她是骑车去海边约会的，所以被杀以后，不仅遗物被烧毁，自行车也不见了。自行车是金属物，总不能烧成灰吧？于是，它就被丢到了不远处的泥坑里，被拾荒的老人捡回去了。我看到他推着那辆车，就去问了一下。老人就住在附近，平时会在海滩旁边捡塑料瓶。他说他前一天看到燕林骑车来海边，不知怎的，就把车丢这里了，老人考虑到是废弃物，就想拿回家卖钱。重点来了，我问他后来还有没有看到过其他人过来。他说没有，来海滩只有一条路，他就在路边捡易拉罐，燕林经过以后，再没有人过来了。一个小时后，海滩边好像有人在烧东西，他没怎么注意，又待了一会儿，见火光消失了，也就回家了。我想了想，应该是凶手在烧毁燕林的遗物。这说明了什么？说明了凶手比燕林早到海滩边。燕林和姜舒表白的事情，就我们班知道，没人在意，也没人外传过。那天下午，燕林一下课就往海边跑，没人能比她快，即使是并行前往海滩，老人也肯定能看到其他人。但是都没有，就只有燕林一个人。那天下午，班里其他同学都没旷课，唯独少了姜舒，只有他缺少不在场证明，有那个时间与精力，提前埋伏在海滩，等着燕林过去，继而杀了她。”

话说得铿锵有力，连艾黎一时间都想不出反驳的话。

唯独陈鹤川，他用食指敲了敲太阳穴，道：“除了姜舒，还有很多人能杀她。这封书信也可能是伪造的，谁说校外的人就不可能了解燕林和姜舒表白的事情了。”

“你这是诡辩，我的推理明明天衣无缝！你有什么证据吗？没有证据怎么能说我的推理有错？！”许泷急切地道，据理力争。

“有哦。”陈鹤川风轻云淡地笑，目光森然。

“什么？”许泷与艾黎皆是一愣。

“你们知道《狗头鳗的新娘》的作者吗？”

“知道，那又怎样？虽然有人猜他才是凶手，但是他都瘫痪了，没办法求证。而且那只是猜测，可能他的小说是瞎写的……”

“他的出版编辑是姜舒的爸爸，那段时间，他遭遇了瓶颈期，一直无法过稿。不过稿子，就代表没有稿费，生活陷入一团乱。他频繁拜访姜舒的家，上门送礼，甚至是讨好姜舒。或许就是这时，给了他机遇与灵感，他从少年姜舒的口中听闻某些青春期的烦恼，决定为他做些什么……包括让纠缠不清的燕林永远闭上嘴。”

“原来是这样？”许泷恍然大悟。

陈鹤川抿唇：“最后一句，是我编的。”

“啊？”

“姜舒父亲的确是那个作者的编辑，可那个作者杀没杀人，谁又说得清呢？我只是想说，你的推理漏洞百出，毫无严谨性可言。”

“……”许泷或许一辈子都没有这样羞耻过，整个人傻愣在原地。

艾黎叹了一口气，她原先还有一种拨开云雾见青天的感觉，现在一切又成了一团迷雾，深切的挫败感击垮了她，她只觉前路灰暗，秘密永不见天日。

许泷这里是得不到什么消息了，两人打道回府。

艾黎坐在车内，侧头望着陈鹤川白瓷般光滑的下颌出神。

陈鹤川好像懂很多东西，一直是看透不说破的样子。他在外人面前，也总是这般清净无欲，只有她知道他私底下不为人知的那一面，时而撩人，时而火热，似要将她灼烧殆尽。

呲——

有点热。

艾黎迷迷糊糊睁开眼，吓了一跳，原来是陈鹤川停了车，半个身子倾过来，笼罩着她。

“怎么了？”艾黎有些怕，声音软软糯糯。

陈鹤川只是笑，下颚紧绷的线条变得柔和，神色温柔似水。他慢条斯理地说：“你想知道真相吗？”

“想。”

“亲我一下，我就告诉你。”

许是夜色太过动人，又许是陈鹤川的嗓音沙哑，惯爱迷惑人。艾黎脸颊烧红，情不自禁凑上去，蜻蜓点水般吻了一下他冷硬的唇。

等等，她吻了陈鹤川？她居然主动吻了他！

艾黎惊恐地后退，迅速捂住了唇。

陈鹤川抑制不住地扬起嘴角，宠溺地轻笑一声：“傻子。”

艾黎总觉得此时的场景有些熟悉，似曾相识。

车窗外是漫山遍野的青绿，深冬未走，初春将至，山风呼啸，被隔绝在剔透玻璃外；车厢内灰蒙蒙一片，开着暖气，气氛温馨，催人入眠，昏昏欲睡。

艾黎望着陈鹤川瘦削、冷硬的侧脸，神情恍惚。

她和陈鹤川，何时有过这样亲密的时刻？是在小时候吗？刚刚见面那几年？她一时间竟有些怀念过去。

那么，又是从什么时候开始，她不再亲近陈鹤川，他们两个的关系僵化到一句真心话都不能说的地步呢？

明明陈鹤川那么疼爱她，庇护她成长。

艾黎记得刚上高中，人生地不熟，H城本地人会讲方言，她听不懂，搭不上话，于是被排挤、针对。

那天下午，是陈鹤川翘了大学的课，特地来她的学校找班主任谈话。

她和同学从食堂出来，经过办公室的窗边，正巧看到端坐在办公室里的陈鹤川。秋风飒飒，一线暖黄色的阳光从窗外射进来，落到他的眼角与眉梢，光影错落，他深褐色的瞳仁被点亮，似世间最璀璨奢华的宝石。

他眉目疏朗，笑时令人如沐春风，和班主任谈她的事情：“我就这么一个妹妹，希望老师多多关照，别让坏同学欺负了去。不然的话，我可是要来找您告状的。”

许是被他的男色所惑，年轻的语文老师也笑得温柔，连连说好。

艾黎身侧的女生羡慕不已，说：“要是我也有这么一个哥哥就好了，艾黎你真幸福。”

只是当时的她自尊心强，觉得这话讽刺至极。她根本就不是他的亲妹妹，这个骗子。

她冷冷扔下一句：“他不是我哥。”随之，转身就走。

余光里，艾黎发现陈鹤川回头望向她，他许是听到了那句话，原本饱含笑意的眼神一点点冷了下来。

是她让他伤心了吗？伤心了最好，反正再熬一段时间，她也要离开了。

艾黎没有修复感情的能力，一旦与别人之间的关系出现裂缝，她就会破罐子破摔，彻底逃跑，连尾巴都抓不着。

现在，她要从陈鹤川身边逃之夭夭了。

事实证明，陈鹤川那一番话颇有威慑力，班上原本针对她的男生都主动求和，询问原因，原来是陈鹤川出手帮他们修理了校外常收保护费的刺头。既然她是老大的妹妹，今后他们自然要悉心关照。

算了，她欠他太多，一时半会儿还不清。

“瞧了这么久，我就这么好看吗？”陈鹤川似笑非笑地问。

艾黎的思绪被瞬间拉回，脸颊唰的一下烧红，羞耻极了，她情不自禁地用手捂住脸，不知道该说什么、做什么，恨不得找个地缝钻进去。

此时，一阵清脆的手机铃声帮她解了围，接通后，对面是祁升的声音。

难得，她竟然主动找他们。

“我想我快要死了。”祁升语带哭腔，尾音都在抖。

“什么意思？”艾黎心头一颤，听她的意思，大事不妙。

“来我家，我不知道她什么时候回来……”

“她？”是谁？宋茜司吗？

祁升明明对他们避之唯恐不及，现在却主动靠近，其中是否有诈？

得赌一把，艾黎咬了咬牙，还是想去。明知山有虎，偏向虎山行，因为不是什么好主意，所以她不想连累任何人。

她打算单刀赴会，哪知陈鹤川二话不说，加快了车速，直奔祁升给的地址。

等他们到了祁升的公寓，祁升很快将门打开，放他们进屋。

屋内灯火通明，大到客厅吊灯，小到圣诞树的装饰灯，尽数打开，光芒逼人，晃得人眼疼。

艾黎刚从夜幕中走来，不适应强光，用手挡住眼睛，问：“怎么开这么多灯？”

祁升躲到沙发上的毯子里，缓了好几口气，才说：“我家……有鬼。”

鬼？艾黎被吓了一跳，不由自主往陈鹤川的怀中靠，被他轻轻扶住后腰，不动声色地搂紧。

她咽了咽唾沫，问：“鬼是什么样的？”

祁升咬住下唇，艰涩道：“她想要我的身体，我的时间不多了，我快要死了……”

“什么意思？可以详细告诉我吗？”

祁升惊恐地说：“上次和你见面的不是我，是鬼！”

上次？艾黎瞬间想到了那个说话模棱两可的祁升，难道她的意思是，那个在灯光下笑得格外动人的祁升不是活人，是死人？！

艾黎一闭上眼，就能想到祁升语笑嫣然的脸，她暴露在阳光下，不畏惧光与热，跟普通人一样，并不是一副丧失温度的皮囊，抑或行尸走肉。

不，不对，祁升究竟在说什么啊？！艾黎感觉自己要疯了。

陈鹤川许是生性使然，闻言，依旧是处变不惊的态度，他谨慎地问：“你有什么证据证明有鬼吗？”

用科学证据证明非科学的事物？艾黎迷茫了。

哪知，祁升咬牙切齿地说：“我有！”

有？

艾黎头皮发麻，一股电流迅速蹿上大脑，又涌至四肢百骸。

祁升坚定的语气不像是在说假话，她要证明鬼的存在。

艾黎感觉如芒在背，冷汗涔涔，仿佛四周的空气都变得冷冽了。

鬼就在这个房间里吗？在虎视眈眈地看着她？要死，要死，要死！

这时，祁升突然语出惊人：“我找你们来，是想告诉你们一件事。我姑父是狗头鳗，就是他杀死了他的新娘。不，与其说是杀掉，不如说是吃掉，他是疯子。所有少女，都是他通过手里的刀，献祭给自己的。”

“什么意思？”

祁升呼吸急促，突然泪流满面，说：“我也不想的，我……我也不想这样的……我和你们说说寄宿在我家里的鬼。”

时间跳回祁升出生的那一刻，故事从忙碌的那一天开始说起。

三十年前的F镇，靠海而建。渔民们早出晚归，有一艘自家的渔船，日夜都能出海打捞，就能被称为富贵人家。那时的渔民家庭怎么也想不到，有一天他们赖以生存的渔业会没落，年轻人走出小镇，奔赴繁华迷乱的大都市。镇子领导想发展旅游业赚钱，于是打算禁止肆意出海捕鱼，几块海滩都拦了警戒线，想要建立度假村。老辈人自然不肯，渔业蓬勃发展多年，是他们赖以生存的手艺活，哪能就这么断在手里？

于是，他们想了一个诡计，那便是狗头鳗的诅咒。最开始的版本不同，他们打捞到一条体形硕大的海鳗，在海边摆起新鲜瓜果，设立祭坛，自导自演了一出戏，将渔民职业捧到一定的高度，对外宣称，若是不遵循狗头鳗大神的指示，必将有祸事发生。

不过镇长还是一意孤行，这便触怒了这些人。没几天，海上便漂来了一具女孩的尸体，渔民宣称是狗头鳗的新娘。

经法医鉴定，人是死后被抛海的，有人认出来，那是前几天生病死在诊所的姑娘。不知为何，尸体不翼而飞，跑到了水里。

是不是狗头鳗杀死的不要紧，总之这是一起可怕的恶性事件，一传十，十传百，便成了海滩被下诅咒，狗头鳗若是不满，必降下灾祸的传说。

大多数人觉得晦气，不肯继续进行度假村建设工程，引发了一次小型暴动。镇长不敢轻举妄动，就这么平静了十几年，直到后来，又有开发商想吃这一块肥肉。

然而那时候，小镇不再闭塞，年轻人通过网络获得信息，经由学校汲取科学知识，大多数不信邪，也很少有人记得狗头鳗的故事。就在大家以为渔民必输无疑的时刻，狗头鳗真的出现了。

海上再次浮现尸体，不再是意外抛尸，而是一起谋杀案。

所有人屏息以待，而警方找不到证据，查不出凶手，束手无策。

那些渔民不在意真相，只要渔业能得以保存，那么他们将默许狗头鳗的杀人行为，甚至以鬼怪传说包庇杀人犯，以此恐吓开发商。

大家对于案件是否人为心知肚明，可是所有人都在撒谎，认为这是一起灵异事件，包庇幕后凶手，不论是人，还是狗头鳗。甚至可以说，在他们心里，凶手是F镇的英雄。

听起来很可怕吧？明明知道是恶性事件，就因为牵涉到了自己的利益，于是默许罪恶上演，这便是人性。

而祁升就是在这样的环境中长大的，作为镇子上的“土著”居民，这一切是大家心照不宣的秘密。

她的爷爷奶奶就是“狗头鳗诅咒”的始作俑者，也被称为守神者。他们坚信，世间有狗头鳗，亦有鬼怪，只要服从它，它就会赐予福祉，会庇护镇子里的人。他们靠捕鱼为生，绝不能忘本，否则必将受到惩罚。

为了让人信服，他们决定自导自演一次狗头鳗的惩戒。诊所的医生下药太重，导致一个小女孩服用药物过量而死。就在女孩尸体被送去火化的时候，他们通过关系，吩咐工作人员做了手脚——盗走尸体，以假骨灰蒙骗家属。

他们需要一具新鲜的尸体，制造异象，作为狗头鳗的新娘。

不论女孩的死因是什么，只要流传出“触怒狗头鳗的人必将受罚”的传言便好。

祁升不信鬼神，嗤之以鼻，直到某一天，她发现厄运真的降临了。

鬼怪来到了她的身边，这极有可能就是狗头鳗的诅咒。

祁升第一次遇见鬼怪，是在一个夏日炎炎的下午。

她偷听父母谈话，得知了慈祥的长辈曾犯下过那样的罪孽。

祁升顿时捂住嘴，朝洗碗池呕吐。几乎一闭上眼，她就会想到被海水泡胀的尸体。她曾看过报纸上的照片，那样残忍的事，哪知幕后主使竟然是她身边最亲的人。

你能明白那种感觉吗？所有接触过的人都披着慈爱友善的皮囊，表面是睿智机敏的老人，可那一层碳基躯壳下，却包裹着不为人知的邪恶灵魂。

又要吐了……她怎么对得起那个年龄相当的少女呢？即使是死了抛尸也不行啊，该让她入土为安的！

“哇——”祁升用手帕擦干嘴角，酸涩的胃液充斥喉管。

她望了一眼闹钟，是中午十二点四十分。

眼前出现细小光晕，脑海中思绪翻飞，哪处暗了，哪处又亮了，舞台让给其他人。

祁升突然睡着了，意识恍惚，魂游体外。

是一个梦吧？她被隔绝于世外，被困在一方狭小的空间内。

再次醒来，已经是晚上七点了，她睡了足足六个小时。

妈妈突然和她说：“这是给你的生活费，待在姑姑家要乖，知道吗？有事情就给我打电话，我和你爸爸在H城的工厂找了份车间管理的工作，暂时要离开F镇了。对了，之前和你说的事情，你都记住了吗？”

祁升愣了：“什么事情？”

“你这孩子什么记性啊？才说了两分钟！”

“我刚刚睡醒……”

“说什么胡话呢！我再说一次，房租每个月十六号交，你记得提醒姑姑，这个月轮到我们出钱了。”

“好。”祁升环顾四周，发现她身处客厅。

可是，她之前明明在厨房睡着了，怎么会来到这里？是妈妈看她累了，把她抱过来的吗？

不过她真的睡得太沉了，怎么都醒不过来，一晃眼竟然过了六个小时。

祁升急忙翻开作业本，打算连夜赶作文。

哪知，她刚打开书包，翻找本子，余光便扫到作业本端端正正摆放在桌上。

心脏剧烈跳动，她慌里慌张翻开一页，发现作业都已经完成了。

不可能，她根本就没有提前写完作业的习惯。仔细看那些字，每一道笔画都熟练整齐，似曾相识。这些字是她写的，然而所有的句子都像出自他人之手。

这是怎么回事？！

谁帮她写了作业？

这个房间里……还有其他人吗？

祁升环顾四周，抱紧膝盖，眼睛直勾勾地盯着床底下，盯着那个最深处、黑漆漆的角落。

会不会从底下钻出一只惨白的手呢？她心底深处有一种不好的预感，令人抓狂。

过了几天，她困倦的状态加深了，时不时便会睡着，睡几个小时，抑或是一整天，时间不定，无规律可言，某个状态却是屡屡发生——那就是在她沉睡期间，总有人会帮她做事，应对特殊状况，譬如和身边人交谈聊天。

这些人都是傻子吗？她明明在睡觉，和他们聊天的并不是自己。

除非……除非有另外一个和她长得一模一样的人出现，在她沉睡的那段时间内替代她。

这个人究竟是谁呢？是分身，还是邪灵？

祁升很不安，总觉得对方想要侵占自己的身体。

给她取个名字吧，称之为“鬼姬”，因为是个女人，所以唤姬。

鬼姬长袖善舞，总能和身边的人相处融洽。这些人好歹不分，将鬼姬当成了祁升，她每每醒来，和他们的关系反而变得更好了。

祁升托鬼姬的福，从默默无闻的女生，摇身一变成了品学兼优的交际花，“开挂”似的，一切都走上了正轨。

祁升获得了所有人的喜爱，无论何时都一帆风顺，得到了几乎完美的人生。

遗憾的是，她从来没有见过鬼姬，从别人那里道听途说，了解到鬼姬是个优秀的女孩，甚至称得上卓越。

好羡慕鬼姬啊……

某一天，在祁升的心底深处埋下了不安的种子，随着肥沃的土壤催生，逐渐发芽，开枝散叶，长成参天大树。

祁升一方面疯狂嫉妒鬼姬，想驱除她，掌控自己的人生；另一方面，又依赖她，害怕她消失，害怕自己又变成默默无闻的样子。没有人喜欢真实的她，这句话在前十几年就得到了验证，她一直是蝼蚁般微不足道的小人物，唯一优点便是长相颇好，然而肚中无墨水匹配。她的头脑不好，成绩平庸，同学或者老师都不关注她，上不上、下不下的样子，恰巧卡在中间，是平凡无奇的人。

这时，祁升突然注意到了宋茜司。她是转校生，长相漂亮，唇红齿白，有绝世美貌与明智头脑，和鬼姬是一类人。

或许接近她以后，就能以另外一种方式见到鬼姬吧？祁升心中的邪念蠢蠢欲动。

她想赶走鬼姬，知己知彼，百战不殆，总要仔细观察竞争对象，才能让自己得偿所愿。

于是，祁升选择了宋茜司。宋茜司给她的感觉，就如同鬼姬。

这个女人无端吸引她，有种致命的诱惑力，引导她一步步往深渊踏去，落水、沉沦、溺亡。

然而，祁升忘了，鬼姬是个聪明阴狠的女人，啊不，女鬼，所以宋茜司也是。

祁升无意间发现宋茜司的秘密，发现她身体里也有怪异的现象，于是——

宋茜司说："不如，我们玩一个游戏。我有时候会把你当作敌人，无时无刻不想害你。你可以逃跑，也可以求饶。你向我求饶的时候，得分辨出那时的我究竟有没有善心，会不会救你。如果你运气足够好，我会放过你；如果你运气不好，或许就会被我杀掉，能听懂我说的话吗？"

祁升听得懂，又听不懂。

她害怕，她不想和鬼姬正面对上。她会死的，一定会！

宋茜司真的开始对付她了，先是一些小动作，比如作业本被撕掉之类的小事。再后来，宋茜司会设计一些圈套，比如诬陷她推了其他的女生，那次她被原本就看她不爽的“太妹”扇了一耳光。

那时，她好想鬼姬出来，帮帮她，救救她啊……

祁升捂住红肿的脸，上面的巴掌印清晰可见。她两眼含泪，支支吾吾地哭着和宋茜司说道：“我们做朋友，做最好的朋友。”——朋友是不会伤害朋友的，所以，放过我吧！

宋茜司眯起眼睛，笑容嫣然，带她回了自己的家。

她烧了一锅沸水，盯着祁升，说：“好朋友是需要牺牲的，所以，你敢为我完成上次未做的事情吗？”

祁升没有鬼姬之后，什么都不是。

她又惊又怕，闭上眼，将手靠近滚烫的水面……

就在这时，宋茜司握住了她的手腕，说：“不让你遭罪也可以，不过上次的事情，你要忘得一干二净。我写了什么，说了什么，你最好一个字都别记得，否则，我一定会让你付出代价。”

“我明白……”祁升瑟瑟发抖，之后的事情，她不想回忆。

她意识恍惚，又睡着了。临睡之前，她只知道宋茜司是恶鬼，比素未谋面的鬼姬还要可怕。

鬼姬不过是吞噬她的时间，让她的生命缩短。宋茜司不同，宋茜司是玩心大作，想置她于死地。

不过，为什么不能说呢？宋茜司不过是喜欢在笔记本上自言自语罢了，又不是什么见不得人的事情，难道她有秘密吗？

不管了，谁知道呢！

鬼姬的时间到了，这次，她在人世间存活了很久，以致祁升睡醒时，时间已经溜走很多，到了高二上半学期。

祁升心中警铃大作，她明白了，再这样依赖鬼姬，她是真的会消失的。

因为当她睡着了，全无意识，鬼姬才会出现，且停留的时间越来越长。她只有一辈子，难不成她睡一辈子，把时间全部让给鬼姬？绝不能这样下去了，她会死的，她必须得想个法子。

她迷迷糊糊地睁开眼，像是刚刚破壳而出的雏鸟，对世界怀有好奇心以及警惕。就在这时，一个男生撞进她的视线，他的身材高瘦，五官清秀，像是一道光，直击她的心脏。

这么美好的人，看一眼，便一见钟情。

祁升嗫嚅道："他是谁？"

她高二换了同桌，不再是宋茜司，而是另外一个女同学。

对方朝她挤眉弄眼，说："大名鼎鼎的姜舒啊！你早上才问过名字，怎么？是喜欢他？我早上就看出来了，你对他感兴趣。暗恋一个人，即使不说，爱也会融于举止，溢于言表，流于眉眼。你喜欢他，这叫一见钟情！"

祁升尴尬地笑，倒不是因为被戳中了心思，而是她刚刚苏醒，之前同桌看到的人应该是附身在她身体里的鬼姬吧？

所以，鬼姬也喜欢姜舒？

她那么优秀的女人，肯定能独占这个男人的心。

而祁升非但得不到喜欢的人，就连自己的命都可能没了。

不能这样！她该怎么办？

祁升又睡了几日，醒来时，F 镇发生了一点动荡。据说，狗头鳗又出来害人了，因为旅游地产开发商执意破坏渔业，所剩无几的渔民们奋起反抗，得到了狗头鳗的帮助。

狗头鳗不是假的吗？

是她家里长辈虚构出来，让那些有心人一传十，十传百传开了，惹出的祸事。

不，或许是真的。她的身体里，不也还有虎视眈眈的鬼姬吗？

这个世界上，鬼怪是真实存在的。

这些天，狗头鳗讨要了一个新娘，是个年轻的少女，她是祁升的同班女同学，原本还是条鲜活的生命，没过几天便浮尸海面。

那段时间，全班都在讨论这个事情。家里有钱的男同学带来了那本灵异杂志，说有人在里头发表了《狗头鳗的新娘》这篇灵异小说，详细描述了F镇的风土人情，一时间F镇名声大噪。

大家都在猜测，这个作者极有可能就是凶手。

这个世道怎么可能有狗头鳗？一定是人为的，能写出这样饱含情感，符合故事逻辑的小说的人，一定就是藏匿于暗处的凶手，他借着开发商与渔民闹事的机会，强行代入故事，以诅咒一事为借口杀人。少女的死法太诡异，诅咒故事太过逼真，让人信以为真。

同学们哄堂大笑，又不是三岁小孩，谁信啊？

“有信的，我信。”祁升像煞有其事地说。

“真的吗？”有人问。

“假的啦，这个世界上怎么可能有鬼怪。”

“哈哈哈哈，就是说啊。”

“明明是有的。”祁升垂下眼睫，不动声色地嘀咕。

她从同学那里套出话，得知自己暂时住在姑父家中。一回家，她便见姑父鬼鬼祟祟地躲到书房，而且看见她时，两眼放光。

之后如何了？记不清了，祁升又睡着了，这是鬼姬的时间。

祁升再次醒来的时候，觉得浑身酸痛。她警惕地掀开袖子，发现手臂上青一道、紫一道，皆是新伤，胀痛感很清晰。她看了一眼门，上了锁，用柜子堵着门，无人能进出。

不知为何，祁升想将这一切记下来。

她在日记本上写字，写下日期：2003年2月3日，晚8点，手臂上有多处被抽打、被硬物砸伤的痕迹，很疼，伤口带血，还没凝固，说明是这两个小时内发生的事情。

究竟是怎么产生的伤呢？这大半年姑姑在外地上班，家中平日里只有姑父，他好像是一名作家，常年待在书房里写稿，是他干的吗？是他对她下的毒手？

祁升百思不得其解，想不通，也就不想了。

她昏昏欲睡，这几日浑浑噩噩地度过，真正清醒的那一天，是三天后的晚上。

祁升一睁开眼，看到姑父手里拿着刀，鲜红色的血液顺着惨白的刀尖蜿蜒而下，落到鞋面。

姑父的脚边，是一具新鲜的尸体，是一名少女。

祁升想吐，她双目圆瞪，不知该如何是好。

姑父古怪地望着她，说："过来，拉着她的脚，我们一起把她抛到海里吧？"

祁升不敢反抗，谁知道如果拒绝，姑父会做出什么样的事情。

她低头，望向自己的双手——天哪，都是猩红的血。

她眼睁睁地看着姑父杀人，被他胁迫变成共犯，她无路可逃！

于是，祁升只能一边哭，一边和姑父抬起尸体，抛向漫无边际的大海之中。

扑通，尸体落水，没人能发现她。

这名美丽的少女属于蔚蓝色的大海，她是狗头鳗的新娘。

祁升不说话，姑父也不会说。

她现在都懂了，原来没人的时候，姑父会殴打她，对她施暴，甚至是威胁她协助他杀人。

鬼姬都不敢对外人说的事情，祁升又怎么敢说呢？她很懦弱，原来是鬼姬一直在保护她。

没多久，祁升发现了一张隐藏颇好的字条。这是鬼姬的留言，鬼姬说："姑父虐待你，你去请求宋茜司，帮忙制造不在场证明，杀了他吧。不然，你我都会死，求你了，杀了他吧！他下一个目标就是你。"

杀人吗？

她怎么敢？

祁升不敢报警，向警察检举自己的姑父，因为她的手上也沾满了鲜血。但是她也不敢杀人，即使这个人对她起了杀心。

该怎么办呢？她甚至想要自杀！

那时候，不论是鬼姬还是祁升都爱上了姜舒，她们和同一个男人交往，度过了快乐的时光。

她好想就这样一直生活下去，即使背负罪孽，而姜舒会作为她的光，照亮她的前方。纵然这一路灰暗，但只要有那一点微芒，就足以让她安稳前行。

所以，就当一切为了姜舒吧。

为了和他在一起，她必须从姑父的枷锁中逃脱……姑父啊，必须死！

杀了他吧！

就这样，姑父被推下了二楼。祁升逃出公寓，随着不断拥来的路人一起看姑父满身鲜血的模样，心生快慰。

宋茜司那里已经做好了口供，她手上有两张电影票据，恰巧是姑父出事的时间。她们做足了准备，避开了监控。姑父是自杀，会不会查到她们也不一定，即使查到祁升这里，一切信息都模糊了，而票根铁证如山，警方也无法证明她们的不在场证明是否伪造。

这下好了，再也没有人能阻止她和姜舒在一起了，她将和鬼姬共享姜舒，直到生命尽头。

宋茜司也会为她保守秘密，因为宋茜司和鬼姬有过约定。

这个约定是什么呢？祁升不需要知道,她只要幸福生活就好了。

假如姜舒不背叛她，假如她不会愧疚，假如鬼姬没有那么肆无忌惮侵占她的身体……一切本该是幸福的，哪知后来还是发生了变化，她临阵脱逃，企图说出真相。

这一天，也就是现在，祁升将所有知道的事情统统说出了口，告知艾黎和陈鹤川。

一切都结束了，就在这一秒，定格。

听完了故事，陈鹤川从口袋中将录音笔拿出，按下保存键，说:

“你所说的一切，将成为呈堂证供。”

祁升也没料到，一时感性说出的真相真的板上钉钉成了证据。她大口喘气，每一口呼出的气都似要抽空肺腔。

她的精神状况不太好，随意聊了几句，艾黎和陈鹤川就打道回府，约定几日后再见。

上车时，陈鹤川突然说：“带你去个地方。”

“去哪儿？”

“你不是要听真相吗？既然你付了款，总得给你发货吧？否则岂不是欺瞒客户？”陈鹤川似笑非笑道。

艾黎听懂了他的话外音，顿时涨红脸，唇上柔软触觉依旧，仍能回味。糟了，她险些中计！

她做了遇险则逃的鸵鸟，见风沙来临，惊慌失措地将头埋到厚重的黄土里。她以手捂脸，没脸见陈鹤川。

逗她的感觉不赖，陈鹤川难得勾了勾嘴角。

不过一刻钟，便抵达目的地。这是最寻常不过的居民区，陈鹤川循着门牌号，停在290室门口，按响了门铃。开门的人是中年人，两鬓霜白，掺杂黑丝，有些扎眼。

他操着一口字正腔圆的普通话，问：“你们是？”

陈鹤川拿出证件，询问：“您好，您是姜舒的父亲姜廉吗？”

“是的，警官。大晚上过来，是有公务在身吗？”

“只是问几个无关紧要的问题，例行调查罢了。那个，方便让我们进去详谈吗？”

姜廉如梦初醒地道：“当然，请进。客厅杂乱，还是去书房坐一下好了，我让太太给你们倒枸杞糖水，枸杞喝吧？这玩意儿养生，就是味重了些。”

艾黎客套地笑：“喝的，麻烦您了。”

到了书房，陈鹤川环顾四周，似乎在寻找目标。没两秒，他突然指着一张照片，问：“姜先生，这个人的名字是不是叫沈庆来？”

艾黎心底打了个突。沈庆来？这不是祁升姑父的名字吗？

姜廉眯着眼仔细瞧了一会儿，说：“对，是他，怎么突然问起他了？”

陈鹤川但笑不语，抚了抚照片，看上头的人有说有笑，和气地坐在一块儿，气氛融洽，想来那也是一个美好的夜晚。

“这照片是什么时候拍的？”艾黎问。

她总觉得快要戳中什么东西了，针已然扎入，渗出一点血丝，殷红的鲜血从那个小孔透出来，似要淹没她……最后一眼，她看到的是狗头鳗新娘的脸！

“好像是2003年2月3日，晚上，具体几点不记得了。”

“什么？不可能的！”艾黎捂住嘴，濒临崩溃。

那天晚上，祁升明明说她在遭受姑父的殴打。如果她姑父一直都待在姜廉的家中，那么是谁伤害她呢？！

姜廉莫名其妙，看了艾黎一眼，说：“绝对不会错，2月3日是我的生日，我每年都过阳历生日，会邀请共事的编辑与作者一同参加生日宴会，他既然被拍到了，那便是参加了的，不可能出错。而且我这个人不喜欢朋友途中离席，一般来玩的人，都是要待到最后的。那天晚上，我们几个相谈甚欢，一直聊到深夜他们才走。”

果然，事情没有那么简单。

艾黎尚存的理智崩溃，陷入混沌状态。她已经不明白何为真实、何为虚幻了，或许发生的一切都是幻觉，只是一个梦！

啊——！

姜廉想起来了什么，突然凝重道：“不过他那天找我，还说了另外一件事。”

“什么事情？”艾黎问。

“他遇到瓶颈期，一直都走不出来。我觉得他太功利了，写作不应该被经济问题束缚，并不是拿到稿费才能生存。真的混不下去，应该去工作，有了养活自己的本钱，才可以心无旁骛地写作。但是他不听，觉得我是对他个人有意见，给他穿小鞋，于是一意孤行，继续写废稿。那天，他来找我，和我说，不日便有真正的大作粉墨登场，请我稍等一段时间。我询问题材以及故事内容，他就支支吾吾不肯说了，只是执着地让我等待。我觉得他可怜，他以前从来都不是那个样子的……”姜廉叹了一口气。

“那时候的他，是什么样子的？”陈鹤川问了个有趣的问题。

姜廉回顾片刻，想起来那时候令他印象深刻的沈庆来：卑微地垂着头，双膝微微分开，浑身抖若筛糠，梦呓似的一遍一遍重复所说的话。

姜廉抿唇，说：“他像是一条被逼急了的疯狗。”

艾黎懂了潜台词：已经不像是个人了。

沈庆来被写作所困，不懂变通，只会莽撞地碰撞高壁。一时写不出东西，便将其放一放吧，多等些时日，多看一些山水风光，必有新构思。

“他是个可怜人，所说的大作，估计就是那篇狗头鳗题材的小说吧？他原先是我社力捧的黑马作者，曾有书销量高达十万，哪知后继无力，突然遭遇瓶颈期，就陷在里头了。他的太太也嫌他不外出工作，成天吵架，家里生活难以为继，随时都会散。唉，是个可怜人。”

艾黎心头咯噔一声，嘀咕：“不应该啊，我听说他的太太很爱他，在他瘫痪以后还不肯离婚，一直照顾他。”

陈鹤川嗤笑一声，说：“我记得报道上说，沈庆来跌下楼，十分钟后才有人打电话叫救护车。而那时，沈太太就在附近。她有没有可能也看见了这一幕，但是心中有声音说，不如就这样让他死去吧，于是她并未求援，耽搁了最佳治疗时期呢？她照顾先生，是因为爱，还是因为自己是加害人，让先生的伤势加重，所以心怀愧疚呢？”

艾黎无话可说，这里头的故事全凭猜测，谁都不知真相究竟为何。

她只觉得沈庆来可怜，家中无宁日，也没人相信他，就连最深爱的太太也在看他的笑话，想离开他。

他是被社会抛弃的人，难保不会走上什么极端的路。

艾黎又想到了祁升所说的话，她说她身上伤痕新鲜，肯定是当时遭遇了暴力行为，就在2003年2月3日那天晚上，8点左右。然而核对了情况，沈庆来那天晚上不在场，且有确凿的不在场证明，也就是说，他并非施暴者。

那么，究竟是谁做的呢？

在祁升熟睡，鬼姬登场的时候，是谁伤害了她的身体？

如果没有外人，祁升又没有说谎的话，可能是鬼姬自己所为吗？鬼姬对自己施暴，所以苏醒的祁升并不知情……

艾黎的心脏怦怦直跳，她有一个大胆的想法，她想再次见见鬼姬。

可即使见到了，应该也没用吧？

之前鬼姬亲口对她说："我和宋茜司是最要好的朋友。"

她说话时的神态，决绝如坠落的樱花，明知死路一条，却兀自带着娇美的躯体落地。

这样的人，恐怕不会将故事轻易说出口，除非捏住了她的软肋。

那么，鬼姬的软肋是什么呢？暂时还不知道，再查一查吧。

回家途中，陈鹤川突然问："你会害怕吗？"

艾黎不明就里，疑惑地看了他一眼："怕什么？"

"害怕查出真相，又害怕查不出真相。毕竟不是所有人都有勇气面对这些背后的故事，能够被人隐藏起来的秘密，一定不是什么温暖的事情。你得直面社会残忍阴暗的一面，这些东西可能会摧毁你的'三观'。"

"那有什么办法呢？我就是想知道呀。"艾黎笑了笑，故作轻松，"何况，还有你陪我查。"

"哦？现在知道我的好处了？"

艾黎默不作声。

"我的好处，可不止这一点。这是对外人的好处，对内人，我也有另外一些好处，只能让你知道。”他说话暧昧，把车停路边，忽然朝艾黎靠过来，冷峻的脸越来越近，险些触上她的鼻尖……

“我……我不感兴趣。”艾黎结结巴巴地说了一句，迅速拉开车门，跑回旅馆。

她的身后，陈鹤川低沉的笑声依稀可闻。

第十集

艾黎刚洗完澡，浴室内，湿气缭绕。

她从重重白雾中走来，唇如红樱，肤如凝脂，似下凡渡劫的九天玄女。这劫难是谁呢？恐怕就是陈鹤川了，是命中躲不掉的劫数。

“叮咚。”门铃响了，艾黎去开门，原来是陈鹤川。

他也刚洗过澡的样子，发梢有些湿，凝结在一块儿，黑浓如墨，光泽冷硬，将五官衬托得更为迷人。

“有事吗？”艾黎警惕地将门缝关小一些，从狭窄的缝隙里，只能看到陈鹤川的半张脸。

对方哑然失笑，过了好半晌才说：“你就这么怕我吗？”

“在我弄清楚你这个人是不是流氓之前，我是不会轻易开门的。”

“小傻子，开门，我不会做什么的。”

“哦……”艾黎不情不愿地放人进来，她不傻，知道陈鹤川深更半夜来找，必有要事。

“刚才我发现了一点东西，给你看看，或许能有所启发。”陈鹤川在床边坐下，将手上的资料翻开。

艾黎原地不动，望着台灯下的陈鹤川，莫名恍惚。此时的他很俊美，眉目被暖黄色的灯光笼罩，肌肤泛白，如玉瓷般光滑通透。那道光，仿佛能穿透他的肌肤，进入他的身体与眼睛，让他熠熠生辉。

“怎么不过来？”陈鹤川拍了拍一侧的床榻，笑着问。

“嗯。”艾黎小心翼翼走过去，在他旁边坐着。她与他近在咫尺，瞧上去亲密无间。

陈鹤川也曾给她念过书，用美妙动听的意大利语念诗给她听。

“这些书是大小姐留下的。”宋姨这般说道。

不知为何，年纪轻轻的艾黎背着人将书丢下了楼，现在想了想，应该是嫉妒吧？她并非不喜欢陈鹤川，她很仰慕他，甚至想独占他的记忆。

不，绝不可能。艾黎如梦初醒，尴尬地往后缩，却被陈鹤川搂住腰背，一把揽到了怀里。

艾黎震惊，手心忍不住冒出热汗。

她离陈鹤川这么近，陈鹤川的手就放在她的后背，紧紧贴着她的身体。

艾黎如坐针毡，她偷偷窥视陈鹤川，想让他放开她。

哪知陈鹤川装模作样的本领一绝，此时强装不知，一本正经地翻阅资料，开口：“你听说过尸体农场吗？”

艾黎并非理科生，懂得不多：“那是什么？”

“尸体农场类似病菌的培养皿，病理学教授Bill Bass（比尔·贝斯）在1981年特地建立了这个研究项目。在不同区域内，设置不同的环境，观察尸体的腐烂速度，由此帮助推断案件中受害人准确的死亡时间。燕林是带伤在海中溺死的，并且浮尸海上一段时间。她的尸体交由做尸体农场研究的相关法医检测，已经知道了明确的死亡时间。大概是1月20日晚上8点到10点之间，她是在这段时间内被人刺伤，然后被抛到海中，尸体漂浮了几日，于1月23日凌晨，在F码头被晨起捕鱼的渔民打捞到。”

艾黎懂了：“你的意思是，只要知道沈庆来在1月20日晚上8

点到10点之间做了什么，就能判断他究竟有没有杀人？”

“没错。”

“那是2003年的事情，十几年过去了，现在怎么查？”

陈鹤川勾唇，道：“今晚来找你，就是为了这个事情。我找到了查法，不过……”

“不过什么？”

“你亲我一下，我就告诉你。”

“还……还要亲？”她对上陈鹤川，总是笨嘴拙舌。

陈鹤川轻笑一声，说：“还？除了这次，你哪次亲过我？”

“上次……”艾黎没想到他翻脸不认人，目瞪口呆。

“哦，你是说……上次，你主动亲过我？”陈鹤川说话缓慢，每个字都咬得清晰，巴不得连话尾音都灌到艾黎耳朵里。

艾黎无话可说，小心翼翼地待在床头。她深吸好几口气，脸颊发烫，毛细血管内充斥血液，皮肤显得红润，满满的烧灼感。

“这么不禁逗吗？”陈鹤川心情很好，睨她一眼，眼波流转。

“能不能不要……”

“不要什么？不要亲我，还是让我不要欺负你？”

艾黎急得跳脚，可是无可奈何，她咬住唇，细声细气地说道：“不要……欺负我。”

“小傻子。”陈鹤川良心尚存，闹够了便放过她，一心一意讲起故事来，如同小时候那般。

他先给艾黎递了一张小说稿纸，上面用彩色笔画出了重点：“我坐在海边听风，一侧的福汇烧烤店已开门，不远处传来撒满孜然的羊肉串香味，令人食指大动。没过一会儿，我便起身，朝海中走去，接我的新娘。”

艾黎看完了，不明就里：“这又怎么了？”

陈鹤川再递过来一张照片，指着里头坐在店门口喝啤酒的男人，道：“你认出他是谁了吗？”

这是一家烧烤店，门口吊着几个灯泡，一侧是几张小桌，上面摆着各种各样的肉串、蔬菜。艾黎看过沈庆来的照片，她端详这张照片里的情形，指着一个人头，捂唇惊呼："他是沈庆来？！"

"没错，这家烧烤店的全名叫浮惠烧烤店，和文里的烧烤店同音。之前，我师弟一直以为这家店是F码头附近的烧烤店，因为沈庆来本就是那家店的常客，所以他们并未多想。我去调查了一下，发现桐花镇的沿海地段就有一家谐音的烧烤店，迄今为止，开了十几年了。这张照片是第一天开张拍下来的，照片右下角有日期，2003年1月20日晚上9点。"

"桐花镇在哪里？"

"就在F镇的隔壁，开车需要六个小时。我和店主求证，他们证实沈庆来的确去过那家店。由于是开张第一天来的第一位客人，所以印象深刻，还要求合影，照片保留至今，留作纪念。"

艾黎舔了舔下唇："这张照片……沈庆来的不在场证明？！等一下，燕林死于1月20日晚上8点到10点之间，也就是说，他不是凶手？！"

"他的不在场证明成立，证据确凿，得以脱罪，这真是……可喜可贺。"陈鹤川翘起嘴角，眼底一片冷淡。

这天晚上，许泷突然联系他们，犹豫不决地说："还有件事，不知道该不该告诉你们。"

"什么事情？"艾黎问。

"我之前说，只有班里人知道燕林和姜舒的事情，凶手比燕林早到海边，大家都是一起放学的，不可能抢先燕林一步，而旷课没去的人只有姜舒，所以他最有可能是杀人犯。现在想了想，还有一个人有可能。"

"谁？"

"祁升！那天下午上最后一节课的时候，她说英语老师喊她去办公室。她的英语成绩差，平时被喊去办公室喝茶是司空见惯的事情，所以大家就没往那方面想，后面下课了，也就各回各家各找各妈，没人在意。”

艾黎抿唇，说：“假如她那时候撒谎，出了学校……”

“我就是这么一说，我也不确定……但是没到一个月，祁升就和姜舒谈恋爱了。我偶尔想到了，觉得奇怪，但是兹事体大，就不敢说。”

“怎么不早说？！你这人真是误事！”艾黎愤愤地说，她现在算是明白了一些。

假如姑父真的没杀人，那么能用姜舒的信将燕林骗过去的就只有班里的人。按照许泷所说，拾荒老汉看到燕林独自去海滩，后头并无来人，则代表凶手已在事发地静候多时。那么拥有杀人动机的祁升就是嫌疑人之一，她并无不在场证明。

那么，之前祁升所说的话，究竟有几分真、几分假？

或者说，祁升并未说谎，她所说的都是事实。

啊，是了，说谎的人是鬼姬！

艾黎将无数线索在脑中串联起来，头痛欲裂。

祁升说，她身上有无数遭姑父殴打的伤痕，而给予这个提示的人是鬼姬。经过证实，那一天姑父绝对不可能对她下手，能与她独处的人，只有鬼姬！

祁升说，她亲眼见到姑父手里拿着刀，却并未直言她看到姑父杀人的瞬间。

祁升说，鬼姬也爱姜舒，难保她不会妒恨胆大妄为的燕林。

祁升说了所有事情，可没有一件是她亲眼所见，都是通过鬼姬汲取信息。

如果这一切，都是鬼姬设下的局呢？

如果杀人犯是鬼姬……那么结论只有一个：姑父并没有对祁升施暴，相反，他是被鬼姬利用的人。鬼姬给祁升无数心理暗示，明里暗里逼她亲手杀死姑父。因为少女的死必须有一个替罪羊，而最佳人选就是将一切故事公之于众的小说作家沈庆来。

就这么来了，适合犯罪的时刻。

来吧，在警察找到姑父之前，将他推下窗户吧。

只要作者死了，就不会有新的受难少女，一切都将恢复平静。

所以，去死吧，沈庆来，在法律天网盖过来之前，将你杀死，将一切掩埋。

真正的故事应该是这样的：鬼姬想给不知天高地厚的燕林一个教训，于是伪造姜舒的信，把燕林骗到目的地。然后她谎称老师喊自己去办公室，偷溜出校，埋伏在目的地。

燕林赴约，两人谈不拢，鬼姬可能失手刺伤了燕林。心狠手辣的鬼姬不知是故意还是无意，将受伤的燕林抛入海中，焚烧衣物，将她的自行车丢入泥潭，溜之大吉。

她得寻个替罪羊。她知道狗头鳗事件，于是将这些故事告知沈庆来，作为写作题材。

现在模拟一下情形，想来她是用催眠的语调缓缓哄骗沈庆来：“你有不在场的证明，人也不是你杀的，即使将故事写出来又如何？现在是特殊时期，又有狗头鳗的时事热度，此类小说必定大火。怕什么呢？没有牺牲，如何收获？”

沈庆来被说服了，于是诞生了《狗头鳗的新娘》这个故事。

鬼姬开始下一步计划，那就是做一些小动作，暗示祁升，她有危险，沈庆来对她施暴，甚至想杀害她。

鬼姬盯着自己白皙滑腻的皮肤，拿起石块，狠狠砸了下去，一招见血！不仅如此，她还留下字条。这样一来，祁升那个胆小鬼必将信服。

她俩都知道彼此的存在，互生互利，谁都不想死，祁升会帮她的。

后来，鬼姬找到祁升留下的日记，知道她信以为真，开心地笑了。

最重要的一步，就是让祁升目睹姑父杀人了。

鬼姬诱惑姑父，让他旁观她行凶，如果想写出拥有真情实感的作品，那么就连杀人都得有实际经验。这是一生难求的机会，仅此一次。沈庆来动摇了，他想，只要他的手上不沾染鲜血，那就不算杀人。

于是，他在一侧静静看着，眼睁睁看着少女的血流入沙石，变成一幅瑰丽的画。

“想要试试看吗？”鬼姬站在他面前，黑色的长发被海风吹散，她笑着，撩起头发别到耳后。

鬼使神差地，沈庆来朝她走去。他俯身，用手触摸死去少女的身体与她鲜血淋漓的伤口。

鬼姬拿出那部淘来的二手诺基亚，借着月光，开启手机摄像头。虽然像素不高，但照清楚人与尸体绰绰有余。这是证据，她想用来迷惑祁升。

哪知，她还没来得及下手，一阵天旋地转，身体不受控制，换位了。

来得正好，祁升，看看吧，沈庆来杀人的时刻。

后来的故事就很简单了，祁升看到满身是血的姑父，脑海里并没有杀人的记忆，联系之前的那些事件，便猜测是沈庆来胁迫她杀人。

鬼姬暗示她，不当猎人，便会变成猎物，刻意推波助澜。她们两个，一个是为了掩盖罪行，另一个是想摆脱杀人魔姑父的控制，最终沈庆来被推下了楼，再也说不出话了。

警察无可奈何，案件胶着了十几年，毫无进展。

这也就是姜舒提出分手，为何祁升会动怒。

陈鹤川听完了艾黎的分析，认为她所言的确有理有据。

然而，最重要的一点是：“宋茜司为什么同意帮祁升做伪证？她没有必须帮忙的理由吧？”

艾黎说：“或许，宋茜司被抓住了把柄？不是被祁升抓住，而是被鬼姬抓住了把柄。”

“也只有这种可能了。”陈鹤川轻笑，探手抚了抚艾黎细密的刘海，以示夸奖。

艾黎犯了难："即使沈庆来不是杀人犯，也需要他的证词，来给祁升定罪，否则我们什么都做不了。"

"我再想想办法。"

陈鹤川说完这句话，突然，手机铃声响了，里头传来赵信焦急的声音："师哥，你还在F镇对吗？能不能来帮个忙？我这里有点事情要处理，你来派出所帮我代一下夜班，就顶替一个小时。"

"发生什么事了？"

"出了一起交通事故，死人了，正好在我家旁边，把我老婆吓得够呛。"

艾黎有一种不好的预感，问："死者叫什么名字？"

"听交通警察说，好像叫祁升吧。"

"直接被撞死的？"

"她夜里开车，不慎与来车相撞，发生了事故。"

祁升？是她？！

艾黎捂住了唇，一时间呼吸急促。

今夜，她本想去和祁升核对情况，从中套出宋茜司的秘密，哪知祁升就这样死了。

这真的只是一起普通的交通事故吗？还是宋茜司下的手？之前说了，她可能有把柄在鬼姬那里。

难道是她知道艾黎已经查出鬼姬之事，害怕鬼姬抖露她的事情，所以痛下杀手？毕竟鬼姬的事情暴露了，鬼姬已经没有为宋茜司保守秘密的必要了。她和宋茜司的互利关系已失去平衡，既然自己的秘密被挖出来，那么她揭露别人的事，拖别人下水也是有可能发生的事情。

宋茜司为了自己的人生，为了自己的秘密，以防万一，所以杀死了鬼姬吗？

她之前不杀是因为没有杀人的必要，毕竟杀人不是切萝卜，只要下了手，就会留下痕迹，早晚会被警察查出来。她没必要为了鬼姬，给自己的人生路埋下隐患，成日担心定时炸弹爆炸。

除非被逼到了绝路，好比现在这样——她不杀祁升的话，她就死定了。

不管这起交通事故是不是出自宋茜司的手笔，艾黎都想挖出她的秘密。

那一定是非常了不得的事情，至少对于宋茜司来说，是这样没错。

陈鹤川不是F镇的辖区警，更不是交通警察。警方也排除了案件的故意杀人可能，认为这是一起意外事故，并未立案，所以陈鹤川没有权力调查祁升的死因。

艾黎问："如果无法以公事为理由去调查祁升的死，那么可以用私人方式调查吗？我有一种直觉，这件事一定和宋茜司有关。"

陈鹤川抱胸，粗粝的指腹擦了擦下颚，勾唇，说："你有证据证明这件事与宋茜司有关吗？警方调看了监控，发现是祁升疲劳驾驶，所以出了事故，并未有人为痕迹呢。"

"有！"艾黎气沉丹田，坚定地说，"我收到了祁升，不，应该是鬼姬的遗书。这个女人真是厉害，早想到有这么一天了，所以给我准备好了邮件。她睚眦必报，就算死也不会放过宋茜司。"

"邮件上都说了什么？"

"鬼姬可能也有顾虑，并未说太多。她只留了两句话——如果我死了，一定与羽冬有关。不过要注意，分清宋茜司和羽冬哦，滥杀无辜可不是好习惯。"

"你打算怎么办？"

"我不相信这是一起事故，我要往下查……只要挖出宋茜司的秘密，我就能让她承认做伪证一事。有了新的证据，我就会向人民检察院提出申诉。这是谋杀案件，将会被定性为刑事案件，到时候检察院延长诉讼期限，批准我继续追诉，我就能为赵泽阳翻案了。"

"赵泽阳对你来说，就这么重要吗？"

“比我的命还重要，我就是为了他而活的。”

陈鹤川淡淡睨她一眼：“你的命是我的，轮不到你私自决断生死。”

艾黎愣了一秒，咬住下唇，不置一词。

假期结束，他们被勒令赶回H城继续工作。

陈鹤川将前些日子借来代步的车还给了师弟，刚出楼道，见艾黎背靠墙出神，他故意压低了脚步声，缓缓靠近。

一缕阳光从墙上狭窄的透气窗照进来，笼住艾黎，她的影子幻化成一片镂空黑纱。纱内黑丝四散，如分叉枝丫，紧密纠缠成一个硕大的鸟巢。艾黎在其中，若隐若现，等闲无法靠近她。

他的小鸟，什么时候才肯展翅扑入他的怀抱呢？

还是说，他得费尽心思拆掉她的巢穴，折断她的翅膀，将她一生一世囚禁在怀中？

“你这么入神，是在想我吗？”陈鹤川接近她，亲昵私语。

艾黎耳朵痒，急忙躲到一侧，说：“我在想祁升的事情。”

“不是已经过去了吗？”

“我想，鬼姬应该是祁升听到长辈用狗头鳗杀人时，出于自我保护的心理，解离出的另外一个精神层次的自己，也就是第二人格。她这种病在学名上称为解离症，即为分离性身份识别障碍，属于多重人格症一类。”

“哦？那么羽冬和宋茜司呢？”

“我觉得，羽冬和鬼姬很像，都属于第二人格。只是她们发展得很成熟，完全拥有自己的思维，并且逐渐侵占主人格。”

“你怎么知道祁升和宋茜司是主人格？”

“因为祁升先出现的，即为本体，而鬼姬是后来才出现的，即为第二人格。凡事都有先来后到的说法，那个身体是属于祁升的。”

“不对。”

“啊？”

陈鹤川垂眸，眼底一片冷淡之色，他慢条斯理地道：“对于羽冬与鬼姬来说，那身体也属于她们。她们是活生生的人，谁都不想死，也不想消失。一旦没有了思想，那人就只是一块濒临腐化的肉而已。”

“你的意思是？”艾黎似乎懂了，又似乎没有懂。

她只知道，如果她是鬼姬，那么她肯定也想独占这个身体，因为是人就会热爱春暖花开，热爱碧海蓝天，亦拥有爱人与被爱的能力，一切都妙不可言。这一个碳基肉体正是最好的外界接收器，利用五感与世界对接。若是死了，便与草木毫无差别，烂在地里。

所以啊，谁都不准夺走它！

第十一集

艾黎背着陈鹤川找过羽冬一次，她的目的不纯，所以不能带上陈鹤川。

那天见面，还是在会所里。艾黎指名道姓要见羽冬，服务员一面推诿说没人，一面将她领到隔间，里头就坐着羽冬。

她今天衣着随意，没有披着虚伪的假面皮囊，上身紧身黑毛衣，下身一条牛仔裤，突显玲珑身材，胸大臀翘。

羽冬的细指夹着香烟，闷闷吸了一口，喷云吐雾。见了艾黎，她笑开，亲昵地喊艾黎坐下，就像是姐妹俩。

“怎么有空来见我？”她意有所指，像对待老客户，话里话外不失亲密。

然而艾黎不吃这一套，不识趣地说：“少装，说清楚吧。”

“说清楚什么？我这个人向来干干净净、一清二白的，问我一句，我连家底都掏出来给你看，哪来不清不楚？”

“如果你承认你做了伪证，让我翻案，我就不往下查，放你一马。你要是不肯承认，那我就继续挖下去，挖到见血见肉，挖到你无力反驳。”艾黎说这话时很坚定。她双目有神，死死盯着羽冬，就像是冬日毛发洁白的熊盯着冰面下的鱼一般，只要找准机会，一爪下去，便能将鱼捏碎。

羽冬愣了片刻，烟头的灰落到指节上，仍带星火，她却不觉得烫。

这是在思考吗？

各自放对方一马，绝处逢生。

艾黎给了她台阶，聪明人都该照台阶爬下去，不要死到临头，才灰溜溜断尾逃生。

羽冬是个聪明女人，她知道如何抉择。

艾黎再使出一记必杀技：“祁升的死真的是个巧合吗？你说，我要不要跪求她的家人解剖她的尸体？在她的胃里或者血液里会不会发现什么特殊的物质？譬如说，她的疲劳驾驶是药物引发的，并不是正常的困顿。这里头大有文章，不一定是非犯罪性质的事故呢，这叫谋杀，是杀人。”

羽冬微张嘴，舌尖抵住口腔，脸颊鼓起一个小包，这是思索时所出现的小动作，她的专属标志。

等了很久，她一撩眼皮，说了一句：“狼不止你一头。”

这话意味深长，艾黎仿佛懂了：她是在说，不止艾黎一个人可以挖出秘密。她不敢说，是因为威胁她做伪证的人，也是了解秘密的人。这个人才是幕后大老板，她只是小喽啰，是被利用的。

羽冬笑了笑，说：“左右是死，我还是不说了，还能多撑一段时间。你觉得我有秘密，尽管查吧。不过相比之下，与其被你查出秘密，倒不如先杀了你，这样就没有碍事的狗来嗅我的味道了。你说呢？”

她伸出手指，指甲盖上涂了猩红色的指甲油，像一朵朵怒放的玫瑰。她掐住艾黎的下颌，微微一笑，威胁艾黎。

艾黎毫不畏惧，一笑置之，突然从一侧的抱枕边拿出手机，屏幕那头是陈鹤川的脸。

她说：“你还是别想着杀我了，刚才的交谈都录下来了。你要是杀了我，凭我们交谈过的这些东西，还有聊天视频，你就是凶杀案的第一嫌疑人。惹一身腥，不脏吗？”

羽冬眯起眼睛，往沙发上一仰，撑着头说：“我只是开个玩笑。你真有趣呀，艾黎。”

这场鸿门宴不欢而散，艾黎回到家，连喝好几碗水。

看见陈鹤川，她问：“你是怎么知道她有这一手的？”

艾黎本来是不想联系陈鹤川的，哪知对方精明，在她进入包厢的那一瞬发了个视频过来。

她想关闭，却鬼使神差地接了，这才平安归来，多谢陈鹤川的英明神武。

“若是没我罩着你，就凭你那点小伎俩，几条命都不够。”陈鹤川瞥她一眼，将电脑桌面上的视频备份，存入邮箱的草稿信件内。

艾黎不好意思地摸了摸鼻子，说：“多亏你，现在知道了羽冬背后还有其他人。她做伪证也是被迫的，她还有秘密被人捏着不放。凭这些话，我们继续调查就有了意义，能挖出东西了。”

“我帮了你，该怎么感谢我？”

“我们之间，提谢不生分吗？”

这种时候，她倒是想起两人的亲密无间了。

陈鹤川嗤笑一声。

他勾唇，道：“不然这样，你亲我一下，我就告诉你？我手头还有一些证据，你如果想听，那就做出点牺牲，让我知道你的诚意。”

这厮奸诈，惯常知晓艾黎的七寸所在。

欲得秘密，须得牺牲。

她该如何是好？

艾黎的四肢百骸流过一股电流，大脑皮质炸裂，刺激五官。她浑身战栗，不知是紧张还是怕。

“就亲一下……”她用几不可闻的声音说。

陈鹤川勾唇，手插口袋，弯腰，沙哑地道：“这次，要深吻。”

“……”什么？！

艾黎的脸唰地通红，鼻翼生汗。

她臊得要哭了，可陈鹤川也没大发慈悲放过她。于是，她咬住舌头，一字一句地说：“就五秒钟……”

“一言为定。”

陈鹤川从一侧抽出一份资料，说：“这是法医解剖后的尸检报告，我刚扫了一眼。祁升的胃液里检测出了地西泮，是制作安定片的主要成分，在血液中也检验出了安定药的成分。药物起效时间是服用十五分钟以后，也就是说她在开车之前可能服用了混有安定片的饮品。在开车期间，药物起效，祁升产生困顿感，没看清来车，酿成了惨剧。经过调查，祁升没有睡眠障碍，无须服用安定药。这是自杀，还是人为谋杀呢？我们又去调查她的保险情况，发现她并未投保高额的人身保险，也就是说，她出事，对自己是无利益的行为。初步判断，祁升之死，极有可能不是一起交通事故，而是预谋已久的凶杀案件。根据你提供的遗书邮件，已经将犯罪嫌疑人锁定为宋茜司，现已立案，不日将进行调查，我是负责本案的刑侦队队员之一。”

艾黎惊讶不已，微微张嘴，忘了说话。

这真是天大的好消息！

只要有陈鹤川的帮助，调查工作会简单不少，她就有很大概率挖出羽冬的秘密。

这样一来，她父亲的死亡真相就昭然若揭了！

还没来得及高兴，陈鹤川突然低头，一掀眼皮，似笑非笑地说：“那么现在，吻我。”

等等，真的要亲吗？

艾黎手心出汗，眯着眼睛瞄了陈鹤川一眼。

愿赌服输呀，这个社会不就是这样的吗？

于是，她踮脚，揪住陈鹤川的衣领，吻了上去，唇齿相交。

陈鹤川从唇间溢出一声短促的呵笑，突然暴戾地扣住她的腰肢，把她压在怀里，抵死纠缠。

缠绵了许久，艾黎终于反应过来不对劲的地方……不是说好了五秒钟吗？这都十秒了！

她挣扎，反抗无效，在温暖的怀抱中，溺亡。

此时的艾黎意识蒙眬，脑中浮想联翩，突然想到了一些事，那是发生在凛冽冬日的事。

那年冬天，艾黎上高二。

窗外阳光明媚，比起室内的闷热，倒不如躲到外头的树荫偷闲来得畅快。

艾黎昏昏欲睡，手撑着的头略微滑下去一点，她再次清醒时，视线正巧与树下的人对上。那是陈鹤川，他来接她下课吗？真是稀奇事。

陈鹤川上的是警校，寄宿式，校纪严格，不能随意离开，想必是出了什么大事吧？

她这般想着，下课铃就响了。

艾黎收拾书包，挥别同学，往校外跑：“今天不和你们一起回家了，有人来接我。”

“看起来是个大帅哥，是隔壁职高的学生吗？哦，我懂了，男朋友呀！”

“才不是！”艾黎板着脸，讳莫如深，小声说，“他是我哥。”

十七八岁的少女，浑身洋溢青春气息，穿着大敞开的羽绒服，像是一阵风，扑进陈鹤川的怀里。

“你怎么来了？”艾黎揪着他，让他快点走，不想被那些同学打量。想必不过一晚，这事便会传成职高男生混入重点高中，就为了见女朋友艾黎一眼。

陈鹤川给她买了一杯香草味奶茶，说：“今天是你生日。”

艾黎讨厌他，但不好拆台，毕竟他是特地跑来给她过生日的，总得给个面子。

她吸了一大口珍珠，腮帮子鼓得像一只仓鼠，含混不清地说：“你快回学校吧，我生日有其他人陪我过。”

“谁？”

“我男朋友。”

“交男朋友了？”陈鹤川的声音波澜不惊，听不出喜怒。

“隔壁职高的，学机械的，是高三学长。”

他冷哼一声：“同校的学生才能称为学长，那种职高的算什么？”

“你非得侮辱我男朋友吗？”

陈鹤川不吭声了，夺过艾黎手中的奶茶，揪着她咬过的吸管，对着那道痕迹，恶狠狠地咬了下去，像一匹急欲寻猎物磨牙的孤狼。

这里的香草味奶茶不错，因为不是奶茶粉兑水冲泡，而是真的倒了货真价实的牛奶，性价比高，奶香浓郁，价格也比较贵。所以男孩子们为了面子，常请女孩来这家店喝奶茶，算是情侣常来的好地儿。

陈鹤川这般想着，又说：“把你男朋友叫出来，我帮你审核一下。哪能自家妹妹被猪给拱了，想杀猪还不知道是哪头呢？”

“你说话一定要这么粗鄙吗？”

陈鹤川见她动怒，心觉好笑，逗弄她：“那行，我换一种说话方式。这个男人让我很不爽，我想和他单挑，赢的人才有权力占有我妹妹。”

艾黎突然沉默了，转头望着他。

此时的陈鹤川很安静，笑时，脸颊梨涡若隐若现，极为好看。

他说了这么多，话里似乎还有另外一层意思——打架赢了的人才能占有她，如果陈鹤川自己赢了呢？是不是代表着，他也想占有她？

什么意思？艾黎屏住呼吸，不明白了。

“你男朋友什么时候来？”

艾黎垂眸，闷闷地说：“不来了。”

“是吗？那谁陪你过生日？”

“不知道。”

“自己女朋友生日都不过来庆祝的男人有什么用呢？告诉我，他是哪个班的，我帮你去教训他。”

“不用。”

“不说的话，我就自己去找了。我妹妹这么漂亮，去职高问问，肯定有人知道的。”

艾黎急了：“说了不用，生日你陪我过就好了！”

陈鹤川突然笑起来，许久后，止住了笑声，轻言细语：“你根本就没有男朋友，以后别骗我。”

“哦。”

“起来，带你去吃饭。”陈鹤川说着走出奶茶店。

艾黎小步追上去，轻声问：“去哪里吃？”

“你不是说想吃寿司吗？”

艾黎皱眉，她不记得自己想吃日料的事情告诉过陈鹤川。不过前几天高考作文模拟考试的时候，她在文里写过，她每次都会在路口新开的日料店外驻足，想抽空去吃一回。难道是语文老师暴露了她的心思，故意透露给陈鹤川的？

她觉得恶心，又不知这种感觉从何说起，于是问道：“你联系我语文老师了？”

“她下班会告诉我一些事情，关于你的。”

艾黎不是涉世未深的少女，她抿唇，说：“语文老师今年28岁，未婚，你还是保持一点距离吧，不然不太好。”

陈鹤川睨着她，似笑非笑地说：“她有什么心思，我管不着。我只是关心我妹妹，所以顺口一问。我明白了，你不让我接触她，是因为你吃醋了？”

艾黎一颗心七上八下的，结结巴巴道：“我……我吃什么醋？”

“我说的是，你对你哥哥有极其强烈的占有欲，所以不爽别人抢了你哥哥而已，你想到什么地方去了？嗯？”

“没想什么啊……”

两人各怀心事，去日料店的路上沉默寡言，一路无话。

寿司店里，如果爱吃生货，最好吃的应该算是生鱼片。

艾黎点了一份生鱼片，在调味碟里挤了芥末、柠檬汁，以及酱油，搅拌以后，夹着鱼片蘸一下，塞到口中，满嘴鲜香。

她知道陈鹤川不吃生食，此时起了报复的心思，故意夹起一片生鱼片递到他的唇边，说：“我喂你吃，张嘴。”

陈鹤川的嗅觉灵敏，闻到那股味道便浑身不适，仿佛遇到洪水猛兽，下意识地后退，躲开了生鱼片的袭击。

艾黎却不依不饶，单手撑住桌面，倾身凑上去，强硬地说：“喂你，还不吃吗？”

陈鹤川闭了闭眼，突然张嘴，咬住她的筷子，将鱼片塞入口中。他一面咀嚼，一面用指腹擦去唇边的酱料，低低说：“你用自己用过的筷子喂我吃东西，我又怎么能不识趣，故意不吃呢？”

艾黎呼吸一滞，面红耳赤，愣在了原地。

他是在调戏她吗？是吧？是吧？

这个阴险小人！臭流氓！

日料店刚开张不久，来往客人不多，没了人来人往的脚印，地面干净得光可鉴物。

艾黎秀气地吃寿司，暖光笼住她的侧脸，在面汤的腾腾热气里，犹如雾里看花，显得她更清丽动人。

陈鹤川停下了筷子，注视她许久。

他已经很久没和艾黎见面了，不知道她当初出于什么心思，要进他陈家的门，然而她现在已从最初的亲昵乖巧，逐渐转变成这般若即若离的冷淡模样。

究竟发生了什么，让他们的关系迅速变质呢？

又或者说，他的身上已经没有能够吸引艾黎目光的地方了，即为丧失了利用价值？

他真不甘心呢，却不知这种莫名的情绪从何而来。

片刻后，不知从哪处钻出来一个少年，平头短发，满头如刺黑楂，穿着职高校服，裤管上沾了一道机油污渍，看似不良少年，却极为柔和温顺。

原来是隔壁学校的叶朝生，他长得好看，机械方面又学得好，在专业方面来说也算个学霸，在校内极为出名。

叶朝生追艾黎的事情闹得沸沸扬扬，险些让校长知道，所以艾黎也刻意避免与他接触，两人只是点头之交。

今日，他一见艾黎，笑得春光满面，眼睛好似月牙儿。

他乐呵呵地问："小黎，上次的信看了吗？考虑得怎么样？你同桌不会没把信交给你吧？要是没交，我找他去，我早知道那小子对你有意思，兄弟妻还敢下手，不要命了。"

要是平时，艾黎早就嗔怪骂他了。但今时不同往日，陈鹤川在场，虽然要避免他纠缠，不过搞个暧昧也不是不行。

她低头吃寿司，含含糊糊地说："看了，还没想好。"

陈鹤川放下筷子，声音不轻不重，却足以震慑人。

他扫了一眼，说："我妹妹还在读书，快高考了，别随意骚扰她。"

叶朝生知道陈鹤川是兄长后，满溢的醋味散尽，讨好地说："不打扰她，等她考完大学再谈。我对她很认真，能等。"

陈鹤川皱眉，淡淡地道："别等了，你配不上她。"

"呸，你这人怎么说话的？你妹妹谈恋爱关你屁事？好好干自己的事情，管这么多做什么？"叶朝生本就是个刺头，还没在大庭广众之下被扫过脸，一时难堪地拍了拍桌子。

旁边有其他职高学生在劝："叶哥，算了。"

叶朝生没说话，觉得自己输人不输阵，而陈鹤川一声不吭，显然是怕了，毕竟是艾黎哥哥，哪能真的得罪他？

于是，叶朝生道："我们打一场，如果我赢了，你就让我追求艾黎。"

艾黎嘴里的寿司也吃不下了，一时间目瞪口呆地看着两人。

陈鹤川不置可否，好半晌，点了点头："可以。"

陈鹤川又不是少年期的冲动小子，还真和叶朝生掐上了？他怎么这么能耐啊！

叶朝生一听他同意了，顿时心痒难耐。论打架，他可没输过，不然这一声声"叶哥"是怎么喊出来的？

地点约在附近的暗巷，君子协议是不用武器。

叶朝生先动的手，的确有两下子，一记左勾拳虎虎生风，朝着陈鹤川的脸颊砸过去。他的手臂精瘦，指骨只包了一层薄薄的皮，轮廓锋利。这一拳下去，指骨与口腔内的后槽牙碰撞，足以撕裂柔软的腔壁，满嘴腥甜。

艾黎害怕，看都不敢多看一眼。她紧闭双眼，开始打圆场："别打了，闹着玩的。"

陈鹤川恍若未闻，一个箭步往前倾，堪堪避开那一重拳，让叶朝生打了个空，踉跄倒地。

叶朝生发挥不错，可惜太过于轻敌。少年心高气傲，家里宠，家外纵，从未吃过社会上的苦，哪轮到别人磋磨。此时他失了面子，顿时恼羞成怒，爬起来疯了似的朝陈鹤川扑来，毫无章法，一套乱殴。

陈鹤川轻蔑地啧了一声，以迅雷不及掩耳之势屈起右手手肘，挡住了叶朝生的猛烈攻势，随之迅速抬起左手臂，将他束缚在自己膝盖与手臂之间，上不得，下不得，轻易不能起身反击。

叶朝生只是个孩子，陈鹤川懒得和他计较，于是用一套擒拿，将他按到地上，说："别玩了，我是警校练过的，就你这点伎俩，玩不过我。以后别烦我妹妹，再打扰她，我第一个来找你。"

叶朝生连连哀号，直觉命都去了一半，哪有力气再说话，小鸡啄米一般点头，什么都答应。

陈鹤川活动活动筋骨，拉着艾黎就走，手劲大到吓人。

他是真的生气了，他没料到艾黎背着他搞了暧昧，并对此只字不提。

陈鹤川想管束她，可他发现，青春期的少女像是一阵风，夏日里能明明白白感受到她的重要性，可摸不着、看不透、抓不牢，总会轻飘飘溜走。

烦躁这种情绪来得迅猛，让他生出一种挫败感。

没走出几步，陈鹤川突然察觉腰上一疼，回头望去，是崩溃的叶朝生朝他腰间划了一刀。

见了血，原本围观的人都逃之夭夭。

艾黎疯了似的大喊："叶朝生你有病吗？你想对我哥做什么？！"

叶朝生语无伦次，怕事情闹大，一咬牙就跑了。

陈鹤川咬了一下薄唇，掀开衣服一看，伤口说深不深，血倒是流得吓人。

方才，艾黎见到陈鹤川受伤，便迅速对叶朝生发难，担忧陈鹤川的安危。

陈鹤川嘴角一翘，这场哥哥与"男友"的战争，是他赢了。

于是，他佯装疼痛，捂住伤口，说："割得有点深，你扶着我一些，我站不住。"

艾黎没见过世面，眼泪在眼眶里打转，说不出是怕还是其他什么。

她就这样扶着陈鹤川，一步步往药店走，任凭他炙热体温偎贴她，气息交织。

有没有伤到内脏？不及时治疗的话，陈鹤川会不会死了？要不要叫救护车？

艾黎有点难受，她不想他死的。

三十分钟后，艾黎盯着陈鹤川腰上那块已经用双氧水消毒并且贴上最大号创可贴的伤口，陷入了深思。三分之一指节长的刀伤，看似吓人，实则伤口不深，没几天便会愈合。就连医生都说是小伤，陈鹤川又是基于何种居心，演出那么一副鼻息孱弱的病弱少年模样？

陈鹤川轻咳一声，转过视线，说：“疼倒不疼，之前那样，许是有些晕血。”

艾黎颇无语，他当她是第一天认识他吗？

片刻后，她反驳：“去年生日，陈哥哥你给我煮了一顿全鸡宴。那两只农家鸡，是你亲手割的喉。”

“……”陈鹤川默不作声。

艾黎从回忆里抽离，像是一条被抛上岸、险些窒息的无辜的鱼。她垂死挣扎，每一口空气都差点要了她的老命，深入肺腔，排出废物。

那个吻令她讨厌吗？倒也没有，她甚至会不自觉抿唇，下意识回味那种缠绵不休的亲密接触。

艾黎背着陈鹤川，探出手指，触碰胸口。指尖的神经末梢接受外界刺激，转化为神经冲动，将一切信息传向中枢，由其发号施令。这副碳基皮囊，也就是用这样富有逻辑性的机械功能，将那震耳欲聋的心跳声解读成诗歌般曼妙的少女情怀：“见山是你，见水是你，春暖夏炎，秋萧冬寒，见诸万象，万象是你。”

艾黎的心底某处埋藏了数个白雪皑皑的冬天的秘密，像是一颗种子，在这一瞬间，啪嗒一声碎裂，开出了花，引野鹿细嗅。

她好像动摇了，却不知是何种情愫悄然生长。

此事告一段落，两天后，艾黎去公司辞职。她想再调查一点宋茜司的事情，有工作不方便，只能暂且离开岗位。

临走前，艾黎和梅姐打了一声招呼，问她父母的住址。

梅姐起疑，反问：“你问这个做什么？”

“我得去一趟F镇看朋友，顺道想带点特产给你爸妈。实习期间你这么照顾我，不带点礼物，我心里过意不去。你一定不要推诿，不然我觉都睡不好了。”艾黎的话里透着真诚，不似说谎。

梅姐为自己方才的恶意愧疚不已，当即说道：“那谢谢你了，我等一下把地址发你手机上，我的号码你留着，有空约我出去聚一聚，都是朋友。”

“好的。”

没记错的话，梅姐说过宋茜司是她的表姑姑，也就是她父亲的表妹，而且还说她妈之前和宋茜司打过交道。那么从她家人下手，必定没错。

艾黎递了辞呈，连夜便坐火车，前往F镇。

艾黎与此地有缘，不过离开三两日，便回来了。原以为这次陈鹤川不会跟上来，哪知她上个厕所的空当，回来一看邻座多了一个人。

“几天没见，你想不想我？”陈鹤川神色不豫地问。

艾黎心虚，总觉得陈鹤川在盘问抛弃自己的新婚妻子一样，怨气来得莫名其妙。她理不直气也壮地说：“陈鹤川，你怎么跟来了？”

或许艾黎自己都没发现，她一旦没底气就会喊陈鹤川，若是平日，便无礼地用“你”称呼他。

“我要是不聪明一点跟来，你就跟别人跑了。”

旁边的乘客侧目，以为这边要上演琼瑶大戏。

艾黎赶紧捂住陈鹤川的嘴，让他噤声：“小点声，又不是什么大事。”

陈鹤川扣住她的手腕，皱眉，讽刺地说：“对于你来说自然不是大事，没我在身边乐得逍遥。昨晚把我吃干抹净，今天转头就不要我了。也就你这种没心肝的人做得出来。你看，今天行李倒收拾得快，我就去个派出所的工夫，你已经潜逃了。”

“怎么说话的？何况我之前怎么你了？”

“怎么我了，你自己心里清楚。”

须臾间，艾黎想起那个热辣的吻。

好了，是她抽风，居然真的亲了陈鹤川。

丢人丢到姥姥家了，等等，她没姥姥。这年头，没个亲戚，丢人都丢不起了。

陈鹤川这次来F镇也不全是为了艾黎，他是祁升一案的负责人，领导让他去调查宋茜司，这才把他外派到宋茜司的故乡F镇打听消息。

两人一路上插科打诨，转眼便到了梅姐父母家。开门的是一位中年女人，穿蓝白色开衫，栗色小卷发被盘在脑后。估算一下年龄，也才四十六七岁，没到五十，大概是保养得当，看起来年轻，听梅姐说，她妈妈是初中老师，再过两年就退休。

一番寒暄，艾黎便问："阿姨，我想和您打听个人。"

丁璠微笑，并未拒绝。

"您听说过宋茜司这个人吗？我想知道一些关于她的事情。"

她给陈鹤川使了一个眼色，对方便将证件摊在桌上，一一解释清楚："有一起案件和宋茜司有关，所以想获取一点她的个人信息。"

丁璠听到这个名字，眉心一蹙，有点动摇："我对她并没有什么特别好的印象，时间过去这么久了，又觉得可能只是自己想太多了，毕竟小梅的工作也是她介绍的，她待人还是挺好的。那个，方便我多嘴问一句，她犯了什么事吗？"

"一起凶杀案件牵涉到她，所以有关她的人际关系必须得彻查清楚。"

丁璠犹豫许久，说："其实这些事是不方便说的，我也就和你们说，别外传。茜司不是我先生的亲表妹，她是领养的孩子。我小时候和我先生一起长大，是同个镇的，算是青梅竹马。在我十四岁的时候，我先生和我说，他小姨不能生育，家里人决定办点手续，从外头领个孩子回来，也就是宋茜司。后来他小姨出车祸去世了，宋茜司就一直跟着她爸生活。过了两年，大概是宋茜司上高中的时候，她爸看上了一个女人，要和对方结婚。那女人也是手段狠毒的人，知道宋茜司是外头领来的便宜女儿，就怂恿她爸赶她出家门。你知道的，宋茜司本来就是稳固我先生小姨和小姨夫感情的'工具'，小姨夫后来妻子死了，又不是拥有血缘关系的亲生女儿，哪能上心？现在又来了心上人，年轻漂亮还能生，凭什么要养别人家的骨肉？

所以，宋茜司爸爸也是动了心思的。”

“后来呢？”艾黎问。

“后来没成功。”

“是没能成功赶走宋茜司吗？”

丁璠摇了摇头：“是那个和宋茜司爸爸交往的女人不告而别，再也没回来过。我总觉得哪里不对劲，因为那女人贪财，就是看上宋爸爸的几家店面，才纠缠不清的。如今就差临门一脚，说走就走，这事有蹊跷。我就琢磨了一下，是不是哪里出了问题，譬如这问题出在宋茜司身上。这女孩精怪得紧，能说会道，小小年纪就深谙人情世故，等闲不是她的对手啊。”

“这事发生在什么时候？”

“2003 年吧，那年是我和我先生结婚十周年，我记得很清楚。”

2003 年？那不是发生狗头鳗事件的那一年吗？难道说……这事和祁升有关系？和她们两个共同守护的秘密有关系？毕竟祁升的秘密他们已经知道了，宋茜司作为交换的秘密可没人知情呢！

“那个女人的住址之类的东西，能给我一个吗？”

丁璠抿唇，说：“行，她以前是在红灯区工作的，不一定能查到什么东西，毕竟现在这个年头，已经没这些肮脏勾当了。”

丁璠想了想，还是写了个地址给艾黎。

“宋茜司的爸爸，现在在哪工作？”

丁璠突然冷笑：“他啊，现在不工作了。”

“怎么说？”

“死了，前两年患了食道癌，死了。”

艾黎心头一颤，下意识舔了舔唇，查完这些，她就打算走了。

没走出几步，丁璠突然喊住她，说：“实不相瞒，七八年前，也有人来问过这些事。他不是警察，就是个普通人。”

“那个人长什么样？”

“记不清了，只记得是个男人。”

艾黎几乎是一瞬间想到了“陈奕”这个名字，他是赵泽阳临死之前留下的唯一讯息，是个男人。

不，还不确定是不是他。

按照现在的讯息，她知道除了自己，还有别人在调查宋茜司。他们极有可能早就查明了这一切，并以此为把柄，要挟宋茜司。

宋茜司啊，你究竟隐瞒了什么呢？

第十二集

十几年前的红灯区，如今早改成了繁华的商业街。

夜深了，华灯初上，街上人来人往，熙熙攘攘，给人一种灯红酒绿的奢靡感。

他们找了很久才寻到地址上的那家店，原本的舞厅改成了正规小酒坊，前台是古香古色的酒楼建筑，再里头一点是KTV包厢。这家店与时俱进，一直紧跟潮流开了快二十年，所以在这一带很有名，客源不断。

艾黎撩开帘子，踏进酒坊，一股熏鱼的香味扑面而来。

好香，她有点饿了。

陈鹤川明白她心中所思，喊了服务员："麻烦给一份菜单，这里要两人座的包厢。"

"好，马上来，请您稍等。"人潮中挤出一名腰绑围裙的小伙，他在纸上写写画画，领他们到32号包厢。

艾黎点了几道菜："两碗饭，一壶桂花酿，要热过的。一道糖醋排骨，两人份的熏鱼，再来一份芹菜炒腊肉，差不多就这样。"

"预计半小时后上菜，两位稍微一会儿。"

小伙子刚想走，就被陈鹤川喊住了：“等一下，问点事情。我听说你这店开了二十几年了？”

“对，两位说话不带方言口音，不是F镇本地人吧？”

“不是，我们特地来旅游的。”

“懂了，来看海的。我们这家店开了二十几年了，在镇上很有名，基本来镇子的游客都要到店里逛逛，吃一口招牌辣子熏鱼。”

“开了二十几年，店员也更新换代，差不多换完血了吧？”陈鹤川的意思是，店里的老人都走光了，这家店相当于在几代人手里转让，并不算一直开张，维持了二十多年。

“话不能这么说，店里还是有老员工在的。就我们柜台的刘叔，他就是店里的老人，一直做到现在的。”

“哦，这样。那你去忙吧，没事了。”陈鹤川问到想知道的事儿，就不多嘴了。

那么，待会儿要问的人就是柜台前的刘叔了。

艾黎将目光投向这个人，察觉对方锐利的视线后，迅速将脸转开，盯着陈鹤川。

他正喝着酒，细细抿了一口，唇上沾着清透的酒水，饱满动人。桌上刚送来了桂花酿，是烧热的米酒再加上一勺桂花糖浆搅拌而成的甜酒，度数比较高，但是喝一小杯不会醉，酒香甜腻醇厚，有开胃之效。

“看我做什么？”陈鹤川笑问。

艾黎呆了一秒，急忙抿了一口酒水，嘀咕道：“没事，随便看看。”

“你还真是喜欢我喜欢到一秒都挪不开眼吗？”

艾黎愣了，米酒呛到喉咙，眼泪一下子被呛出来。

陈鹤川无奈摇头：“哭什么？被说中心事就这么感动？”

“……”

他突然探出手指，用粗粝的指腹拭去艾黎眼角的泪水，动作轻柔，温声细语：“别流眼泪了，像个小傻子一样。喝口水冲冲酒味，蠢货。”

艾黎接过水杯，如饥似渴地吞咽。

陈鹤川突然想到了什么，嘴角一勾：“当然，还有一种冲淡酒味的方法，那就是接吻。你如果没意见，我倒挺想和你尝试一次的。”

闻言，她一口水喷出，又被呛到了。

陈鹤川笑了几声，一瞬间似乎想到了什么，目光黯淡，说：“你还记得，狗头鳗杀人案里死的第二个女孩吗？”

“第二个？”艾黎回想几秒，记起来了，第一个死者是燕林，还有第二名死者，作为“让祁升误以为沈庆来杀人”的证据。

她问：“怎么了？突然提起这个？”

“鬼姬对燕林下手是有杀人动机的，但是杀第二名‘少女’没有。第二名‘少女’叫妙妙，曾在这家店工作过，生前和鬼姬没有任何接触，寻不到杀人原因。”

艾黎心慌意乱，执拗地说：“可能只是随便找一个人下手，为的就是让她姑父沈庆来手沾鲜血，拍下那种照片。只要是一起杀人，沈庆来就没有不在场证明，就能把罪全部推到他身上。”

“你相信无缘无故杀人的言论吗？”

“事实就是这样……”

“杀人不是切萝卜，鬼姬知道杀一个人多费劲，真要嫁祸沈庆来，也应该会想其他法子。除非没招了，她才迫不得已去杀人，让体内的另外一个人格祁升相信沈庆来是凶手，从而她和祁升两个人格齐心协力迫害沈庆来，将这个秘密深埋。又或者是那个时刻来得刚刚好，占据天时地利人和，譬如正好有一具尸体，正好能够演绎死亡瞬间，一切都来得刚刚好。”陈鹤川打着哑谜，倒把艾黎弄蒙了。

她哑着嗓子，问：“这是什么意思呢？”

恰到好处的死亡瞬间，一个占尽优势的死亡时刻？那是什么呢？

陈鹤川不肯再说了，只微微一笑，给了个结论“那个叫妙妙的‘少女’并不算是少女，她只是身材矮小，平日里保养得当，看起来像是高中生。实际上，她的真实年龄是26岁。她生前一直在这家店工作，想来，是那个企图霸占羽冬爸爸的女人的同事。”

“你是说，妙妙的死，或许没那么简单？她可能不是单纯被鬼姬盯上了杀死的，其中或许还有羽冬的手笔？”

“谁知道呢。”

艾黎鼻翼冒汗，如临大敌。

她以为这件事很容易就解决了，哪知道里头还有更深一层秘密。究竟得挖到什么地步才算完？难道得等她坠入深不见底的深渊才行吗？

艾黎食不知味，随便吃了两口，便怂恿陈鹤川去寻刘叔问事。

已经是深夜，客人稀疏，柜台并不忙。

陈鹤川结账，等对方报了数字时，他压住钞票，对刘叔说：“聚一聚吧？等您下班以后，见个面？”

刘叔显然是老江湖，也没骂他神经病，只问了句：“你是谁？”

“刑事警察，找妙妙的，那个死了的女员工。别说你不知道她是谁，坦白从宽，抗拒从严。”

刘叔怕惹人注意，压低了声音回答：“这都十几年前的事情了，该问的都问过了，我也不知道她的事情。”

“我不是来问她的死，是有其他事儿，不想闹大毁生意，就趁早松口答应。”

“十二点的时候，巷口大排档见。”

“嗯。”陈鹤川爽快付账，还多留了十元当小费。

午夜时分，陈鹤川点的螺蛳以及几听啤酒刚见底，刘叔迎着月光如约而至。

陈鹤川屈指，给刘叔递了一支烟，殷勤地给他点火，说：“跟您打听一个人，妙妙死亡前后，你店里是不是还走了一个女人？”

他不清楚那个企图勾引宋爸爸的女人是在妙妙死之前还是之后走的，只能这样打听。

“你说的是林佳？”

“那一年，还有其他人离开店里吗？”

“没了，就是林佳了。妙妙一死，她就走了，不干这一行了。”

“这一行，是指哪一行？”

刘叔猛抽一口烟，摇了摇头，笑说：“还能哪一行？你知道的。反正现在都不做了，干干净净做生意，都是些陈年旧事了。”

“林佳和妙妙是什么关系？”

刘叔黑眸瞬息眯起，嗤笑一声，说：“她们两个，是孪生姐妹，双胞胎。”

“什么？！”艾黎惊讶。

如果是双胞胎的话，妙妙是 26 岁，那林佳也应该是 26 岁。

青春年少，为了钱，选择那时已经是中年人的羽冬爸爸吗？他还有一个上高中的养女。

林佳是被逼无奈，还是被金钱蒙蔽双眼，一心想要逃出噩梦似的现状呢？

如果艾黎是她，绝不会心甘情愿嫁给羽冬爸爸，爱情这种东西，也不一定轻易降临，特别是他俩的年龄差了十几岁。

刘叔突然问艾黎：“你想知道她们两个的事儿？”

许是抽烟的缘故，他的嗓音略哑，烟熏火燎的公鸭嗓，是个老烟枪了。这种嗓音刺耳，却极其合适讲故事。

艾黎趴在桌上，一只手抵着头，剥了两颗花生米，说：“和她们有关的事情，统统告诉我吧。”

夜深了，车辆引擎声就显得比平时响。

刘叔嗦了一口只有丁点肉的螺蛳，喝了一口啤酒后，说：“妙妙和林佳关系好，孪生姐妹，长大了也没变样，平时不问她们的话，都认不出谁是谁。”

艾黎察觉怪异之处，惊讶问道：“我听说，妙妙死后，林佳就走了。她俩关系要真这么好，林佳怎么会在这种节骨眼上消失？”

刘叔一听就笑了：“你这姑娘聪明。可不是嘛，原本关系那样好，怎的一出事情就跑了。不过凶手早就锁定了，是那个小说家，林佳走了就当是个巧合吧。不过还是有警察咬着她不放，十几年前来过店里许多次，就想问林佳的下落。我们又不知道那么多，她们都是有客人就上班接待，干些皮肉活计，被揩油是常事，为了留住客人买酒，更深入些的接触，我们就不知晓了。下班后，她们要走要留，私底下是好是坏，谁都不知道。反正林佳和妙妙平时的关系很好，这对姐妹花在业内也有些名声，两个人融洽相处的一面是逢场作戏还是真心实意就不为人知了。”

陈鹤川敲了两下桌面，蜷曲的指节微缩，折叠的指骨上泛起一圈白，他若有所思，说：“孪生姐妹死了，自己反倒像是心虚一样逃之夭夭，单从这一点看来就有鬼。你之前说有个对案件紧追不舍的警察？他叫什么名字？”

刘叔嘿嘿一笑，眯着眼睛，一副不出我所料的姿态：“早给你备好了，我就知道你们想要这些东西。那个警察让我一有消息就给他打电话，不知道给我塞了多少次名片。”

他将一张名片递给陈鹤川，临走前，意味深长地提醒一句：“你们真要查这对姐妹花的话，我奉劝一句小心。”

陈鹤川微皱眉心，不解。

刘叔弹了弹烟灰，说：“她俩可能不叫这个名字，因为来我店里上班，不需要身份，只要有口才，能待客就好。我甚至都没见过这对姐妹花的证件，给她们的钱也是按照工作时间现结。还有，这两个人只上夜班。”

听起来有些瘆人，一对长得一模一样的深夜美人，从荆棘之中长出的并蒂蔷薇，馥郁芳香，颜色鲜活，妖里妖气。

陈鹤川皱眉：“如果名字都不是真的，那还能找到人吗？”

刘叔：“你找林佳做什么？”

陈鹤川：“比较重要的事，必须找到她。”

“我那里或许有她们的照片。之前上班的时候，我对于她们留有戒备心，所以不知道身份可以，但必须拍个证件照登记一下。万一出了什么事情，别人来寻人的时候，我还能拿照片对比。”

“照片还在吗？”

“员工手册应该在仓库里积灰，没时间丢。之前怕警察找，所以不敢随便扔，再后来就忘了。我回去看看，如果在的话，我就给你照片。”

“麻烦您了。”

艾黎说了一句谢谢，聊了没几句就走了。

这些人怎么一个个都有来头？

想想也是，这世上，哪个人没有无法追溯的故事？

名片里的警员很好找，陈鹤川有自己的警局关系网，稍一打听就能查到人。

不巧的是，这名叫言释的前辈前些年因出任务伤到腿，后来拒绝单位挽留，辞职转行，已经不干这一行了。

即便如此，陈鹤川和艾黎还是选择上门叨扰。

刘叔给他们寄了林佳的照片，他们带了照片去找言释。

他们说明了来意，言释便热情地将他们迎入家里。他两鬓斑白，快要六十岁的年纪，皮肤粗糙，满是风吹雨打的痕迹。

陈鹤川问他：“您为什么会去查林佳？”

“林佳？”言释嘀咕一句。

陈鹤川给他看了照片：“就是她。”

“她不叫林佳，她应该是叫林浅音。”

“林浅音？”艾黎呢喃一句，再问，“明明拥有最大嫌疑的人是那名小说家，再怎么轮都轮不到林浅音头上，查她做什么？”

言释没说话，许久后，淡淡道：“是我的私心。”

“私心？”

“她们两个人，有点像我刚入行接触的第一个案子的那对姐妹。

虽然名字不同，长大了也认不出年幼时的长相，但我总觉得她们两个就是我找了很久的人。”

“第一个案子？”

“那个案子有个别名，黑色蝴蝶。”

“黑色蝴蝶？”艾黎呢喃自语。

言释嗡笑：“蝴蝶这种昆虫，远看挺美，近看，分辨它的触角与毛足，就会觉得恐怖。”

诡谲的黑色蝴蝶，迎风飞舞，蝶翼扑扇，扑簌簌落下粉末，融入夜色。

艾黎问：“那桩案子是怎么一回事？”

言释耐心解释：“案件中的主角是一户单亲家庭，单亲妈妈带着与前男友所生的一对孪生姐妹。某日，家中起火，火势太大无法扑灭，烧死了那位单亲母亲的交往对象，母亲和那对姐妹应该都幸存，因为警方没在废墟里找到母亲和那对孩子的尸骨。她们的母亲回家了，两姐妹就此失踪，再没回来。火灾后，有人在离她们家不远处的草丛中发现一只黑色卡纸折成的蝴蝶，那是那对姐妹闲暇时最爱做的手工作品。”

“是有人故意纵火吗？家里起火了，待在家里的人怎么会不知道？火势大到逃不出来吗？”

“问题就出在这里，那位单亲母亲的交往对象被锁在二楼的房间内，房门外套了一把锁，没钥匙打不开。警方根据周边邻里的说辞，初步判断，那位母亲待孩子冷淡，格外依恋性格暴戾的交往对象，对方甚至有家暴孩子的迹象。母亲的冷漠，母亲男友的凶恶，没准就是酿成悲剧的最主要原因。据她们的母亲所说，那间房间是面壁室，平时孩子若是不乖，便会把她们关到里面，有钥匙才能打开门。也就是说，这桩案子必定有犯罪者，绝对不是意外，而是有人刻意纵火。凶手把那名男子锁到房内，再纵火烧人，这是一起谋杀案。”

陈鹤川说：“你们怀疑是那对姐妹纵火？她们妈妈没有纵火

嫌疑？”

言释惨淡一笑，说：“她们妈妈有强有力的不在场证明，所以没有纵火的可能性。至于案件真相，总要找到人才知道是怎么一回事。”

艾黎浮想联翩，脑中走马灯似的一通乱想，一下子是蝴蝶，一下子是双胞胎姐妹。

在熊熊烈火燃起的那一瞬间，是否有一对花季少女在茂盛的草从间驻足观火，手间的纸蝴蝶轻飘飘坠落在地？

“她们在哪儿？”艾黎问。

“我也想知道，我找了她们很多年。如果是她们纵火，那就是谋杀罪；如果是观火，并未施以援手，那也是见死不救。无论哪个，都得找到人问清楚。”言释说。

第十三集

陈鹤川从言释那里要了点资料，打算接手这个案子。

言释没有调查的权限，全凭好奇心追踪，自然不可能挖到深层次的事情。陈鹤川则不同，狗头鳗的案件调查本就是他分内的工作，也得到了上层的支持，凡是有需要调查的地方，逐一调查。

艾黎和陈鹤川将目标锁定到那对姐妹花的故乡T镇，他们得先去拜访这对姐妹花的母亲。不过连日奔波劳累，他们决定先回去休息，再作打算。

回到家时，天色已晚，路边废旧的路灯自动亮起，犹如两条熠熠生辉的火龙。

就着那灯光，艾黎打开了家门。许久没住人的房子流入一线光，照亮悬浮的微尘。

艾黎筋疲力尽，躺到沙发上闭目养神。

陈鹤川摸黑进厨房炖食，将油烟机的小灯打开。微弱的光足以照明，又不会闪到艾黎的眼睛。她还在睡，陈鹤川希望她能休息好。

路上顺路买了些食材，冰箱里还有泡菜，切几块白嫩软滑的豆腐与划了十字的新鲜蘑菇。炖锅里红辣的汤汁在滚沸，发出咕咚咕咚的声音，豆腐体表的细孔散播着热气。

他炖部队火锅很有一套，几样香料放指尖搓搓，撒上去，便能做出一锅美味。

陈鹤川走进客厅，喊艾黎来吃。

昏暗的室内，唯有她的呼吸声若隐若现，她许是太过劳累，鼻腔里哼着调儿，心口压了块巨石。

他蹑手蹑脚地走近，想给她披上一层质地柔软的毛毯。陈鹤川身材高大，猫着腰做事难免艰难，脚下不稳，一时不慎便半跪了下去，薄凉的唇直逼艾黎的眉心，近在咫尺。

窗外投进来的光昏黄，一时瞧不清艾黎脸上覆盖的是体表绒毛还是毛毯上挺翘的假皮草，只是那细细软软的纤毛根根分明，让白瓷似的肌肤染上了点凡夫俗子的味道，不再高不可攀。

他心目中的小仙女还属于人间，是他心中瑰宝。

他看了许久，神色逐渐柔软，化作一汪春水。

他想吻她，但不敢也不能。好不容易攻下的一点心防，可不能因为他按捺不住，再让她关上了。

陈鹤川在感情上不算正人君子，倒也不会做乘人之危的事。

他垂下细密的睫羽，渐渐起身，走向厨房。

寒冷的夜里，艾黎慢慢睁开了眼。

她屏住呼吸许久，以为陈鹤川要耍流氓，可他没有。

为什么呢？

他明明对她一副痴迷的样子，成日爱不释手的样子，走哪跟哪，跟屁虫一样，背地里竟没为所欲为。

他平时那副模样，不过是逗她玩吗？

艾黎这般想着，小心翼翼将毛毯扯上去，盖住脸。她的脸颊与耳尖不住发烫，那点滚烫的血好似冲破毛细血管，汇聚在单薄的皮肤表面，作为屏障，挡住体内泛滥的少女心绪。她脸红了。

过了很久，艾黎才若无其事地起身吃饭。

素菜火锅真的很好吃，她一边鼓着腮帮子吹热气，一边囫囵扒饭，比平时多吃了一碗白米饭。

为了查案，两人又出了一次远差，跑到L城的T镇找二十几年前的案子的踪迹。

那对姐妹花的母亲名叫柳萱，他们到柳萱家的那一晚是个大雨滂沱的雨夜。雨滴砸在青石板上的嘈乱声比人声还响，淅淅沥沥的雨解不开半点烦忧，反倒让人心烦意乱。

天气越发冷了，枝丫的叶片坠落，给了冷风无数可钻的空子。

陈鹤川将艾黎揽在怀里，手指上满是雨水，凉飕飕的，生出一丝刺痛，他却半点不觉。

等按下门铃，艾黎才握住陈鹤川的手给他暖手，道："你是傻子吗？你这样会起冻疮的。"

陈鹤川将目光投到艾黎的发间，慢条斯理地问："哦？你是怕我冻伤，手脚不便不能保护你，还是真心实意关心我？"

这样都能曲解她的意思？

艾黎懒得理他，愤愤地松开手，在门边站定。

身后传来短促的一声轻笑，想来她又被陈鹤川看扁了。

片刻后，门开了，出现一名两鬓斑白的年长女性，应该是柳萱。光从外表来看，大概五六十岁的样子，没想象中显老，神采奕奕。

"找谁？"柳萱问，一口普通话很流利，没本地方言口音。

"您好，我是刑事警察陈鹤川，这是我的证件，想来聊一聊您女儿的事情。"

"没什么好聊的。"柳萱颤颤巍巍地要关门，关到一半，又拉开了，露出一只浑浊的眼，问，"怎么又要查了？"

"有一些遗漏的事情，想来问清楚。"

"就你们查吗？"

艾黎后知后觉地点了点头。

柳萱一直没邀请他们进门，怀有警惕。她愣了一会儿，又问："你们是外地人？”

“H城赶来的。”艾黎回答她。

“晚上住这儿吧，我在煮饭。不介意的话，进来一起吃？”

“麻烦柳阿姨了。”

柳萱没回话，松开门把手，让他们进门。

艾黎与陈鹤川面面相觑，觉得这老人脾气有点古怪，后来看看屋内陈设也就释然了。她膝下儿女不知所终，孤身一人靠政府补贴在偏僻的郊区独居一隅，自然不爱与人交际，再加上陈鹤川他们是想挖陈年旧事，戳她伤疤，哪能好言好语相待。

柳萱请他们吃饭，做了四五道菜，有鱼有肉。

她盛情难却，他们只能落座，不过心不在焉，只随意吃了几口。

艾黎想问案件情况，都被柳萱打太极推了回来。

吃完了，柳萱说：“家里就一个客房，你们凑合着住一晚吧。我原本是等女儿回家给她们住的，那房间里有她们的东西，我一样没动。”

艾黎有些意动，没拒绝。

她想，那个房间里肯定有许多往事的痕迹可以追溯。

夜里，柳萱早早回屋入睡，只留陈鹤川和艾黎两个人待在客房。

一进客房，艾黎的视线就落在那个上了锁的陈旧衣柜上。她想打开看，奈何没钥匙，只能等隔日和柳萱讨要。

不知为何，她的眼皮沉重，她挣扎着眯起眼，也只能看到浅浅的光晕。算了，反正一侧是床，躺下睡一会儿，于是她缓缓合上眼睛，躺下安心入睡。

另一侧是陈鹤川低低的呼吸声，他似乎是坐着的，另一只手有力地撑住床榻。

咔嚓一声，门把手被人转动一下，从外面反锁上了。

窗外陡然闯入一道火光，热得人汗流浃背。

不知过了多久，艾黎被生理上的热给惊醒，她气喘吁吁，浓烟灌进来了，每吸一口气都要命，喉咙比刀割还疼。

怎么了这是？

她大脑空白，茫然望着四周。

陈鹤川脱了上衣，正在弄门锁。晶莹剔透的汗水顺着他肌理线条缓缓流淌，落到地板上，以光速被蒸发。

这是……着火了。

艾黎惊慌失措，想要说话，却被陈鹤川用衣物捂住了嘴。

他瞪她一眼，气势汹汹，哑声说："别吸入浓烟，会死。"

窗户是开着的，风闯进屋，反而助长火势。艾黎朝窗外看，下巴很快被热气刺痛，逼回屋内。这个房间没有长度可以够到地的床单，也没有大量衣物，贸然跳窗就等于跳楼自杀，不死也伤，哪个结果都会导致丧失行动力，被楼下的火海吞没。

身上没有手机，不知道去了哪里，还不能拨打 119，只能祈祷旁边有邻居看到，寻人救援。

谁放的火？谁上的锁？家里就柳萱，不是她还有谁？

恐怕饭菜也有问题，才会让人睡得神志不清。

为什么？她为什么这样做？

他们明明是想帮她啊！

陈鹤川还在撬锁，可惜根本撬不动。

而且他在运动时，吸入太多毒烟，现在头昏脑涨，明明灭灭的火光晃人的眼睛。

就这样死在这里了？

当警察，他倒是没怕过死，可他的小姑娘也得跟他死在这儿。

他不甘心。

艾黎口干舌燥，气流越来越热，每一口空气都挟带着火气，烫得鼻腔生疼。她的肌肤肿胀，有寸许撕裂，刺骨的疼。

屋里还没起火，但楼下快要烧没了，不知道他们是先热死，还是地板先被烧穿，让他们摔死。

艾黎挨着陈鹤川，不由自主地接近他，幸好死到临头不算寂寞，有人相伴。

陈鹤川抱着她，将她死死搂在怀里，仿佛这样就能让她少吃些苦头，少被烫到。

没用的，再怎么保护她都没用的。

这一次，她的陈哥哥再也护不住她了。

艾黎身体素质较差，被浓烟侵袭，陷入了昏迷状态。

这一昏过去，她想到了很多，想到了她的爸爸、她的妈妈，还有在远处看着她的陈鹤川。

陈鹤川从来都没有伤害过她，一次都没有。她不能为了莫须有的事情恨他。

如果再活一次，艾黎一定不会疏远他了。

“陈哥哥……”她低低地喊，陈鹤川听得到。

陈鹤川的眼里烧着火，到处都是一片红。他咬牙抱着艾黎站起来，爬到窗边。屋子摇摇欲坠，地板要被烧穿了。

底下都是人，无数围观的人。

他想都没想，抱住艾黎，背对着地跳了下去。

不算高不算低的楼，在半空中不会被风势翻转身体。

所以，艾黎自始至终都会压在他的上面，被他护在怀里，撞到地面也不过是砸在肉垫上，比撞上坚硬的水泥地好上许多。

她那么怕疼，这样能减轻一些她的苦楚。

至于他嘛，上受艾黎的体重，下受坠楼的冲击力，必死无疑。

但他死也是死在艾黎的身下，算是死得其所。

这一夜的艾黎真美，黑浓细长的头发在空中飞舞，背景是艳丽的火光，她依恋着他，静静地睡在他的怀里。

就这样吧，这是最后一次，陈鹤川勾唇，闭上了眼。

大概是凌晨三点，艾黎罩着呼吸机醒来。

她遍体鳞伤，肌肤多处烧伤，不过没有性命之忧。

在他们坠楼的那一刻，消防队及时赶到，充起消防救生气垫，又有陈鹤川做肉垫缓冲，她并未受到致命冲击，伤势不重。

倒是陈鹤川还在急救，他受到两股冲撞力的夹击，肋骨断了几根，还有大面积的烧伤，吸入毒烟的量是艾黎的两倍，现处于休克状态。

艾黎心生愧疚，想回忆当时的情形，却怎么都想不起细节。

她只知道，她虚弱地喊疼，浑身上下没一处好地儿，而陈鹤川将唇抵在她的额头，低声哄她，与儿时一样。

陈鹤川深度昏迷，至今未醒。该做的手术都做了，该有的治疗也一样不少，接下来就看病患的求生欲，看他能不能度过危险期，安然醒来。

艾黎口鼻内的烟灰已除，去掉了阻碍呼吸的秽物，感觉空气都清新了许多。她在床上躺了两天，已经能摘掉呼吸机，靠轮椅前行。

她是死过一次的人，这一觉醒来，想明白了许多事情。

一个能用命保你的人，绝不是坏人，得以真心交付。

艾黎想把真心给陈鹤川，就看他要不要，能不能醒来拿。

她驻足于ICU外，望着灯火通明的医院，心底某处悄然塌陷，流露一丝柔软。她转头望向被光影映照得流光溢彩的玻璃窗，里面出现一张少女精致无瑕的脸，水汪汪的黑眸，鲜红的唇瓣，是她自己。

好像当年，她也是在这样的夜晚，静静地等待陈鹤川醒来。

曾经的她恨他吗？

嫉妒陈鹤川对死去妹妹的疼爱吗？

好像是这样的。

然而从另外一方面，也表露出其他事实——她很在意陈鹤川，很在意他的看法。他是她生命中必不可少的一部分，不仅仅是照顾她长大的陈家哥哥。

是这样吗？

艾黎迷茫了，思绪飘到了多年前的雪夜。

那年的雪势很大，鹅毛大雪，落到人的睫毛上，足以遮蔽视线。就那一夜，全国上下各个地区被凛冽的冰雪掩埋，遇到了百年难得一见的雪灾。

那时候她大二，跑出陈家，独自生活。校区的住宿楼太老旧，被雪压得塌陷，墙崩裂了，千疮百孔。

很多学生都被接回家小住一个星期，唯独她没有。

艾黎没有家，陈家也不能回，她只能在学校附近的旅店住几个晚上。

生活费逐日见空，她不能继续住旅馆了，得找个房子住。反正她是大二生，已经到了学校允许校外租房的年龄。然而她在大学旁边低价租到的房间，安全系统不过关，没住几天，钱就被偷了。

艾黎捉襟见肘，实在熬不下去了，就给陈鹤川打了电话。

陈鹤川早已工作，在H城当刑事警察，住的地方和艾黎的大学很近。近期由于雪灾，交通不便，所以单位放了两天假。

接到她电话时，陈鹤川发烧在家，正在休养。

艾黎搓着手，跺了跺脚，急促地说："陈鹤川？"

"嗯？"陈鹤川难得不逗她，嗓音带着迷迷糊糊的困意，勉强哼出声。

"学校放假，我想去你那住几天，你方便吗？"

"方便。"他不假思索地答应。他烧昏了头，倒没其他怪想法。

艾黎挂断电话，等了快一个小时才有司机开车从扫过雪的街道摇摇晃晃地过来，车轮绑了防滑链，出奇笨重。

她上车，报了个地址，忐忑地等车开到。

到了陈鹤川家，艾黎按了许久的门铃，才有人来开门。

陈鹤川赤裸着上身，他不属于那种健硕的肌肉男类型，蜂腰猿背，蕴含与众不同的力感与魅力。他斜倚门框，一只手拿着冰袋捂住光洁的额头，沙哑地说："进来。"

艾黎木讷地点头，小心翼翼地踏进去。她不是蠢货，自然看出陈鹤川今日的反常，凝神看了许久，才反应过来，这人是生了病。

坏人怎么会生病呢？

坏人应该是永远神采奕奕，一副要祸害千年的样子。

她心里不是滋味，看着陈鹤川虚弱的样子心生不忍。

于是，艾黎跑厨房给他烧热水，找了包退烧冲剂冲给他喝。

陈鹤川清醒些许，坐在沙发上看她忙里忙外。

艾黎以为这人没出声是因为睡着了，一回头，对上他炙热的目光，吓了一跳，诧异地问："怎么了？"

"你不是很讨厌我吗？不是巴不得我死吗？"陈鹤川笑吟吟地问，一点都不懂自己话里说辞有多恶毒。

艾黎垂下眼睫，轻轻说："没有。"

"是吗？"他倒没追问，许久后才说，"不过，你来照顾我，我很开心。"

"只是烧了一锅水。"

"对我而言，并不只是一锅水的小事。"

"谁都能做到这样的事情，你不用特别上心。"

"因为你在关心我。"

"……"

"艾黎，你的一举一动，对于我来说，都是大事。你很在意我，这一点，你否认不了。"

艾黎哑然，无话可说。

她只不过是起了一点同情心，正巧他有需要，没旁的特殊含义，怎么值得他往心上放。

往深处一想，她又觉得陈鹤川或许没她想的那样阴险狡诈。

他不过是渴求她的温柔，只是寸许柔情，他都满足。

何必呢？她是这样的人，她一直在欺骗他。

艾黎啊，从心眼里认为自己配不上陈鹤川的赤诚善意，纵使那点温柔超出了兄妹之情。

远处的天空迎来了一线曙光，艾黎从回忆中惊醒。

她回头，渴求有医生从病房里出来，告知她陈鹤川苏醒的事情。然而没有，楼道空荡荡，无人来往。

如果陈鹤川能醒来，她肯定会对他更好一些。

至于柳萱这个纵火犯，她也会让其付出应有的代价。

艾黎眼眸一黯，联系到陈鹤川的同事，以被害人的身份提出与柳萱交谈。她不得进审讯室，所以会将所有要问的事告知警员，由警方代替她发问。

法医已经在他们体内检测出镇静剂的成分，柳萱有严重的心理障碍，还有焦虑症，所以心理医生给她配了镇静剂与其他助眠的药，用来治疗病症。哪知她起了杀心，反倒在菜里加了药物，催艾黎与陈鹤川入睡，再锁门纵火。

要不是消防人员及时赶到，他们将化为火里的尸骨。

柳萱没有逃跑，她就在旁边，静静地目睹这一切。

她的目的只是杀死他们，不计后果，如同飞蛾扑火，连自己都不保全。

为什么？

他们明明是想帮柳萱查清当年真相，是想帮助她找到女儿的人，为什么柳萱非要杀他们不可？

艾黎在T镇派出所的审讯室外等待，她嘱咐警员帮她询问她想知晓的问题。

审讯室内，柳萱低头，不断用粗粝的指腹捋鬓边的碎发，唇瓣微颤，欲言又止。

警员根据案件疑点，发问："为什么要放火烧人？"

柳萱见过多少大风大浪，此时装傻，不肯说。

警员想起艾黎提供的信息，问："你是想救你的女儿吗？如果我告诉你，她们两个很有可能已经死了呢？"

柳萱抬头，唇瓣变得僵硬，她微微张口，话都来不及说出口，眼睛已经流露惊讶之色。

“如果你想知道你女儿的下落，请将你隐瞒的事和盘托出，这样警方才好将其和另外一桩案件联系起来，得到一个答案。请说出你为何要杀害艾黎和陈鹤川的理由。”

柳萱心如死灰，说：“不能找到她们。”

警员问：“什么意思？”

“她们不是杀人犯，杀人的是他。”

警员不懂了，大概能猜到“她们”是指柳萱的女儿，那个“他”应该是被烧死的那个男人，柳萱年轻时的男朋友。

柳萱娓娓道来，陪审员慢慢记录。

这是十几年来，从未和人说起的故事，柳萱本不想告诉任何人。

柳萱未婚先孕，生下这对姐妹花的时候吃了不少苦头。家里人和她断绝关系，视她为耻辱，别的男人接近她又有其他目的，都是玩玩罢了。想想也是，谁敢用真心撩拨这种带着两个拖油瓶的女人？万一被缠上了，家里也不好说。

这样一来二去，柳萱变得无法相信男人。

原本以为会浑浑噩噩度过一生，哪知年近四十岁，她突然遇上了一个待她细致温柔的男人。他叫谢延，才三十三岁，正是大好年华，却看上她这样的大龄女人。

柳萱不信任人的想法根深蒂固，她直觉这个男人接近她是抱有某种目的的。

他待她好，她不肯接受。

不肯就不肯，谢延耍上小孩脾气，成日在她的旧衣修补店里蹲着。

俏皮男人的玩法，纵使被柳萱看穿了，也是讨喜的。

她忍俊不禁，终于接受了谢延，两个人成日腻在一块儿，比年轻情侣还甜。

差不多是时候了，柳萱想把谢延带回家，让两个女儿接受这个只大了她们十几岁的继父。

那天晚上，正巧是冬天，雨夜。

女儿们回家迟，进门的时候，鞋尖上都是水。由于她们年幼时耽搁了读书的年纪，所以十八周岁了，还在上高三。

谢延礼貌地和她们打招呼，一对姐妹花冷漠地看了他一眼就跑了，急得柳萱大骂没规矩。

谢延从背后搂住柳萱，暧昧地说："你这两个女儿长得倒是漂亮，随你。"

柳萱心里甜得跟蜜似的，嗔怪他乱说话。

却不知谢延那时就起了心思，而柳萱则是引狼入室的那个人。

又交往了两三个月，柳萱直接让谢延在家里住下。

许是惧怕生人，谢延和这对姐妹花的关系剑拔弩张。

柳萱说什么都没用，两个女儿就是摆脸色给谢延看，从来不对他好言好语。

两个女儿甚至说谢延不怀好意，柳萱将信将疑，半开玩笑地问谢延这一切是怎么回事。

谢延无奈摇头，用唇封住她的嘴，说："她们看我不顺眼罢了，小孩子家家开的玩笑，你也当真？你是真的不懂我对你的心意吗？如果她们往自己手上撞出几道痕迹，是不是也能赖我家暴？你是信我，还是信她们呢？"

也是，他们如胶似漆，比夫妻还要恩爱，哪能被原本就对谢延有意见的女儿挑拨。

柳萱怕极了，怕女儿和谢延这样冷漠的关系会导致她与谢延之间的感情出现问题。一次，她与女儿争吵时，一气之下将她们推入空的客房，在外面上了把锁，将她们关在里面面壁思过。

原以为两个女儿会知错，哪知这一次的吵架，成了她们关系变冷淡的导火索。

母女之间再无交流，直到那一晚的事件发生。

她回家晚，到家的时候，只见屋外围了许许多多的人，人头攒动。

透过人群缝隙，只见那间屋子燃起熊熊烈焰。

她的爱人、女儿都还在家里！

柳萱险些疯了，事后得知，她的一对女儿不知所终，而谢延则被反锁在屋内活活烧死。

是她们干的吗？

为什么呢？

柳萱也曾有此疑惑。

直到她在店里看到女儿给她留的那封信，一切故事才真相大白。

这要从柳萱怀孕开始说起，柳萱年轻时认识了一个比她大二十岁的男人，对方彬彬有礼，是成功人士。他谎称和妻子离婚，实则是男人出轨，导致夫妻间感情破裂，分居两地，并未签过离婚协议。少不更事的柳萱不懂这些花花招数，一来二去便跟人有了关系。

后来，那个男人的妻子将其谋杀，事情闹上了报纸，也把刚刚产下一对姐妹花的柳萱给暴露了出去。

柳萱被迫逃离，背井离乡，在T镇住下了。

而谢延，就是那个男人的儿子，二十年前，他才十几岁，不过短短一年，原本温馨的家便支离破碎，在他眼里，罪魁祸首便是报纸上写的柳萱。

如果没有她，或许他母亲就不会犯下害人害己的罪，这个家也不会散，他也无须遭受旁人的冷眼而活。

他要复仇，让柳萱尝尝家破人亡的滋味。

就这样，谢延抱着目的接近她和她的女儿。

他要她们死，所有人都得死。

可谢延没料到，那对姐妹花的警觉性惊人，竟能自己调查出这一切，反杀他救母。

那一夜的火光凄美，两个女孩手牵手看着爆裂的火花。

她们气喘吁吁，手里的黑色蝴蝶落地。

这一切太难承受了，她们得逃跑，不能让人找到。

她们救了妈妈，接下来得自救了。

柳萱悔恨不已，自责自己被情爱蒙蔽双眼，险些害死女儿。

她绝不能让这样的错再次发生，所有想要找到她女儿，将她们缉拿归案的人统统都得死。

就这样，悲剧酿成了。

陈鹤川危在旦夕，而艾黎死里逃生。

警员听完了故事，里面很多事情，都是柳萱看到信后调查出的真相。内容惊骇，说到底也逃不过一个自私。

每个人都有自己想要守护的东西，有故事，有秘密，为爱或恨奋不顾身。然而拼死保护挚爱的行为，应该建立在不伤害他人的基础上。柳萱此举，面目可憎，大错特错。

她绝不会原谅柳萱的。

警员将妙妙的照片给她看，这是此前入殓师给她遗体还原的生前样貌，化了妆，点了腮红，闭眼的样子似是熟睡着。

柳萱拿起照片，端详了许久，呜咽出声。

虽然过了许多年，但母女血浓于水，一眼便能认出骨肉。

不必说了，是柳萱失踪许久的双胞胎女儿之一。

现在，她们又开始新的逃亡，一个奔赴极乐，另一个隐藏于茫茫人海，不见踪迹。

为什么妙妙会死呢？假如死的是林浅音，那并不奇怪，可能是因为她勾引羽冬父亲，被羽冬逼迫的。

可为什么死的是妙妙呢？

妙妙一死，林浅音就逃了，正巧能达到羽冬想让她消失的目的。

其中究竟有什么秘密？

警员问：“你知道你的女儿会逃到什么地方吗？”

柳萱想了很久，没出声。

警员自嘲一笑，问了也是白问。

林浅音现在已经是三四十岁的成熟女人，她逃跑也是2003年的事情，十几年过去了，现在问地址有什么用？

她又不可能待在一个地方，等警察去抓。

审讯完毕，警员刚要走，柳萱忽然喊她：“你可以让艾黎去Y镇碰碰运气，太阳幼儿园对面，那是她们小时候住过的地方，我有一间一室一厅的房子在那里，最开始的那个男人给我的，地址是喜云路12号。小时候，我们母女几个一直都是住在那里。她们两个爱吃隔壁糖果铺的麻花，小时候还对我说过，如果能每天待在那里就好了。”

喜云路12号吗？

警员把部分信息告诉给了等待的艾黎，艾黎没说话，眼睫下，眼珠微动，她思索一番，记在了心里。

童年的稚言稚语能作数吗？不过没什么其他线索，只能死马当活马医。

艾黎总有种预感，只要找到逃跑的女人，他们就能了解妙妙的死因，以及抓住羽冬的把柄。

就差这最后一步了。

她要利用这个把柄击溃羽冬，逼羽冬承认自己做了伪证，为父亲翻案！

艾黎累了一天，早已筋疲力尽。

她回到医院，被主治医师骂了一顿。医者仁心，对方才不管什么破案不破案，他只想他的病患好好的，谨遵医嘱，待在病房里哪都别去。

对方唠唠叨叨，给艾黎换了包扎的药。

她的颈部支架未拆，看人的时候无法低头，只能垂下眼睫，显得有些冷漠。

等医生换完药，她轻轻说：“谢谢。”

对方是中年人，父辈的年纪，不吃这套，冷哼一声说：“谢什么谢，以后多听医生的话，再这样胡作非为，家里人不骂你，我还得骂你。”

“知道了。”她甜甜一笑，对这些叮嘱很受用。

艾黎没有了父亲，所以看到这个医生，她突然很想赵泽阳。

她还有个哥哥呢。

艾黎瞥了一眼狭长的甬道，门尽头是 ICU，陈鹤川躺在里面，有可能醒不过来了。

她落寞地推动轮椅，正打算走，突然迎面冲过来几名医生护士，他们惊喜地讨论某个话题，那就是昏迷好几天的刑事警察陈鹤川终于醒了！

谢天谢地！

艾黎这颗悬了许多天的心，终于在这一瞬间落下了。

她的陈哥哥果然舍不得她，从黑暗无比的地狱，一路披荆斩棘，回来了。

第十四集

陈鹤川在病房里关了好多天，总算能从无菌病房转到普通病房。

艾黎进门，先看了一眼左侧桌子上的监护仪，数值正常。

陈鹤川睁开眼，四肢不能乱动，呼吸罩刚摘，可以说几句话，他逗她：“艾黎妹妹。”

“柳萱害人的原因已经查明，等你身体好了可以去看记录下的证词。逃跑的林浅音也有了一点线索，等你好了，我们一起去查。”艾黎不擅长煽情，没接他的话，只将这几日的情况一五一十给他讲清楚。

陈鹤川似在听，又似没在听。等了许久，他开口，嗓音干哑：“你说‘我们’？从前你和我分得一清二楚，现在倒会说‘我们’了？”

艾黎脊背一凉，顿时语塞。她可没想到那么深层次的事情，她只是顺口那么一说，认为这是她和陈鹤川一起承担的事。

等一等，她什么时候变得这般依赖陈鹤川，要和他一起承担事情了？

好像冥冥之中，一切都在改变，从起初的相见两厌，到如今的形影不离。

她是……中了陈鹤川的蛊吗？不然怎么会心里、眼里、嘴里、耳里都是他。

有人说，危难时，会想起念念不忘的那个人。

艾黎好像回忆起了，她在熊熊烈火中，想到的第一个人，是陈鹤川。

“艾黎？”

“陈鹤川。”她出神太久，失声叫了一句。

陈鹤川笑而不语。

他的小姑娘，怀抱一颗炽热的心，原地兜兜转转，等了很久，许是等一场风雪、一场海啸、一夜星河。终于，她迈出窄小的步伐，逐渐朝他靠拢，把心给他。

陈鹤川不怕等，就怕她不来。如今他放下鱼竿，愿者上钩。好坏他都接纳，他要十足十属于自己的艾黎。

陈鹤川戏谑地说：“我救你，感动吗？”

艾黎哑然，这种事情还能拿来开玩笑吗？

她没好气地回：“出人命的事，在你怀里不敢动。”

陈鹤川笑出声，光风霁月，又接了一句暧昧不清的话：“下次在我怀里，可动，我允许你的。”

——流氓。

艾黎在心头骂了一句，说：“等你养好伤，我们再聊。”

他这一伤，养足一个月才下地。陈鹤川身体素质好，伤口也愈合得比寻常人快些，虽然还有其他小毛病，但是不做剧烈运动就无大碍。

警方允许他带薪多休息两个月，偏生他耐不住寂寞，想继续跟进案子。

现在的日子刚刚抓住冬天的尾巴，冬末了，很少飘雪，唯有寒冷严峻的温度让人仍感冬天残酷。

艾黎突然想再见羽冬一次。

他们在羽冬的店里约了位置，接待员一听大名，就直接将他们往密室领。密室内的装潢华丽，缀着百八十条琉璃流苏，灯光下，流光溢彩，满屋亮堂。

没一会儿，羽冬便现身了。她今日穿了一身黑缎面长尾礼服，耳垂别着一对橄榄绿宝石，薄唇呈橘色，唇峰锋利，透着知性女人寡情、机敏的气质。

她款款而来，落座，对艾黎道："稀客，怎么找上我了？"

艾黎脸上的笑容未变，她讲完妙妙的身世，问羽冬："妙妙真的是祁升……哦不，鬼姬害死的？为什么她一死，那个勾引你父亲的女人林浅音就远走高飞了？其中究竟有什么秘密呢？"

"艾小姐，你想说什么？"羽冬指尖捏着女式香烟，虚虚在空中摇晃一会儿，烟熏火燎。

"我想说，我们能找到林浅音。只要找到她，一切都会真相大白。她逃亡，不过是怕警察抓住她，害怕母亲不能原谅她。如今警察已经得知真相，她的母亲也会宽恕她，她再没有躲躲藏藏的必要。只要我找到她，她就一定会说实话。到那个时候，羽冬小姐打算怎么办呢？你已经没有可以瞒着的秘密了，是不是该说实话了？"

"实话？"

"我的父亲赵泽阳并不是畏罪自杀！"艾黎终于在这一刻说出了口。

陈鹤川和羽冬皆是一惊："赵泽阳……是你父亲？"

"对，他是与我血脉相连的亲人。"艾黎想通了，无须为世人委屈自己。她有父亲，堂堂正正的亲人，何必隐瞒这一层关系，迁就赵泽阳现在的家人。

赵泽阳的妻子早有了自己的幸福，并不在意前尘往事，那么自己也应该挺胸抬头，为自己而活。

她有爸爸，不是没人要的小孩。

她的爸爸很爱她，绝不会轻易自杀！

这就是艾黎苦苦追寻的答案，她要这真相！

羽冬不知想到了什么，摁灭了烟。她抿唇，不打机锋，说："左右都是死，被你们查到秘密是死，被他们威胁也是死。我不相信这些人会放过我，他们怕我被警方摆布，必定会在你们挖出秘密之前，杀我灭口。就这么说吧，我现在不能说出真相，因为我说了就会遭到报复，他们手里也有我的秘密。如果你们查明了我的秘密，用来威胁我，难保我不倒戈，倾向警方，说出有关他们的秘密。所以，在此之前，他们一定会杀我灭口。"

艾黎的心脏怦怦乱跳，她知道这是一个转机，一个很好的时机，羽冬打算投靠警方，寻求保护。

羽冬自嘲一笑，说："这段时间，你们派警方保护我的人身安全，防止我遭到报复。如果你们找到林浅音，我就自首，说出真相。如果你们没找到，我依旧无罪，什么都不会说，这样也不会触怒那些人。所以，艾小姐，我给你这次机会。找到她吧，那个叫林浅音的女人。"

艾黎一愣，抿唇，点了点头。

她没料到事情会有这样大的进展。

想了想，也是，与其相信心狠手辣的幕后操盘手，不如相信正义凛然的警方。前者无恶不作，后者绝不肆意伤人。

游离在社会边缘许久的鱼，终于有一天，想承担责任，投身恢恢法网。

Y镇变化很大，老街全部翻新。原本的太阳幼儿园改名变成蓝天幼儿园，艾黎问了许久才知道喜云路所在。

街上熟知大街小巷各个地段的三轮车逐渐被巴士替代，再也无人知道那些偏僻暗巷，他们费了好大一番周折才寻到柳萱口中的那间房子。两层的落地楼，不算好房子，却也过得去。

艾黎按了门铃，并无人开门。

她缩回手，看到门把手上留下了一个印迹，掌心一层薄灰，看来这里许久没人进出了。

隔壁老伯见她在门外等，便从二楼探头，问她：“你找谁啊？”

艾黎礼貌一笑，问：“你好，12号的主人在家吗？”

老伯愣了一下，将手里的蒲扇摆回桌上，下楼对她说：“之前有个姑娘住在这里，这两年又走了，招呼都不打一个。我老伴儿说，这姑娘在某天夜里走的，再没回来，不知道是不是出事了。她家里平时也没客人来，联系不上什么亲戚。不过说真的，现在的年轻人都不知道和邻居打声招呼，平时门一关就玩电脑。俗话说，远亲不如近邻，多认识一些人，出事也有帮衬。你说是不是这个理儿？”

艾黎没接话，老伯又一个人叨叨了一堆。

陈鹤川从后面赶上来，问了一句：“你知道那姑娘的名字吗？”

“阿音？好像是这个名儿，人老咯，什么都记不得了。”

艾黎心里嘀咕，阿音，是林浅音吗？

不管是不是，除了林浅音，还有谁知道这个房子的位置？

“是这个姑娘吗？”陈鹤川出示妙妙的照片，林浅音和她几乎一模一样，老伯要是见过，肯定认得出来。

“是她。”老伯很肯定。

艾黎欣喜，找对了。

陈鹤川又问：“您最后一次见到她是什么时候？”

老伯碎碎念：“前两年吧？我不记得了。那姑娘平时很少出门，要不就是出去买快餐。她好像是做夜里的工作，白天都是下午出门，傍晚了会朝外跑，被我老伴撞见几回。”

“快餐？”

“对，就在前面的那家好味道快餐店买的，我认识那店的包装袋。天天吃这些，身体哪能好，瘦得跟猴儿似的。”

“您还记得别的事情吗？再细小的事情都行，只要是有关阿音的。”

“记不得了，年纪大，忘性大。”

“好的，那谢谢您。”陈鹤川也没含糊，问完事就走。

突然，老伯远远喊了一句：“对了，好像她的朋友也在找她，不清楚是不是男朋友，每隔几天就会来楼下晃悠一圈，然后走人。我问他话，他也不肯说，鬼鬼祟祟的，像偷东西一样。”

“男人？好的，我们知道了，谢谢你。”艾黎笑着道别。

夜里工作，还得是不需要身份证明的工作，那就只有风月场了。林浅音不是个傻子，她知道警察在找她，肯定得隐藏身份。

她们姐妹俩不信任人，也不依赖人，所以不会依靠任何男人。要赚钱糊口，才能维持生活所需，那么她必定要外出工作。

先去好味道快餐店问问吧？常客突然消失了，总会有人记得她的。艾黎对于打听到林浅音的事情不抱太大希望，不过既然有了线索，总要去打听一番。

如果林浅音是两年前消失的，那么她肯定在这里住了很长一段时间。能让她待这么久的安身之所，没有特别理由，她绝不会离开的。

为什么呢？她为什么要突然更变地点，再次步上逃亡之路呢？

是有人发现她了吗？

艾黎怀有心事，问店长问题的时候也心不在焉。

陈鹤川帮她解围，继续问林浅音的情况。即使是常客，记得她的人也是少数，就知道有这么一个姑娘，每天中午都会来点餐，话不多，爱吃狮子头，讨厌青椒。

艾黎回头，四处巡视，突然发现角落里坐着一个男人。

他和艾黎的视线对上，很快又缩了缩头，避开目光。

这个男人的桌前什么都没有，连餐盘都没有，和四周胡吃海塞的客人格格不入。

刹那间，艾黎想起老伯所说的那名陌生男子。他鬼鬼祟祟的样子，与言语中的那个男人如出一辙。是他吗？

艾黎话未出口身先动，蹑手蹑脚地走上去，拽住那个男人：“你是谁？旁听我们说话这么久。”

“我……”对方局促不安地咬了一下指甲，抿唇，一声不吭，貌似严重社交困难。

艾黎乘胜追击，拉他出门：“你和我来一趟。”

对方不懂抗拒，老老实实地跟着出来了。

艾黎出示手里的照片，问他：“知道她是谁吗？”

男人很小声地说：“你们在找她吗？”

他没有否认，也没有承认，反倒是询问来意，这说明他对林浅音有一定的熟知度，至少不是陌生人。

“对，请把有关她的信息全部告诉我。”

男人深吸了一口气，四肢不知如何摆放，手足无措地说：“我……我也在找她。”

此时，陈鹤川刚记好证词，跟了上来。

他见艾黎与一名陌生男子纠缠，上前推搡一把，问：“怎么回事？”

艾黎：“他知道林浅音的消息。”

陈鹤川环顾四周，揽住男人的肩头，悄声说道：“小兄弟怎么称呼？这里不方便说，带我们找个僻静的地方详谈？”

“去我家吧。”对方丧气地道，继而补上一句，“我姓木，喊小木就好。”

小木家很乱，沙发上到处都是胡乱摆放的照片。

艾黎看了一眼，发现照片上的人眼熟，是各个角度的林浅音。她看了一圈，发现不对劲，这些照片看起来都是偷拍的，并没有正面照。甚至还有林浅音在室内洗澡时，迎着光，被窗帘挡住的虚影。这样私密的照片，谁会往外传？

这小木是怎么一回事？

艾黎木讷地开口：“你怎么会有这么多林浅音的照片？”

小木咬住唇，忍了很久，说：“我喜欢她，一直在追求她，所以才会拍下她这么多照片。”

这真的是喜欢吗？明明是偏执的爱，行径犹如跟踪狂。

“她不喜欢我没关系，只要我坚持，迟早有一天能感动她。可是她突然消失了，我不知道是不是有人绑走了她。毕竟她那么美，虽然三十多岁，但有成熟女人的美感，大家肯定都喜欢她。我在她家楼下等，等了一两个月，一两年，还是没人回来。我想找她，还去她工作的地方找过她，可没有人知道她的行踪。我想了解她，所以调查了她。她消失之前，我看到了早年报纸上的新闻，里面有一个女人和她好像，据说也有双胞胎姐妹。我托人查到了那个女人的名字，是林浅音。于是，我找上花音，问她真名是不是林浅音，只有我知道她的故事，我也会为她保守秘密。她惊慌失措，没有回答。她那样害怕，肯定是在逃避什么事、什么人。我想保护她，想让她信任我。可是隔天，她就不见了。你们来找她，是不是代表她卷入从前的那些危险事情里了？”

艾黎越听越不对劲，深思几秒，突然脊背发寒。

如果有人一直拿照相机偷拍你，并且尾随你多年，口口声声要追求你，并且纠缠你，是个人都得跑。何况，林浅音隐姓埋名多年，就是为了隐藏自己的身份，如今被小木挖出来，肯定得跑。

很明显，小木并不知道自己错在哪里。他的单相思甚至转变成了对林浅音这个人的掌控欲，逼她逃离此地。

如果林浅音向工作的同事求救，想要摆脱小木，那那些人必定不会透露丝毫有关林浅音的私事，大家会齐心协力地保护她。

当务之急是找到林浅音，而不是追究这些生活细节。

艾黎问他：“林浅音之前工作的地方在哪儿？”

“辉煌 KTV，你们要找她吗？带我一起去！”

“不行。”艾黎当机立断拒绝，她瞥了一眼小木，皱着眉说，“你有没想过，很有可能是你逼走林浅音的？”

“怎么可能？”

艾黎嗤笑一声：“如果我是林浅音，我绝不会把那种照片给一个陌生人看。”

小木惊慌失措，急忙将沙发上的照片揽到怀里，用瘦骨嶙峋的身体挡住这些私人物件。

艾黎不敢带他去辉煌 KTV 问话，否则必定无功而返。

逃离一切的林浅音好不容易有了新的人生，也有了新的身份，成了如花一般绽放的花音，哪知，又被小木给毁了。

辉煌 KTV 能做满四年的员工不多，他们找了一圈，才问到一个名叫芝音的女前台。她们那一年入行的接待员，艺名里都带个音字，由此来分辨入职时间。

聊起林浅音，她的目光涣散，隔了很久才回过神，说：“她的私人物件都被处理掉了，这里没那么有人情味，不会保留从前员工的旧物，能代替她的人比比皆是。”

这是行业的残酷竞争，社会的淘汰。你不做这事，自然有其他人来做，所有人都能成为那个替代品。

艾黎不信邪，问：“那么，她有和你说过想去哪里，或者想做什么吗？”

芝音抿唇，搜肠刮肚，斟酌了半天，才说出一句：“没有，不过她有一张化妆品店的会员卡留在我这里。那天我没带卡，店里有打折，所以用了她的卡，之后下意识塞在皮夹里，一直忘记还了。”

“能把卡给我看看吗？”

芝音点点头，从包里搜出卡，递过去。

这张卡她现在也在用，反正林浅音不在了，卡还有效，平日里买点特惠化妆品累计积分正好。

艾黎拿过卡，道了谢。临走前，她问对方有没有林浅音的电话号码，对方撇撇嘴，不太自在地答，已经删了。

这算是塑料友情吧？人一走远，嘴脸全现，没有经济或者人情纠纷，就显得薄凉寡淡。

倒不如化妆品店，因为还有利益相关，没删除林浅音的个人账户。

在陈鹤川出示了证件以后，对方急匆匆地调了用户信息，寻找名叫花音的用户。他们急于抛开这烫手山芋，谁都不想和警方过多纠缠。

他们的工作效率达到巅峰，没过五分钟，就将那张卡对应的会员信息摊开，客户信息保密的协议在现实压力面前，完完全全被抛诸脑后。

艾黎拍了张照片，从中找到了林浅音在店里的预留号码。她心存侥幸拨打号码，结果传来一阵忙音，果然已经打不通了。

这事交给陈鹤川去办，他可以让上级帮忙联系电信运营商，查明这张卡持有者的证件信息，以及找到她名下的其余电话号码。

不过查询需要几天时间。

现在这个社会，哪有不用手机的人，只要她还在人间闯荡，就得配上一切必需品，手机、网络……

是不是很快就能找到她了？艾黎细思一秒，无端地笑了。

回家时，她和陈鹤川并排坐在一起。电车外的光影流动，像是死前一帧帧播放的走马灯。

她昏昏欲睡，侧头靠在陈鹤川肩上，闻到他身上浅淡的香气。梦境与现实混淆，教她分辨不出虚实真伪。那样拥有锋利颚骨、耳轮皎白通透的陈鹤川，似乎只出现在梦中。

艾黎逐渐睡去，在梦里回忆大三时的一个夜晚。

那天是她的生日，她记得很清楚。她的生日是初冬，凛冽冬天，卷走了花瓣与绿叶，徒留雪花聊表歉意，落在枝头，装点大地。

人们对前一年的雪灾心有余悸，今年早早就做起了预防措施，生怕一个疏忽，转头就会被雪淹没。然而雪灾不比涝灾，算是天灾人祸里最温柔的存在。它轻飘飘、慢悠悠地来，像一颗慢性毒药，总要许久才能见效，给人逃跑的时间。

这天晚上，陈鹤川来找她。

艾黎的生日，陈鹤川记得很牢。有了去年雪灾时的风雨共度，今年两人的关系缓和许多，至少艾黎不会冷冰冰地对着他，生日这种大好日子，还能给个笑脸。

陈鹤川也很会挑，专门选这种时候，不怕她给他难堪。

艾黎喜欢吃寿司，这次又是去日料店。

她拿筷子，熟练地调酱，加了酱油和芥末，并一点黏稠甜腻的鳗鱼酱，搅拌均匀，夹一个水煮白虾的饭团，蘸酱后咬到嘴里，酸辣鲜爽。

那时候的艾黎，因陈鹤川的态度怪异，对他避之不及。若是现在的艾黎，只会觉得是小年轻小打小闹。她经历过生死，知道那些负面情绪在死亡面前不值一提，人要好好活，事要好好做，不可多心多思虑，浪费光阴。

陈鹤川抿了一口饮料，问她："毕业后想去哪里工作？"

他平平淡淡的家常问话，给了艾黎一种朦胧错觉。明明在她搬出陈家时，他还像个高高在上的王，慢条斯理地问她混在陈家是否别有居心。

他知道她的底牌，还装得一副好哥哥模样，令人费解。

艾黎不说话，她讨厌将自己的行踪暴露给他，将所有个人信息瞒得如铜墙铁壁般。

艾黎对他很警惕，因为他是陈奕的儿子。单论陈鹤川这个人的话，倒算是个乖僻却温柔的邻家哥哥。

她不说，他就不问了。

两个人一个胡吃海塞，一个默默地喝饮料，也是一幅动人的画面。

那天晚上，是艾黎大学毕业前他们最后一次见面。

艾黎躲着他，不想再生瓜葛。而陈鹤川投身警队工作，无暇管她，只能放她自由。

两人悉心避开对方，就这样和平地度过了一年多。

直到她开始实习的那次见面，阴错阳差，他们又走到了一起。

艾黎是被陈鹤川摇醒的，他若无其事地拽住她的手腕，领她往电车外走。她迷迷糊糊跟着他走了好长一段路，才注意到窄瘦腕骨的异样——肌肤表面覆盖他布满粗糙厚茧却温暖的手掌，他牵着她，与十指相扣的恋人不同，他更具侵略性与攻击性，引导她的思绪。

艾黎挣扎，对上陈鹤川那双烈焰灼灼的眼，他死死地盯着她，眼底情绪烫得惊人，吓她一跳。

陈鹤川眯起眼睛，问她："你还怕我？"

"我……"艾黎傻乎乎的，半天说不出一句话。

明明都不怕了，在他舍命救她的瞬间，她已经什么都不怕了。

"你该怕我。"

"什么？"

"毕竟最开始，我们的相遇，彼此都心怀鬼胎。时间改变了这一切，也改变了我对你的心意。我会给你时间，等你心境转变，从怕死我到爱死我，也算是我任务中的一项。"他在笑，开玩笑的成分极大。

艾黎才不吃他那套，问："陈鹤川，你喜欢我什么？"

她没喊他陈哥哥，直呼名字，将自己摆上与他同等的地位，寻求一个答案。

陈鹤川没说话，脸上的笑意逐渐淡去。

每个人都有秘密，有的人想它水落石出，寻个解脱，而有人却想隐藏一生，将其终生掩埋于记忆里。

很显然，陈鹤川是后者。

许久后，他说："找个地方坐下，我和你慢慢说。"

艾黎鬼使神差地听他安排，两人找了车站外的公园坐下。这里人少，冬天里，天也黑得快，夜色四合，是很合适倾听的环境，没人叨扰。

陈鹤川说："我有个妹妹，名字叫陈鹤珊。她很内向，喜欢缠着我。从小我爸工作忙，就是我带着她。我也嫌过小女孩矫情娇气，可她是我妹妹，没办法，时间久了，也觉得女孩别别扭扭的性格有趣。那天，是她的生日，我带她去游乐园玩。她闹个不停，要坐摩天轮。她十三岁了，不是小孩子，可以独自坐。我正好在接朋友的电话，应接不暇，随口答应让她去玩。哪知道，就是那个时候，发生了意外……”

陈鹤川没说完，艾黎也懂。

陈奕接她回陈家的时候说过，他的幺女在摩天轮的事故中坠亡。

那天，是陈鹤川陪她去，眼睁睁看着她去世的。

“如果我不让她走就好了，她很听话，只要我说一句，她一定会乖乖待在旁边。”

艾黎不出声，坐立难安。

陈鹤川是个坚强的人，听他说故事，流露出怏然的情绪，总觉得无法忍耐。

原来，百折不挠的人也有软肋，再强的人也会伤心。

艾黎试图宽慰他，还没开口，就被堵了回来。

陈鹤川侧头，风轻云淡地看了她一眼，说：“再后来，我遇到了你。”

“我？”艾黎回想起从前，她和陈鹤川在陈家外对视的那一眼。她满腹算计，陈鹤川一脸了然，都不是善茬，如今回想起来，倒很好笑。

“你和陈鹤珊很像，可你不是她。你想进陈家，必定有你的想法。如果不是走投无路，谁愿意当她的替代品呢？我想帮你，就好像帮我妹妹一样，满足你的愿望。所以，我配合地喊你妹妹，让你入了陈家门。”

艾黎颤颤巍巍地问：“你一直都知道？”

陈鹤川笑：“知道又怎样？”

艾黎福至心灵，懂了。

难怪那时候精明无比的陈鹤川并未拆穿她的诡计，而是顺着台阶往下走，放了她一马。

她的自作聪明都被陈鹤川看在眼里，她心怀鬼胎地接近他，他也全然接受那样的她。即使这样，陈鹤川也没有讨厌她，将她视为亲妹妹一样照顾，如果不是后来他对她出现了莫名的情愫，或许就这般待在一起，彼此寻个慰藉也不错。

“我一直在想，你是为什么要进入陈家。和我妹妹一般的岁数，却抱有其他心思，此前究竟经历过什么？于是，我去调查了你的来历，你的过往。”

艾黎听到这里，眼中露出惊骇之色。她想逃避，陈鹤川却握住她的手，不让她逃。

他将说话声音提高一点，逐字逐句钻入艾黎的耳朵：“这世上，只要有心便无难事。我想查，只要出钱，就能查。你之前一直和赵泽阳有来往，赵泽阳一案，和我父亲也有关联。我想，你可能误会了什么，所以为此而来。你复仇也好，寻求真相也罢，我想看看，我这样待你好，你什么时候会对我下手，什么时候会露出你真正的一面。”

艾黎自嘲一笑，哑然。

的确，她曾算计过很多人，用过很多手段。

“可是，你退缩了。你逃离陈家，没有对我下手。或许一直是我在误解你，是我把你想得太坏。当我想把目光从你身上抽离的时候，我才发现，似乎做不到了。”

“做不到？”她舔了舔下唇，音色沙哑。

他勾唇浅笑，不多说了：“不愧是我养大的妹妹，果然极具魅力。”

“你在开玩笑。”

“是不是开玩笑，你可以试试。”他挑衅地说，之前那番话犹如飞灰，瞬间烟消云散。

艾黎也不追究过往，这一番话下来，她算是懂了。她自以为深陷泥潭，陈鹤川又好得了多少？他是扑火的飞蛾，非要和她一同闯进来，与其裹足不前，倒不如不管谁是谁非，谁对谁错。她想撒野，往暗处走，他想奉陪，那就让他奉陪到底好了。

第十五集

过了一段时间，电信运营商那边有了消息。

林浅音为了能成功销声匿迹，的确换了手机号码。通过深入调查，找到她办理号码的营业厅，艾黎等人连夜赶到那个位于 L 城的城市。

既然林浅音在 L 城使用新的号码，那说明她极有可能一直待在那里工作。

已经是深夜，艾黎望着远处灯火煌煌的高楼大厦，她站在人海中，犹如一片随波逐流的浮萍。

她深吸一口气，给那个号码打了一个电话。等了许久，有女人接起电话："喂？"

艾黎说了一句莫名的话："见个面吧？"

"你是谁？"

艾黎心如擂鼓，吸入的空气通过鼻腔进入千疮百孔的肺腔，隐隐生疼。她忍了很久，沉默了很久，也不知道该说什么。她现在说什么都不恰当。说他们是警察，林浅音肯定连夜出逃；说想见一面，对方会把她当作神经病。

该怎么办呢？

艾黎咬住唇，不知所措。

她说："回来吧，你妈妈已经原谅你们了，逃得再远也没有用。跑到天涯海角，只要你还用这个身份，我们就能找到你。即使你舍弃这个身份，拿了别人的身份，我们也会从失踪人口下手，逐一排查，将你缉拿归案。你逃不了的，你一生都在躲避，太累了。"

她说什么都不好，索性就直说了。

林浅音那边沉默了足足几分钟，艰涩地开口，说："那就……见一面吧。"

东躲西藏，逃太久了，是个人都得累。还不如破罐子破摔，去了牢狱，寻求一个解脱与安心。人都得为过去买单，欠债总归是亏心事。

林浅音是在一家咖啡厅的包厢被逮捕的，她被铐上手铐后，长长地舒了一口气。

艾黎找上羽冬，让她们两个一起坐在审讯室里，像个老朋友一样说说话。

这是一个漫长的故事，得花上很多时间听。

先从林浅音开始说吧，她的故事，艾黎了解不少，现在听听林浅音的版本。

她纵火的原因，和之前了解的差不了多少。

她们从小缺少父爱，对父亲十分好奇，曾费尽心思去查那个男人。有志者事竟成，说来讽刺，她们真的在一份老报纸上找到了父亲的踪迹——是被原配谋杀的可怜男人，而她们的母亲则是第三者。

报纸上有杀人犯的照片，声称她们父亲是个"渣男"，抛妻弃子，有一个十几岁的儿子，所以妻子走投无路，才杀了他。林浅音对那名原配有很深的印象，时常做噩梦，梦到她要报复她们一家。

再后来，柳萱找了新男友，那个叫谢延的男人。

林浅音和妙妙对他的印象不算好，也不算坏，马马虎虎对待，不咸不淡地相处。

直到某一天，林浅音发现谢延皮夹里夹着一张照片，照片里站着两个人，是谢延和父亲的原配妻子。照片后面还写着："祝宝贝儿子十八岁生日快乐，妈妈留。"

这是什么意思呢？

谢延是那个杀人犯的儿子？！

林浅音不寒而栗，她不相信谢延是真心喜欢柳萱，他一定另有目的。

此后，谢延的确暗地里对她们展现了暴戾的一面，明面上却甜言蜜语地哄柳萱，骗她这些都是女儿们的恶作剧。

林浅音懂了，沉迷于情爱的女人皆是傻子，棍棒也敲不醒。

于是，她们打算救母亲的命，不能让这个男人的复仇计谋得逞。

她们往男人喝水的杯子里丢了一些安眠药，不敢放多，怕他喝出怪味，只要保证他入睡，且是深度睡眠即可。

然后，两个人齐心协力地将他抬入房间，锁好门。若是他半路醒了，就当是个恶作剧，下次继续。

林浅音和妙妙都没想过，此事会进行得这么顺利。

她们锁上了门，点燃煤气，在洗漱台旁边堆满纸巾，然后带上之前整理好的证件与散钱，偷偷溜出房子。

林浅音牵着妙妙，站在不远处的草丛，望着熊熊烈火，一下子看痴了。

火点着了，妈妈得救了，这下再也回不去了。

她们将背负一条人命前行，永远活在黑暗之中。

后来的事情，大家都知道了。她们只能找那种夜晚的工作。

林浅音厌倦了那种生活，看事情已经风平浪静好多年，起了一点心思。

她看上了宋茜司那有钱的爸爸，想让他赶走女儿，不要像谢延一样留下祸端。

一切原本进行得很顺利，哪知妙妙前来阻拦。

妙妙哭着劝她别走，她如果离开了，寻找自己人生的幸福，那么承担这一切的人只剩妙妙了。

林浅音没有答应，推搡之下，失手将妙妙用来以死相逼的利刃刺入她的皮肉。原本是妙妙以死相逼，阴错阳差变成了林浅音失手杀人。特别是妙妙指甲里还留下了林浅音的皮肤组织，警察会找到她的。

她想报警，想打电话给救护车，让人拯救昏迷不醒的妙妙。可她又怕警察一来，索要她们的证件，查出她们多年前犯下的罪。

林浅音一抬头，看到了不远处的宋茜司，愣住了。

宋茜司一直跟踪她，像是变态一样，日日尾随她，企图寻到她的把柄。现在，宋茜司目睹了这一切，只要她把这些告诉她爸爸，那么她爸爸一定会疏远林浅音，林浅音再也无法将她从家里赶出去。

林浅音苦苦哀求她不要说，就当没看见这些事情，就当做了一场梦，忘了就好。

宋茜司不肯，企图报警。

林浅音持刀阻止宋茜司。宋茜司在与林浅音扭打过程中抢下刀，却因用力过猛摔倒在地。她手中的刀不巧正刺入妙妙胸膛，导致昏迷的妙妙死亡。

林浅音笑了："这下，你我是共犯，我不会包庇你的。"

与此同时，鬼姬出现了。"螳螂捕蝉，黄雀在后"这句话说得真好，林浅音是蝉，不知宋茜司这只螳螂虎视眈眈盯着她，而螳螂也不知道暗处还有心怀鬼胎的黄雀鬼姬欲操控大局。

鬼姬道："你们都走吧，留下妙妙，我来处置。"

林浅音不懂她接下来想做什么，可她知道，万一宋茜司一不做二不休，还是自首的话，那她新罪旧案都要被警方清算了。于是，她没了办法，只能离开连夜出逃，逃离这场春秋大梦。而宋茜司也离开了，她胆小如鼠，头一回见杀人场景，手上还沾了血……她不想惹一身臊。

接下来的事情，就很好说了。

妙妙的尸体被鬼姬用来麻痹沈庆来，让他接触到这具尸体，当作写作素材。而鬼姬需要这个机会，让另一个人格祁升相信所有事皆是姑父所为。

事情过了几天，鬼姬找上宋茜司，不，是羽冬。她把所有事情都告诉了羽冬，需要羽冬报恩，也就是让她做伪证。羽冬最厌恶被人要挟，心里埋怨宋茜司这个蠢货留下把柄，可也知晓，这样一来，她也能避免自己被当成共犯入狱，也就更能主动掌控这一具身体了，毕竟除去了林浅音这一个心腹大患，还不必担心自己的父亲被恶女蛊惑。

就这样，秘密的交易完成了。羽冬帮鬼姬保守秘密，让姑父当替罪羊；而鬼姬也帮羽冬隐瞒真相，不说出林浅音和她合伙杀人之事，还能逼迫林浅音不再接近羽冬爸爸。

如今，鬼姬的秘密被艾黎挖出，也就代表秘密天平失衡，鬼姬自身难保，也要拉人垫背，下地狱。她可能揭露羽冬。

羽冬担心事情发酵、败露，所以她才会急吼吼地想杀人灭口，掩盖这一切不为人知的真相。

现在尘埃落定，一切都没有必要隐瞒了。

艾黎转头，问羽冬：“你现在是宋茜司，还是羽冬？”

对方畏首畏尾，递出一封信，说：“我是……宋茜司，羽冬让我说出全部事情，所以我可以告诉你所有事情。”

“你们之间联系，一直都是通过文字吗？”

“对。”

“为什么不去治疗这个病？”

宋茜司没料到她会问这个问题，咬唇，说：“因为不知道……谁会消失。”

因为有两个人格，所以谁都分辨不出哪个是主人格，想要治愈，必定只能留下一个人格。谁都不想离开，为了避免这个风险，两个人达成共识，共享身体，一起看月落与日出，享受人生。

很好理解的问题，艾黎没有多问了。

她直截了当地说："八年前有一起挪用公款案，你污蔑赵泽阳胁迫出纳员白芷挪用公款，做了伪证，对吗？"

宋茜司深吸一口气，艰难点头："是的。"

"你做了什么伪证？为什么？"

"我对警方说，在白芷自杀的一周前，我看到她和赵泽阳密谈。实际上，我根本没有看到，是有人逼我这样说的。"

"是谁？"

"我不知道，那个男人从来没有露过面，电话是不明来电，好像用了变声器，声音也很奇怪。他在电话里说出了我的全部秘密，很明显他手上有我的把柄，我不得不听从他的吩咐，不然就会被警察盯上，要入狱。所以，我做了伪证，引导警方相信赵泽阳挪用公款，并且在逼死白芷后，畏罪自杀。"

"好的，我知道了。"

尽管不知道幕后黑手是谁，但只要了解到这一点。知道这起案件疑点重重，有了新的证据，便可以向检察院提出申诉，申请重新调查审理这起案件。

大费周章，得到的不多，但这样已经足够了。

她的父亲赵泽阳并不是畏罪自杀，这是后世的人给他安上的罪名。

逼迫宋茜司做伪证的那个男人恐怕才是幕后黑手……是父亲临死前拨打过电话的陈奕吗？还是另有其人？总而言之，这个男人正逍遥法外，用赵泽阳的死换取了自由。

她的父亲仍旧挂念她，才不会轻易赴死，这一切都是阴谋！

"我会抓住你，让你给赵泽阳下跪磕头的。"艾黎攥紧手掌，眉心紧蹙，这样强而有力地说道。

由于艾黎和赵泽阳有血脉关系，是父女，所以她可以作为亲属兼申诉人，要求案件重审。

原本她想保全赵泽阳的名誉，隐藏身份，不给他生前家庭带来伤害。然而如今斯人已逝，艾黎想堂堂正正地存活于世，所以违背他的意愿，将故事说出。

既然她是赵泽阳私生女的事实已被知道，那就没有必要隐瞒一些关键事件了，譬如：赵泽阳死之前给她庆贺生日，并且接过陈奕的电话。

下一个目标，便是陈鹤川的父亲，陈奕。

艾黎想尽快和警方说，这是她梦寐以求的事情。

然而话真到了嘴边，又说不出口。

那是陈鹤川的父亲，如果她将此事说出去，那么陈奕的名誉必定会受到影响，他会被当作犯罪嫌疑人对待，被警方带去审讯。

于公，她的所作所为光明磊落，并无过错；于私，再怎么说陈奕都是陈鹤川的亲生父亲，难保陈鹤川不会心生怨怼。

艾黎该如何面对他呢？

那样，她一开始装小绵羊，步步为营接近陈家的目的就暴露了。

陈鹤川又会如何想她呢？小小年纪便城府深沉，隐忍多年，心机深重。

他会怪她、怕她、恨她吧？人之常情，哪有不带私欲的人。

艾黎没将此事说出口，她想再拖延几天，再和陈鹤川心无芥蒂、和平相处几天。

没了强压心上多年的巨石，艾黎仿佛重新活过来了。

她出门，只见天蓝得晃人眼睛，让她一阵天旋地转。

艾黎闭上眼，长长吁了一口气。

陈鹤川递给她一罐啤酒，说：“陪你风里行，雨里过，你打算怎么报答我？”

艾黎望着他的脸，精神恍惚。他还是如往常那般，嘴上没个正经。

五秒后，她轻声回答：“谢谢你，陈哥哥。”

“别客气，谁让你是我妹。”他难得爽快。

没过几分钟，陈鹤川又补充：“不过，从今往后，别喊我陈哥哥了。”

“嗯？”

“我不是你哥，我想做你先生。”他几近呢喃的话语，烫了艾黎的耳朵。

艾黎下意识揉了揉发热的耳郭，小声说：“恐怕……不合适。”

“为什么？”陈鹤川并不暴躁，心平气和地提问。

艾黎无法含糊，必须认认真真回答，说出不合适的理由，说出不可能的原因。如果她对他没感觉，那必定不会再接近他。

艾黎，你的心里究竟有什么鬼？统统告诉我，我帮你拔掉这根刺。陈鹤川心想。

“我……”艾黎抬头，开口，呼出的白气袅袅升腾，在冬日的风中缓缓散去。

她不是不喜欢，也不是无动于衷，只是心怀愧疚。

艾黎有许多难言之隐，也曾用过许多手段，相比嘴上恶毒、心不坏的陈鹤川，她卑鄙、低劣很多。

这样的她，配不上敢用命护她的陈鹤川。她过不了自己心底那道坎，输给了自己。

艾黎垂眸，不敢与他对视，怕心思机敏的陈鹤川瞧出破绽。她情绪逼真，尽量缓慢地说：“我有喜欢的人了。”

陈鹤川不说话，过了许久才问：“是谁？我会让他放弃的，逃得远远的，再也别来见你。”

“陈鹤川！”艾黎红了眼睛，仿佛真的爱那个人到死心塌地的地步，她咬牙切齿地说，“你知道我多讨厌你吗？从小到大，我为了进入陈家查真相，不得不压抑本性，装得乖巧纯真，任你摆布。

我对你只有恨和讨厌，所以我大学才会搬出去。我很感谢你在火场舍命救我，但感激并不是喜欢，你不能总强迫我做我不喜欢的事情，我想为自己而活！”

陈鹤川愣了一秒，手里的易拉罐被捏得扭曲。他指节用力，渐渐泛白。过了许久，他才低低一笑，笑意不及眼底，说：“我不过逗逗你，我怎么会……喜欢自己妹妹呢。”

艾黎没回答，眼泪摇摇欲坠，勉强维持自尊。

这样不是很好吗？

她有了新的目标，会继续去查明赵泽阳之死，而陈鹤川也会收敛对她的心思，仍旧是个好哥哥。

只是那两次的吻又算什么呢？

想了想，应该是陈鹤川一时兴起，饥不择食才吻了她。

如今尘埃落定，此后他们分道扬镳，再也不见。

第十六集

艾黎望着天空，仰头的姿势可以让眼泪缩回眼眶。好笑，又不是无底洞，也不是说不落泪，它竟会回到泪腺。

她吸了吸鼻子，噘嘴搞怪，成功逗笑自己。原地驻足很久，她才侧头，小心翼翼往另外一个方向望去，低矮的巷弄，早已经没了那个人的身影。

艾黎不再拘束，动作放开，大大方方朝那个方向挥了挥手。

什么嘛，还以为有多喜欢。

一个人如你所愿走了，又怪他爱得不够坚定。艾黎便是这样的人。

她原本就没喜欢过陈鹤川，从来没有。

艾黎不会忘记的，她进陈家是为了查明父亲的死因真相，犯罪嫌疑人是陈奕，她又怎么可能爱上杀父仇人的儿子。

没有谁是替代不了谁的，只要有足够的时间。

十天，二十天，或者十年，二十年，时间是慢性毒药也是解药，终有一天，陈鹤川会不药而愈，忘记她。

更何况，他亲口说的，他又没喜欢过她。

艾黎坐在阳台的椅子上，点了烟，烟雾袅袅升腾，她想凑嘴去吸，却又眼睁睁地看着烟草一点点燃烧殆尽。

往事回忆一页页烧，就这样随风消散，而她站在原地无动于衷。

艾黎才不难过，一点都没有。

她突然瑟缩成一团，嘴里连续发出压抑的呜咽声。

不知道她有什么好哭的，也不知道她在哭什么。

她最爱的人早死了，她在世间无牵无挂，哪会为什么牵绊自己的人哭啊？不合理的，完全不合理。

但为什么她的眼泪止不住呢？

她明明没有交出赤诚的心，她一直都在利用陈鹤川的人脉与资源，榨取他的价值，像是游戏一般，把他玩弄于股掌间，没付出丝毫真心。

她现在良心发现了，才放过他，仅此而已。

她一直都是大奸大恶的坏人，哪来纯善的好人形象。

艾黎想起了一点事情，满是泪痕的脸颊突然恢复了一丝平静，像是渡海的候鸟，在风平浪静的海面刚刚找到了一截枯枝可供停歇。

也不怪她总想起陈鹤川，是那个男人先横冲直撞闯入她的世界。

艾黎以为他会死皮赖脸长居于此，哪知他也会心存善念，放过她。

她想了想，觉得这样的陈鹤川不像他本人了。若是从前的他，哪有知难而退，放她一马的时候？

艾黎盼了好几年的事，如今如她所愿，噩梦退散，她为什么还要难过呢？然而，这样的人生，真的是她所愿的吗？

她到底有什么地方做错了？

艾黎想到了从前的事，零星半点。

陈鹤川会在她需要的时候来到她的面前。他无处不在，也能幻化万物。有时是她感冒，他特地递来的一杯热水；有时是她难过，他抽出的一张纸巾；有时是她被同学欺凌，他突然出现的身影。

他那么好，好到艾黎无法抽身离开，让她感到害怕。

艾黎害怕自己离不开他，因为原本的命运便是要她背叛他，成为忘恩负义的那匹恶狼，这是她的使命。

从前他们还年少，也有两小无猜的一段岁月。

艾黎还记得，陈鹤川有朋友想见她，他总推诿，声称："我妹太丑。"

偶然一次，艾黎迎面撞见他朋友，那人跟陈鹤川嘀咕："你妹哪里丑了？"

陈鹤川不说话，艾黎这才知道，他在外尽干些小人之举，毁她名声，幼稚到可笑。

回家后，她壮着胆子问他，他淡淡回答："说你丑，就没人觊觎我妹妹。不喜欢让别人碰我的东西，仅此而已。"

那时的艾黎年幼敏感，听到他这话，吓都吓死了。

原来陈鹤川已经将她归为自己的物品了，而且也说得清楚，不过是个东西，不上心却不能让人夺走的死物，可有可无，却不能让别人占有。

他从前明明对她不屑一顾，为什么后来又视她为命中唯一？

艾黎高二的时候，曾被同班同学猛烈追求。她躲过几次，拒绝过几次，但对方依旧不肯放手。

事情闹大了，教导处都知道此事了。主任警告这名同学，如果再纠缠艾黎，就要退学。

哪知对方也有背景，完全不怕老师的警告，仍然骚扰艾黎，直到陈鹤川出面，使了一点小手段。

那位同学最终被家人强迫转学，也没有机会再追求艾黎了。

这事说不上是陈鹤川的错，只是他的雷霆手段叫人害怕。

只要有艾黎在，就会有陈鹤川守护两侧。他不许其他人接近她，也不许她亲近抑或迷恋任何人，领域意识极其强烈。

而接近艾黎的人，事后都被查出有为人处世或是名誉上的污点。正因为这样，即使她想反抗陈鹤川，也完全做不到，她的陈鹤川并没有好心办错事，她只能哑巴吃黄连，有苦说不出。

这样的日子过久了，艾黎开始害怕陈鹤川。

加上父亲的案子在梦里梦外萦绕，终于压断了她心里最后一根稻草。

艾黎下定决心要逃出陈家，逃离龙潭虎穴，再也不要见他。她反正也抓不到陈奕的把柄，没必要再待下去，赔了夫人又折兵。

多年后再次相见，陈鹤川蜕变成了剑眉星目的冷峻男人，靠近时，有着若隐若现的压迫感。而她也从稚嫩的小姑娘，逐渐变成了能独当一面的坚强女人。

她不再害怕陈鹤川，对他的印象也较为模糊，只隐隐记得他城府深沉，令她害怕。

实际上，陈鹤川从来都没有伤害过她。

不过她把他当哥哥，他却没把她当妹妹。

如果故事主人公变成了孤苦无依的小姑娘，与路见不平拔刀相助的邻家哥哥，这事又有别的序章了。

艾黎想起了一句话——喜欢是占有，深爱是放手。

可能，她有那么几个瞬间，是爱过陈鹤川的。譬如他抱着她，从烈火燃烧的高楼坠落的刹那；又许是他小心翼翼给她盖上毛毯，凝视她睡颜却并未做出格事情的那一刻。

某些情愫见风就长，随风随雨，悄然而至，便不再离开。

艾黎长长叹了一口气，想了许久，还是没个结果。

她摁灭细烟，给自己做一个了断，切断黑夜，走向黎明。

过了两天，她和警方说出了小时候的故事。由于年代久远，又仅有证人证词，缺乏客观性，只有一点参考价值。仅靠艾黎小时候的言论，没有直接证据证明“陈奕死前联系过赵泽阳”这事，在刑事案件中，无法作为定罪的依据，所以不能对陈奕使用刑事调查手段，需要其他证据帮衬。

可这些证据哪有那么好找？

除非还有另外一个人来证明陈奕与此次挪用公款案有重大关系。到那时，可以模拟出客观事实，而不用仅靠艾黎的证词来判断此案。

艾黎突然想起和白芷交好的出纳员刘烨，他和宋茜司以及白芷曾在一个办公室工作过。白芷“被胁迫挪用公款一事败露，被逼自杀”，他对此会不会也有什么想说的呢？

他有没有看到白芷生前和谁频繁接触过？和陈奕吗？还是谁？白芷生前在蛋糕店里究竟是和哪个男人私会密谈？

至于陈奕，艾黎还想会会他，撕下他的面具。

艾黎对于陈家再熟悉不过了，她拿起手机，用手指解开上面复杂的密码锁，盯着那条命名为陈奕的电话号码，怎么都按不下去。

她怕些什么呢？怕被他质问或是责怪吗？

艾黎想了想赵泽阳的脸，深吸一口气，联系他：“是陈叔叔吗？”

“艾黎？”陈奕对她不算好，也不算坏，真要说的话，比普通路人亲厚一点，比亲戚又疏远一点。

她深吸好几口冷冽空气，借以维持为数不多的勇气，问他：“陈奕叔叔，八年前，我曾见过我父亲赵泽阳死前接过你的电话。他自杀，是否和你有关？我听他的口风，好像是问你发生了什么事情，匆忙离开的。当时究竟发生了什么事，需要我爸爸？还是在他自杀的前几天？”

陈奕那边静下来，唯有若隐若现的呼吸声。

等了很久，陈奕突然莫名其妙地问：“艾黎，你在哪儿？”

艾黎看了一眼手表上的时间，是晚上八点。

她随口一答：“我在城南公园。”

“你在原地等我，别走。”

原来是要见面，艾黎没拒绝。

大概十分钟后，她后脑突然遭到袭击，一阵钝痛。朦朦胧胧间，她听到噼里啪啦一顿乱响，她被胶带贴住嘴，手脚被塑料细带捆住，抛上了车，与杂物堆放在一起，像是一件死物。

她心道不妙，她没等来陈奕，却要送命了吗？

这些人是谁？是陈奕的人吗？

他们想杀人灭口，不让她继续查吗？

这次没有陈鹤川，她恐怕在劫难逃！

为了隐瞒赵泽阳的死因，竟然不惜杀人吗？明明杀人比挪用公款罪要严重太多了。

人啊，为了保全自己，究竟会做到什么地步呢？只要自己能活着，是否就能将所有对自己不利的人铲除呢？

人心如蛇蝎，人心若鬼神。

陈鹤川现在已经不抽烟、不喝酒。

年轻气盛的时候，他和狐朋狗友厮混，也有过叛逆期，当过莽撞少年。白日里与人拼酒，肆意地朝路人吹哨；又或者是夜里两手一插兜，坐在大排档等一碟热油里干煸出的大葱鸡胗，以及半斤烧酒，想些有的没的事，说些半真半假的话，就此借酒消愁。

是从什么时候起，他开始改过自新的呢？

似乎是某日回家，陈鹤川忘记将身上的杂味清除。他披着居家好哥哥的躯壳，却忘记将驰骋沙场的战袍卸下，就这样直截了当走到了艾黎的面前。

艾黎讨厌酒味，也是那时他才知道。

陈鹤川唤她过来，小姑娘脸上带着自认完美无瑕的笑脸，蹑手蹑脚地靠近，动作比平日里缓慢万分。

是他做了什么不好的事情吗？

陈鹤川回过神来，想起身上还有那股浓浓的酒精味。

他不强迫她，低低说一声："我先去洗个澡。"

艾黎长吁一口气，如释重负。这些细小动作，都被他看在眼底。

她果然是讨厌酒精味，幸好不是讨厌他。

陈鹤川没庆幸多久，转念一想，她未必是喜欢他不沾烟酒的样子，只是清醒时的他不会冲动做事，言谈也具有清晰条理，比酗酒疯狂犹如野兽的他好上几分。

陈鹤川也不想再伪装好哥哥形象，可他没办法说出口，说："你不是我妹妹，所以不必伪装了，艾黎。”

艾黎待在陈家安身立命之根本就是替代他的妹妹，如果想让这小妮子心安理得留下来，那就要假装他还有恶疾未愈，将她当作慰藉，当作陈鹤珊的替代品。

先走一步看一步，总有机会说清楚的。

他总不能不管她，赶她离开陈家，放任她在外颠沛流离吧。

艾黎是第一次被人悉心照顾，他也是第一次细心呵护一个小姑娘成长。

陈鹤川没大艾黎多少，艾黎嘴上喊哥哥，可他们的真实年龄也就三四岁之差。

这样朝夕相处，难免会产生一些莫名的情愫。他想抑制这些在心田滋生的想法，粗暴地将手掌按在土地里，掩埋那一株嫩芽。哪知这些想法的生命力格外强，渴望甘露，渴望春风，竟然从掌间缝隙钻出，朝天生长，变成一棵郁郁葱葱的树。

再也挡不住了，他的想法已经成了参天大树，与风雨共度春夏秋冬。

陈鹤川自己知道，他没把艾黎当妹妹。他把她当心上人，她虽然年龄尚小，但总有一天会变成能独当一面的意中人。

可艾黎不是，她从小就把他当哥哥。纵使毫无血缘关系，但她叫习惯了哥哥，便认定他就是哥哥。

这是个认死理的小姑娘，死活不肯改口。

他能有什么办法呢？陈鹤川宠溺地想。

虽然她畏惧他为人处世的冷情寡淡，她厌恶他阴晴不定的样子，可她不傻，知道谁好谁坏，常常下意识地依赖他，躲在他的身后或是怀里。

陈鹤川也是想保护艾黎一辈子的，不管是以爱人的身份，还是以哥哥的身份，他都想守在她的身边。

时间久了，欲望悄然滋生。

在艾黎不知情的情况下，陈鹤川会在一些鸡毛蒜皮的小事上对她多加照拂。

艾黎成绩很好，一直是课代表，每堂课下课，都得帮老师把作业本抱到办公室里。许是成绩好又漂亮容易招人妒恨，她明里暗里受的欺负不少。陈鹤川了解到这一点后，暗地里会以艾黎哥哥的身份去学校，询问老师艾黎的学业情况，拜托他们多多关照艾黎，提防校园欺凌。

班主任是年轻老师，对清俊的陈鹤川颇感兴趣，絮絮叨叨说了很多。

艾黎成绩好、性格好，和同学相处融洽，看样子能考上重点大学，诸如此类。

陈鹤川嘴角噙笑，心不在焉地听着，心思却飘远，目光不自觉地飘向了艾黎的班级门口。

也是巧合，那日，她正好捧着一摞作业本走出班级门。日光正好，透过窗外枝叶落在她的眼角眉梢，像是图案精细的眉间花钿。她一向好看，不化妆、不打扮，一张素净的脸带着几分小家碧玉的清秀。

那一年是高三，艾黎要高考，志愿里填的大学都很远。她很快毕业，很快成年，很快去外地，也很快离开他。

陈鹤川对她本无那些绮丽心思，关心妹妹罢了，时常来校内拜访。

也许那天只是春光曼妙，所以他多看了她几眼，自此便刻骨铭心，记在心上好几年。

艾黎如愿以偿搬出陈家，独身去上大学。大学开学的那天，她也没让陈鹤川送她。

陈鹤川凭人脉手段，到她的大学一打听，学长学姐便纷纷指路，找到她的宿舍。

艾黎正在收拾衣物，看见他来，吓了一跳。

她怕被人问起他的身份，扯住他鬼鬼祟祟地往校外跑。

艾黎问：“你有什么事吗？”

陈鹤川将思索许久的借口说出来：“你之前回来的时候，银行卡掉家里了，正好今天没事，给你送来。”

艾黎将信将疑收下卡，没多怀疑。

没了话题，两人无话可说，双双沉默。两个人不再是当年两小无猜的兄妹，说句不好听的，各自心怀鬼胎。

陈鹤川有鬼，是有私欲。

艾黎有鬼，是心怀愧疚。

那一年冬天来得特别早，夜里冷了很多，随风飘落细碎的枯叶。

陈鹤川请她吃东西：“外面冷，找个奶茶店吃点东西，我请。”

艾黎没拒绝，她从小到大都不太会拒绝陈鹤川，这是身为妹妹的通病。

进了奶茶店，感受暖气的洗礼，她终于活了过来，脸颊也红润有光泽。

艾黎对陈鹤川处处提防，如今看着他，又觉得是自己以小人之心度君子之腹。陈鹤川虽然话说得离谱，但是从未带有恶意。

此前的暧昧言论，或许只是一场镜花水月的梦，并不真实。

陈鹤川给她点了一份榴莲千层蛋糕，一杯热气腾腾的红豆奶绿。等甜点上了，艾黎便拿叉子吃蛋糕。她忙活一整天，的确是饿，甜点也能吃得津津有味。

陈鹤川看她吃得香，嘴角不自觉勾起。

他鬼使神差地探出指尖，抹去艾黎残留在嘴角的生奶油。

很细微的小动作，却吓得艾黎往后猛地一退，一双圆溜溜的猫瞳警惕地盯着他，仿佛他下一秒就会做出什么不好的事情。

他不在意，仿佛艾黎防守的姿态是习以为常的动作。

可是说实话，那有些伤人心。

许久后，陈鹤川慢条斯理地说：“你一个人在外上大学，如果有事就联系我。”

艾黎愣了一秒，忍耐许久，说出口：“我已经搬出陈家了，我也不是你的亲妹妹。”

“我知道，那又怎样？”

“所以，别接近我了，陈鹤川。”

“哦。”他淡淡答了一句，过了许久又问，“你怕我？”

“不怕，就是……”

“就是什么？”

“我讨厌你……”

“嗯？”

“没什么。”

“那我……下次再来看你，妹妹。”陈鹤川装傻能力一流，说完这话迅速走了，生怕听到艾黎接下来拒绝的言论。

陈鹤川也有怕的时候？当然有。

面对艾黎，他浑身上下无一处不是软肋。

他很怕一手养大的小姑娘，有一天会成为别人的囊中之物。

陈鹤川辛辛苦苦守了这么多年的宝贝，如何能让他人占有？他忍不住，索性不忍。他和成年后的艾黎说情爱，说思念，教她红豆为何物，相思有多苦。

小姑娘惊慌失措，对他避之不及。

“你不是我的妹妹。”陈鹤川亲手撕裂了这一层梦，他想让她心里清楚，他不是她的哥哥，他想做的是她先生。

陈鹤川调查艾黎的过去，这才知道她的身世可怜。从小缺爱的女孩一旦看到一丝爱意，就会紧攥着不放。她很珍惜这份兄妹情，嘴上没说，但陈鹤川感受得到。所以，她不允许任何人毁坏这段“亲情羁绊”，就连陈鹤川本人也不行。

想让艾黎爱上他，无疑是一场持久战。老实讲，陈鹤川都没有信心让艾黎忘记“他是她哥哥”这个关系。

与其止步不前，不如破罐子破摔好了。

陈鹤川暴露赤诚内心，不管她想不想、愿不愿意，都直言爱慕，给她看火热内心。

艾黎吓了一跳，连连退避。她不接受也得接受，那个叫陈鹤川的男人，不再是她的哥哥了。他居心不良，总有旁的目的。

艾黎从小就爱逃避，遇到无法接受的现实就会躲进躯壳里。就连处理赵泽阳的事情也是这般，她无法接受赵泽阳抛下她独自赴死这个事实，于是固执地想挖出真相，找到她所需的父爱。

该说她古怪，还是傻气呢？陈鹤川苦笑一声。

这么多年滴酒未沾的身体似乎复苏了，他感觉口舌干燥，带点抓心挠肝的瘙痒，想喝酒，让滚烫的白酒辣一辣喉咙，排遣寂寞。

他搜了一圈冰箱，只有啤酒，度数比烧酒低很多，喝不醉，反而越喝越清醒。

事到如今，他连挑剔的份都没有，无论是对艾黎，还是对酒。

陈鹤川拉开拉环，咕咚两口下肚，喝得又快又急。再如何都是酒，总能麻痹神经，让他少想些事。

胸腔左侧总有伤口隐隐作痛，一路连到肚脐。这是心痛的感觉吗？坚强无比的陈鹤川，还是第一次有这种生理上的疼痛。

现在的他算是被艾黎甩了吗？

艾黎还是不喜欢他，所以郑重其事地说出那些戳人心窝的话，半点都不带犹豫。

意图占有金丝雀的狐狸，也有犯懒打盹的一天。他半眯起眼睛，看着渴望自由的金丝雀偷偷跑出牢笼，在蓝天白云下笑靥如花的样子。既然她那么开心，他便如她所愿，装瞎好了。

有时候，成全的感觉也不赖。

就当他是放过自己，也放过艾黎。人活在世，作恶万千，总要做一件好事。他的好心，这次就留给了最爱的人，留给艾黎。

她有朝一日会遇到对的人，会结婚，会生子。

艾黎会和其他男人同床共枕，心无芥蒂地一起生活。

他羡慕不已。

谁会这么好运，得到艾黎？

谁都可以的话，为什么不能是他呢？

可都说好了，她只是他妹妹。

言而无信的样子会让艾黎更讨厌，原本她就很讨厌他了，总不能再讨厌一点，让她的心里毫无他的容身之所。

陈鹤川今天休息，将早在几个小时前就喝空了的啤酒罐丢进垃圾桶后，打算出门找个大排档吃饭，点一碟花椒炒螺蛳，再点半斤卤猪舌头，正好下酒。

朋友就不必了，一个人也能喝好酒。

刚刚关上门，手机突然响了，陈鹤川接起电话，冷淡地道："你是？"

"陈师兄吗？我这里接到一起绑架案的报警电话，好像是艾小姐被绑架了。"

他的墨色瞳孔瞬间缩紧："你再说一遍，是谁被绑架了？！"

"艾黎。"

"我现在就去派出所，你们待会儿把详细情况和我说说。"陈鹤川迅速将门上锁，不要命似的往楼下跑。

他冷静不了，指尖发颤，喉咙也忍不住发出点颤音，整个人如坠火炉，遍体鳞伤，没一处好地儿。

是谁？谁敢劫走艾黎？

他要找到她，一定要。

他喝过酒，虽然酒劲已过，可仍然有隐患，只好拦了辆出租车赶到H城派出所。陈鹤川深吸一口气，那口冬日凛冽的空气从鼻腔一路灌进肺腔深处，吐气时，带出无穷无尽的焦虑与惶恐。陈鹤川白皙纤长的五指被冷风冻得够呛，犹如刀割，刺骨的疼痛能让人清醒。

他清晰地意识到，这辈子，什么都能让，唯独艾黎不行。

若是这世上没有艾黎，他活着无滋无味，不如去死。

所以，他要找到她，在她活着的时候。

陈鹤川到了H城派出所，派出所内早有年轻警员在等。

通过师弟的说明，他了解到艾黎是在城南公园被人劫持。那地方偏僻，是年轻情侣常去的调情好地儿。

目击者是艾黎的大学同学，远远听到她的声音，本想上前打招呼，哪知看到了她被人劫持上车的一幕，急忙躲进草丛后头，等车开远，这才打电话报警。

别怪他为什么不上前救艾黎，对面劫匪有两三个人，他赤手空拳，还要救一个手无缚鸡之力的女人，想想都不现实，还可能逼急劫匪，赔上他的性命。

所以，他能在事后迅速报警，已经是英勇之举。

和警方沟通的过程耗费了一点时间，等警车赶来堵人，那辆黑色面包车早没影了。

陈鹤川心急如焚，道："和交警部门联络，一起劫持案需要他们配合。然后调开各路段的道路监控，跟踪犯罪车辆。面包车的逃跑方向总知道吧？朝那个方向逐一排查，重点路段设下拦截的警车，务必在H城内逮住绑匪。"

"是！"不用他吩咐，师弟也知道怎么做。

这件事有些棘手，他们迅速和上级领导联系，增强了搜查的警力。

这年头，杀人可不是切萝卜，大街小巷电子眼无处不在，只要作恶，便会第一时间被发现。

一套程序下来，半个小时后，陈鹤川通过道路监控查到了那辆尾数为3456的黑色面包车。根据它的运动轨迹推断，它很快就要开到H城外，到那时，就不是陈鹤川辖区内的事，和别的辖区警察交流案情，又得耽误时间。

等不了了，他和领导沟通后，直接带上标配警枪，开同事的私人车上路追踪。警车太显眼，容易打草惊蛇，这样出行，虽然人手不足，风险系数增加，但对人质来说是最好的保护方式。

陈鹤川是死过一回的人，今生再无畏惧之事。

他拧动车钥匙，不经意间，粗粝的指尖碰上黑沉沉的枪口，指腹一凉，心里做了某个决然的选择，眸色一暗。

第十七集

夜色浓郁，足以遮蔽任何事物，遑论本就是黑色的车辆。

那辆装载艾黎的黑色面包车被夜晚庇护，很难察觉它的踪迹。绑匪根据路段的限流情况，仿佛察觉有警方在跟踪，迅速往偏僻崎岖的山路开去，逃离电子眼的监视。

情况有些不受控，唯独陈鹤川孤身一人开车，紧追不舍。

他把着方向盘，指腹紧贴冰冷的金属，由于用力过猛，指节微微泛酸、胀痛。这些痛苦微不足道，无法干扰陈鹤川的心。

陈鹤川尝试揣测绑匪心理，如果他是绑匪，他为何要在大街上匆忙劫走艾黎呢？

看他们冷静的样子，应该是有预谋的绑票。

既然经过深思熟虑才制订绑架计划，又为何不妥当一点，在艾黎的家中进行劫持？

原因只有一个，他们的时间不多，必须干脆利落。

如果为了钱财，绑匪早该第一时间和家属联系，可他们没有，那他们应该是有其余的目的，譬如封口。

封谁的口？很明显，目标是艾黎。

艾黎最近在查赵泽阳挪用公款一案，已经查出背后有主谋，应该是让别人感受到了威胁。

如果要杀艾黎，那么在路上给她一刀不就完了，还要这样费尽心思劫走人吗？

也许是怕光天化日杀人太过张扬，容易让警方察觉，所以才第一时间绑走人，丢到荒山野岭，任她自生自灭。这样手脚干净，警方也不会第一时间发觉，毕竟艾黎孤家寡人一个，在H城无依无靠，没有亲属报案，短时间内失踪无人知晓。

他们已经想好了要艾黎的命，会轻易放过她吗？

拿艾黎当人质，摆脱警方，无疑是保全自己的最好选择。但是这样一来，他们的辛苦就白费了，还会打草惊蛇，这一趟绑架行动就是个天大的笑话。

与其让警方跟踪，救下艾黎，由她说出绑匪特征，倒不如杀了她，一不做二不休，这些亡命之徒至少守住了幕后的主子。

情况不太乐观，陈鹤川眉心紧蹙。

他给艾黎打电话，艾黎手机没关机，可他打了好几通电话都没人接。

手机应该在那辆黑色面包车上，否则在案发地点就应该捡到它。

快接电话吧，他想理性地和那些人谈谈。

等了很久，久到时间凝固，陈鹤川都忘却了时间。

电话终于接通了，里面传来男人的声音，说：“你是陈鹤川陈警官？”

陈鹤川垂眸，懂了，他们认识他。

此时不应该激怒这些人，否则艾黎在劫难逃。

陈鹤川说：“目前就我一个人在跟你们的车，只要我想，你们就能逃走。不过，我有一个要求。”

“陈警官请说。”

“我要活着的艾黎。”

“我怎么能保证，我们一停车，不会被你们抓住呢？与其这样，还不如杀了艾小姐，好歹达到了一个目的。”

陈鹤川懂了，他们还不信任他。

然而他没什么可以拿来赌博的东西，对于劫匪来说，若无法全身而退，倒不如拉艾黎陪葬。

他得做一个惨烈的抉择，取得绑匪信任。

抓不抓住他们，他无所谓，只要艾黎能平安回来。

陈鹤川抿唇，眉心紧拧，说：“我在前面停车，你们也停下来，把艾黎还给我，五秒后，我会朝自己的腿部开枪，这样一来丧失了行动力，也无法逮捕你们。不过别使花招，只要你们有别的举动，我会立即按下传呼机的按钮，你们在劫难逃。如果你们珍惜时间，大概有十分钟的时间，足以让你们逃到别的地方了。”

那些绑匪也惜命，思考很久，说了个“好”字。

这样的抉择无疑是给这些人台阶下，只要人质，不追踪他们，对他们而言已经是最好的结果。

再拖延几秒，两边都不讨好，非死即伤。

陈鹤川没有犹豫，当即停下车，拉开车门。

他将手枪上膛，双手并握枪柄，对准了自己腿部皮肉。他不傻，避开腿骨部分，还能保全一条腿。只是快速运动的铅弹会刺穿皮肉，铺天盖地而来的剧痛足以让他丧失思考能力。

一条腿算得了什么？

不过是躯体的疼痛，不过是身体产生的应激反应。

只要艾黎能活着回来，已是万幸。

陈鹤川没什么高明的手段，也不敢用侦查手段去赌艾黎的性命。

说他低估敌方的卑劣手段也好，说他蠢到无可救药也好，只要有一线生机，他就不会轻言放弃。

夜风呼啸，四周皆暗。

艾黎被丢下车，在绑匪的命令下，朝他远远喊了一声：“哥？”

陈鹤川见远处缓缓走来的艾黎，轻轻一笑，朝着腿部决然地开了枪。

子弹的运行轨迹无法中止，这世界，什么事情都有因果，不能为所欲为。

就这样吧，该捡回来的就痛痛快快拿回来，该要的人也痛痛快快揽入怀中，哪有那么多时间明前因后果、辨善恶是非，位于黑和白之间的灰色地带，才是残酷人间。

陈鹤川想救艾黎，不论结果，不论成败，只要有一线生机，就算拿他的命去交换，他也甘愿。

锋利的弹头顺着火光以无可抵挡的冲势破开裤腿布料，贯穿腿部健硕的肌肉，在皮肉内穿行，最终落到荒草丛生处。

砰的一声，火花四溅，陈鹤川虎口被开枪的余震震得生疼，险些开裂。

他的耳朵嗡鸣，腿部丧失支撑身体的能力，他蓦地倒了下去，血液汩汩流淌，遍地开出猩红蔷薇。

看完了这场好戏，那辆黑色面包车以迅雷不及掩耳之势驶离，不见踪迹。

艾黎还没反应过来是怎么一回事，她蹲下身子，用身后被塑胶带束缚住的手摸出陈鹤川的手机，频频回头，费力看屏幕，拨打警局电话。她不知道这是什么地方，不过陈鹤川的同事一下猜到，迅速派出警队，往跟丢黑色面包车的那条山路去找。

救人要紧，抓不抓得到那些人没什么。

艾黎望着陈鹤川，心脏揪疼。这个傻子，傻过头了。

她不知道该说什么，只是拿手去捂伤口，可是血止不住，既腥臭又黏稠的血液从指缝不断钻出。

别死，不要死。

她哭不出来，只是很慌，语无伦次地喊陈鹤川，喊陈哥哥。

陈鹤川没反应，死了一样，似疼昏过去了，又似失血过多，休克了。

人受伤了，车跟丢了，好在人质还活着，这是不幸中的万幸，任何事在生死面前都显得渺小。

后续行动交给其他警员，然而没有更多的进展。绑匪不傻，行动时蒙面、戴手套，连一点个人信息都没暴露，仔细一查，车牌号也是假的，上面盖了一块伪造的车牌。

几日后，他们在H城外找到了那辆被遗弃的黑色面包车。他们从车里检验出艾黎的头发与皮屑，可以断定，那车正是绑架艾黎的那一辆。

然后，他们开始查车主信息，兜兜转转费了好大一番力气，得知那车是失踪车辆，车主被人骗取车钥匙，盗走了车。经过调查，车主无不良记录，有儿有妻，生活美满，没有犯罪动机，没有必要深陷绑架旋涡。

案件陷入僵局，无任何进展。只是托他们的福，赵泽阳挪用公款一案已被定性为对社会造成特大危害的刑事案件，增加了警力进行调查，力求背后的真相能在最短时间内水落石出。

艾黎被绑架时，刚和陈奕通过电话，于是警方特地派人去寻他谈话。

哪知，去陈奕家寻人的当天，警方发现，他死了。

尸检报告还未出来，艾黎已经冷静不了了。

很显然，陈奕并不是幕后操盘手，他也是被操控的傀儡之一。

如果她那时候没有给陈奕打电话，如果她没有激怒幕后真凶，这件事，是不是就不会变成这样？

因为她被救下，矛头指向了陈奕，出现了破绽，所以他才会死，那些人才会杀人灭口。

毕竟死者最安全，死者说不出任何具有威胁的话。

陈鹤川的父亲因她而死。

纵然陈奕的死与她无关又怎样？她不是直接杀人犯，也算是间接杀人犯。如果不是她，一切事情都不会发生。

究竟谁对谁错呢？

究竟该不该挖出秘密呢？

明明在此过程中，越来越多的人遭受痛苦，面临不幸。

艾黎就是个包袱，谁捡起就祸害谁，谁对她好就走霉运。

陈奕是这样，陈鹤川也是这样。

她该走得远远的，再也不要回来。

她和陈鹤川之间仿佛平白出现了一条无法逾越的沟壑，再努力都跨越不了了。

陈鹤川醒来，已经是两天后的事情。

这一次腿受重伤，他再怎么哀求逞强，也没人同意他下地。子弹破坏了血肉里的脉络，需要一段时间自愈。

他要见艾黎，能活蹦乱跳的妹妹。

还没人告诉他，有关陈奕的死。

大家不敢说，也不能说，否则他一定会逞强，去抓出幕后凶手。陈鹤川就是这样的人，极度护短。

为了艾黎能丢一条腿，为了他父亲，他是不是命都可以不要？

大家不敢往深处想。

陈鹤川借了手机，给艾黎打电话。

他的心底深处倒有一丝窃喜，想着艾黎或许会因他这次的英勇献身改变心意。此时的陈鹤川像是青春期的少年，感情青涩，恋爱牵手会脸红，笨手笨脚到好笑。

他首次无措，沉下心，等手机那头的人给予答案。

长久的忙音，嘟嘟嘟，震耳欲聋。

为什么不接，是出事了吗？

陈鹤川莫名慌乱，却不知艾黎是因为心虚，心怀愧疚，不敢接。

他又打了一次，等了很久，电话通了，入耳是艾黎的声音，软软糯糯，虚弱沙哑。尾音上扬，撩人而不自知。

陈鹤川低声问她："你有事没？"

艾黎轻声回答："我没事。你好些了吗？"

"嗯。"他不擅长与女子交流，偶尔会没话说，想了一会儿，笑说，"下午来医院，我想见你。"

艾黎没理会他的插科打诨，他权当她是害羞。

她没反驳他的浑话，说明没事，两人关系有所进展。既然是这样的结局，那这条腿伤得值得。

几个小时后，艾黎来到医院，刚入病房，就被陈鹤川炙热的目光锁定。

陈鹤川有很多话想和她说，然而无从说起。他欲言又止，见艾黎怯生生地看他，忽觉好笑，过了许久才道："不过是受了一点小伤。"

他以为她在愧疚这个，大大方方地安慰她。

艾黎还是不肯说话，眼眶微红，水汪汪的一双眼瞥过去，令人心猿意马。

"怎么了？"

艾黎抿唇，开口："对不起。"

"为什么和我说对不起？"陈鹤川笑了。

"陈叔叔死了……"

陈鹤川沉默一秒，问："哪个陈叔叔？"

"陈奕。"

他喉头一紧，不说话了。愤怒或是悲伤都属正常反应，但当强烈的负面情绪袭来，第一反应居然是缄默不语。

他来不及细细处理这些心绪，还不肯相信这个事实。

陈鹤川呢喃自语："是在开玩笑吗？"

艾黎不说话，她想找一道地缝钻进去。她怎么还站在这里？她没脸见陈鹤川。

她主动承担责任，坚毅地说："都怪我。"怪她就好了，别气到自己，伤到自己。

陈鹤川唇痒，想抽烟。病房不让抽，他让艾黎挪一下轮椅，到窗户边上抽。

天大地大，这时候的陈鹤川最大，艾黎没抵抗，心里有愧，逆来顺受，像一只乖巧的猫，连尖锐的指甲都被人拔去了。

艾黎在一侧等他的审判，过了许久，他终于开口了："怪你什么呢？又不是你亲手杀了他。"

艾黎咬了咬饱满的下唇，留下一圈清晰的牙印，既深又疼。她挣扎了一会儿，说："如果我没给陈叔叔打电话，没有激怒那些人，陈叔叔就不会死。"

陈鹤川苦笑："那群人为什么会知道你在城南公园？你和我爸约了要见面，是不是？"

"嗯。"

"他旁边就有人在听，听完了，就去找你了。所以那帮绑匪才会在城南公园精确无误地逮住你。这很好懂，很好猜。是他卖了你，你还替他数钱。艾黎，你没有错，错在那些下手的人。冤有头债有主，凡事都得找主子不找喽啰，明白吗？"

陈鹤川说，错不在她。

陈鹤川说，他不怪她。

她是在做梦吗？他为什么对她这么好？

艾黎抬眸，仿佛认识到另一个全新的陈鹤川。

这支烟快抽完了，他又说了一句话："不是金刚钻，别揽瓷器活。你不是金刚钻，没那杀人害人的本事，所以别往自己身上加戏，懂吗？"

话说得凉薄、讽刺，不过话糙理不糙。

"我知道。"

"少愧疚……"他讽刺一笑，"不然我是不是还得为赵泽阳愧疚？他死前，还接了我爸的电话。你恨我了吗？没有，你恨我爸，恨幕后黑手。"

艾黎默不作声。

“艾黎，你是世上最善良的姑娘，你该顶天立地地活着，没有对不起任何人。”

陈鹤川这个人，一生都活得通透明白。

他不像艾黎，被人情世故所缚，被世态炎凉所误。

他明白自己要什么，也能清楚分辨是非。

他喜欢艾黎的时候，不计后果，不论成败，坦荡荡去追。

艾黎却做不到这样，她总有顾虑，总有惧怕的点。一点风吹草动都能惊扰她，让她裹足不前。

艾黎该感恩的，她幻想出来的那道沟壑，被陈鹤川亲手填平了。

他无条件包容她，理解她，袒护她，与全世界为敌。

这个男人，自始至终都是站在她这一边的，从无变更。

艾黎说：“我会抓到凶手，给所有无辜的人一个交代。”

陈鹤川释然地笑：“本该如此。”

片刻后，他眯起眼睛，慢条斯理地说：“找到他以后，新仇旧恨一起算。”

这一次，两个人终于为了同一个目的走到一起。不算完美的结局，两条平行线终于因为一些别致的理由有了交点，福祸并存。

陈奕的死因是被亲近的人在屋内刺伤，失血过多而亡。门被人反锁上，必须有钥匙才能打开。而陈奕的钥匙被人摸走，不见踪迹。

之所以推测是亲近的人，证据有二：一是门口没有打斗痕迹，也没有事后被人刻意清扫整理的迹象。陈奕很自然地放对方进屋交谈，并且是在没有其他人的情况下，可想而知，他认识凶手。二是凶手从背面袭击，刀伤在后腰，伤口匀称，下刀时一气呵成，没有撕拉皮肉的痕迹。这说明凶手并不是俯冲到背后伤人，否则定然会出现不平滑的切割伤痕。凶手找准了位置，一鼓作气刺入，方能形成这样完美无瑕的刀伤。这个位置比较隐蔽，如果是陌生人，陈奕不会让一个不熟悉的人和他并排而立，不会有这样亲密的距离。

警方找人的时候，见门窗紧闭，越发觉得不对劲。他们拿到搜查令才拆卸门锁开门，在屋内深处找到了僵硬多时的尸体。

紧接着，警方调查陈奕的个人银行账户明细，这一次，有了重大发现。

陈奕生前曾多次往某个用户的户头汇款，长年累月不间断，数额高达百万。

再详细查，得到了另外一个户主的个人信息：是个女人，名叫叶洱，现居L城的疗养院。她今年三十多岁，体弱多病，八年前还做过心脏移植手术，手术很成功，无不良应激反应。

叶洱，艾黎不知道这个人，可陈鹤川知道。

陈奕说过，再不和这个女人来往。他对不起妻子，对不起他的一双儿女。

倒没想到，查出了这样的事情。

故事是陈词滥调的老故事，妻子因丈夫在外养的小情人生气，闹离婚，丈夫说要改过自新，不再见那个女人，好好对待妻子，教养膝下这双儿女，共享天伦之乐。

后来，妻子患病去世。长子也知事，他不敢把人带回家，就养在外头。这也是陈奕常年不在家里，只留陈鹤川和艾黎在家的原因之一。

说不上恨，陈鹤川无动于衷。

他爸是个好父亲，却不是好丈夫，对婚姻不够忠贞。

这天阳光明媚，陈鹤川和艾黎终于得空去见了叶洱。

她不是那种气焰嚣张的小三，说话细声细气，举手投足间带有病弱西施的柔媚，是能激起男性保护欲的一类人。

陈奕死了，她是真的伤心。

她想为他报仇，找到凶手，所以只能透露一些秘密，求助于陈鹤川。

她说："八年前，我要做心脏移植手术，拿不出钱。陈奕想帮我，东拼西凑，还是差了很大一笔数目。有一天，他突然和我说不愁钱了，我的户头真的有很大一笔钱进账。问他来源，他不肯说，固执地要救我。我怕他犯了事，对这笔钱守口如瓶，对谁都不敢说，怕给他招祸。再后来，他公司出了挪用公款案，财务经理赵泽阳自杀了，揽了罪。我想，这事可能和他扯不开关系。他是为了我才惹事，我这条命是他给的，我总不能背叛他。”

叶洱的心理很好猜，现在人走茶凉，总要把一些事说出来，好也罢，坏也罢，生死面前，万物渺小。

艾黎忽然间懂了一些事，她想，她的父亲很可能是为凶手顶罪的人。

这事照常理看，会以为陈奕才是幕后主谋，可如今他被人杀害，说明他身后还有一个人。

想必就是那人给了陈奕一笔钱，买陈奕的信任，让陈奕合作对付赵泽阳，拉人当替罪羊。

究竟是谁呢？何必畏首畏尾，不敢见人。

一定要……逮住他。

不如先去找那个名叫刘烨的出纳员吧？

他是白芷生前的同事与好友，和宋茜司一起工作过的男人。

没准他在和白芷朝夕相处的日子里，曾发现过什么。

陈鹤川和艾黎要出一趟远差，地点是从未去过的冶山区。

刘烨的户籍在那里，他辞职以后就回了老家，和妻子在山里过起闲云野鹤的逍遥日子。

和刘烨见面之前，艾黎打听过这个男人。

人的发达也看时运，前两年，他的妻子突然被激发了写作方面的才能，将生活中鸡毛蒜皮的小事以“Y 小姐”的笔名写成一本书，销量高达一百万册，假如一本书赚三块，也有三百万的稿费进账，各类版权一卖，吃穿不愁。不仅如此，刘烨的妻子还积攒了成千上万的“恩爱粉”。现在在作家圈内名声大噪，是冶山区作者协会副主席。

刘烨外貌清俊，三十多岁的男人自带成熟大叔的儒雅气质。妻子出书期间，他还时不时陪同直播，勾了无数少女网友的芳心，成为新一代网红，网友们戏称“别人家的老公”，热度比Y小姐还要高。

艾黎在咖啡厅里等人，等这位“国民老公”粉墨登场。

腕表的时针指向下午三点，刘烨准时抵达。

他人很高，下颚有稀疏胡楂，细细短短的黑根，带点知性美，是很吸引小年轻的帅气大叔。

见了艾黎，他点了点头，问：“你好，请问你们找我有事吗？”

这种事情得陈鹤川出马，他做了简短的介绍，出示证件，单刀直入：“有关白芷的事情，您知道什么，就告诉我们什么，不要有丝毫隐瞒。”

刘烨停顿两秒，眼珠向左下角转动，似在思考，过了许久说：“该说的，我八年前都说过了，现在已不记得什么事情。如果没事的话，我就先走了。”

他想走，像是脚掌刚接触到冰冷湖面便退开的水鸟，几欲逃离。

艾黎突然起身，拽住他的袖口，将人往回扯。动作太急迫，脚没站稳，腰侧一下子撞到桌沿，疼得她倒吸一口冷气，瑟缩几秒。

刘烨秉着绅士风度，没有当场发作，只是不耐烦地看着她，询问原因。

“不该说的呢？你是不是还有什么没说的？”

“你想说什么？”

艾黎撞得猛，后劲犹在。她龇牙咧嘴地笑，说：“你的婚姻生活真的和睦吗？无名指上连婚戒都不戴，我看你直播的时候，可是日日秀和妻子的对戒。”

刘烨没来得及看手指，做贼心虚，立马用另外一只手盖住无名指，反驳：“我只是忘了。”

“不用挡了，长期佩戴戒指会留下浅浅的红痕，和警察练枪、食指指腹有厚茧一样，都是日积月累形成的，糊弄不了人。你看你的手，招来福运的开运玉和CK腕表皆在，偏偏把最重要的婚戒忘了。你不是忘记戴了，而是没有戴它的习惯。”

刘烨的神经紧绷，被戳中软肋后，太阳穴上青筋毕露。

艾黎没有步步紧逼，她递给刘烨一张名片，说：“我可以帮你做任何事，可以保守所有秘密。只要你告诉我你所有知道的事情，我就帮你，如何？”

他没有回答，也没有拒绝，接过名片，快步走人。

艾黎如释重负，捂住腰侧，大口大口喘气。

陈鹤川早察觉她的小动作，此时温柔地将手掌覆盖在她的腰上，轻轻揉捏瘀青处，说：“如果我和你结婚，我这样爱你，肯定日日戴着婚戒，没有忘记的时刻。”

艾黎脸颊发烫，心口酸酸的、暖暖的，急不可耐地呵斥一句：“别……别开玩笑。”情绪激动，结巴了一下。

陈鹤川轻轻笑了一声，欲言又止。

他倒是有很多想说的，只是艾黎脸皮薄，得讲究循序渐进，不能吓到她。

夜里，月朗风清，冬日的天空总特别高，带着月亮往更高的地方走。望向远方的时刻，像是望着一片荒芜的旷野。

就在这样的月夜，刘烨联系他们了，没见面，只是通过电话交流。

刘烨的声音有点失真，说话却很清晰，他说：“我有你们想知道的事情，关于白芷的。我怕给别人惹上麻烦后，会遭受报复，所以我当时什么都没说。如今，我拿这事和你们交换，你们帮我，我就回报你们，很合理。不然的话，我会选择性遗忘，再问我什么事情，我都说不知道，你们也没办法逼迫一个社会良民。我话只说这一次，听清楚了吗？”

艾黎对着空荡荡的街巷点头，回答：“明白了，你说吧。”

“我的太太，也就是Y小姐，我需要你们想方设法逼她离婚。”

“离婚？和你吗？”

“对，和我。”

“你自己不能提出离婚申请吗？”

“你们也应该知道，她的秀恩爱小说那么火，逼她离婚，让她失去小说稿费来源，在几百万粉丝面前承认自己婚姻失败，不如让她去死。实际上，我们异地分居已经有半年之久，她不肯离婚，甚至拿捏我父母，威胁我的家人。我实在拿她没有办法，所以想找有人脉手段的人帮我调查她的事，任意一件小事都可以，只要能当作把柄，逼她离婚。我的心愿达成，我就会告诉你们所有你们想知道的事情。”

艾黎还是第一次见这种夫妻，婚姻是坟墓，埋进去便出不来了。

刘烨想趁Y小姐不备，从黄土里慢慢爬出来，回到人间。

而艾黎就是那个拿铲子挖土壤的人，她得亲自拯救这个可怜的男人。

刘烨将Y小姐的住址以及电话等私人信息统统丢进艾黎邮箱，由她进行调查，想方设法逼一个可怜女人离婚。

第十八集

怎样的婚姻，会过得这般愁云惨雾？

艾黎翻了几页 Y 小姐的微博，上面写了几个日常片段：“今天和 Y 先生去一点甜咖啡厅吃甜点，我嘴角的奶油还未擦拭，Y 先生就凑上来，浅浅吻了我，舔去那丁点奶油。”

下面评论都在夸 Y 小姐三十多岁了，还活得像一个不谙世事的少女。

艾黎感到奇怪，她不是和先生两地分居吗？怎么会有一起吃甜点这一出？

再往下刷新几页，每天都有不同的事情出现。

可想而知，这些所谓的“日常”都是假象。

艾黎心生一个坏点子，如果她去一点甜咖啡厅收集证据，推翻 Y 小姐的微博“日常”，Y 小姐会怎样呢？

夜色迷离，一点甜咖啡厅还在营业。天冷，玻璃上有薄薄一层雾气，雾霭蒙蒙，室内无数娇小玲珑的暖灯点缀，像小森林的星光遍布天际。

艾黎只身一人来这里调查，询问店员：“周五的时候，你见过这一位女士来店里吗？”

店员眯眼打量许久，坚定地说：“见过，她很古怪，点了两杯奶茶，一个人坐着。”

“一个人吗？你确定？”

“我确定啊，我想可能是为了假装有人陪吧。我看她还在那里自拍呢。都是千年的狐狸，谁不了解谁啊。”店员朝她灿烂一笑，露出两颗小虎牙。

艾黎在风衣口袋里悄悄按下录音笔的保存键，微笑离开。

她将这段录音发到Y小姐的邮箱，顺道给她打了个电话，脸上带着势在必行的笑容，说：“初次见面，Y小姐，我有一件礼物送给你，在你的邮箱，麻烦听一下。”

对方没吭声，迅速播放那段录音，反问：“你是谁？我的‘黑粉’？”

“若要人不知，除非己莫为。”

“你想做什么？”

艾黎将录音笔拿在手间打转，眺望远方，说：“如果你同意和Y先生离婚，我就不揭穿你，让你继续做幸福美满的梦，怎么样？”

“神经病。”Y小姐不吃她这套，马上挂断了电话。

艾黎知道，一个人不可能因为她手头捏着的这一点破绽就做出重大抉择，但是这点事情会对Y小姐造成影响。她心里有鬼，定然惶恐不安，会来联系艾黎。

果然，五分钟后，Y小姐打来一通电话。想来是之前快意挂断电话，现在又临时反悔找艾黎很尴尬，她声音有些轻：“你是谁？是我老公的……情人？”

艾黎默不作声，指尖轻轻摩挲铁围栏，发出细碎的摩擦声。她过了许久才回答：“你别误会，我和你先生没有任何暧昧关系。”

“那你为什么要我离婚？”

“总有一些人见不得你这么幸福，想要验证真伪不是吗？这些恨意是无从得知的，那一双双眼睛也会在暗处盯着你，等着你阴沟里翻船，然后开怀大笑。”

“你是我的‘黑粉’？”

“也不算，我只是一个陌生人。”

“陌生人为什么要管我的闲事？”

艾黎轻轻笑，打心理战：“因为看你不爽啊，所以想要揭穿你，不让你再骗人。”

Y 小姐那头静了下来，她羞恼不堪，又想挂断电话了。她让自己冷静一点，分析了一下利弊。最后，她深吸一口气，沉下心，说：“我可以给你三十万，你别再多管闲事。”

艾黎故作夸张地问：“就这样一句话，能得三十万啊？这钱也太好赚了。”

“你要是不答应，我马上收回这句话。我数三下，你给我一个回答，三……”

“三、二、一，不用数了。”艾黎微笑，语气轻快得像是一只狡黠的小狐狸，“我这个人最爱惩恶扬善，不会让你继续欺骗粉丝的。除非你离婚，让我开心一下，我就不再管你伪造恩爱日常的事情，否则我就像影子一样，一直跟踪你，也会把这段录音发网上。你可是网红，讨厌你的人不计其数，想拉你下地狱的人也不计其数，只要我散播一些黑料，马上就有人被我当枪使，朝你下手。到那时候，那些可怕的网络舆论，你抵挡得住吗？到那时候，闲得慌的人天天堵着你对付你，你熬得过去吗？你要一辈子都活在谎言里吗？”

Y 小姐沉默了很久，突然笑说：“你是艾黎小姐，对吗？”

“嗯？”

“我找黑客进行反侦察，查到你这个手机号的来源与用户名字。我知道你是谁了，也知道你住在哪里。你要是想毁了我，我也会毁掉你，毕竟是你逼我的。既然你说网络暴力，那么我先把你的个人信息在网络上曝光，并且报警，说你跟踪我，在没有警方许可的情况下调查我的事情。你说，警方会不会给你颁布禁止跟踪我的禁令呢？我可没做什么伤天害理的事情，单凭你的臆测就想改变我的人生，未免太可笑了。我警告你，别轻举妄动，否则就得和我的律师洽谈了。”Y小姐振振有词说完这些，又挂了电话。

艾黎勾唇，觉得这个女人真是有趣极了。换一个角度想，如果她答应要那三十万，是不是更好呢？毕竟白白得了这么多钱。

“拿了这钱，你就会被她以‘勒索金钱’的罪名起诉。”陈鹤川瞧出她心底深处的小九九，淡然说了一句。

艾黎磕磕绊绊地说：“这……这个女人，还真是狡猾。”

“山外有山，人外有人，别把他们当傻子看。”

“下次一定小心。”

陈鹤川不知想到了什么，玩味道：“不用小心也行。”

“啊？”艾黎大脑蒙住，没懂他的话。

陈鹤川倏地凑近，吐出的话语冲击着她的耳膜：“只要你日日和我待一起，我会帮你提防所有居心不良的人。”

天天待在一起？

算……算同居吗？

艾黎脸颊升温，四面八方的风助兴，吹得她越发燥热。

说讨厌？她没有。

说喜欢？她本能地不想承认。

她进退两难，被陈鹤川逼到尴尬的地步，退一步像欲迎还拒，进一步像投怀送抱。他总这么坏，坏到她不知该如何是好，手足无措，出尽洋相。

艾黎在陈鹤川面前，永远是情绪生涩、手段稚嫩的小姑娘。连刀枪都拿不稳的女孩儿，还妄想撑起他整个世界，真是不自量力，可笑得很。

可就是这样的姑娘，面对山呼海啸，临危不惧。被人笑也好，嘲也罢，她总是坚毅执着地手拿自己的刀枪，披星戴月向前，守护一生所爱。

陈鹤川想到这些，轻轻一笑，自言自语："算了，日后多关照你一些又何妨，总归是我未来太太。"

艾黎恼羞成怒："陈鹤川，你流氓！"

"说了，只对你流氓的话不叫流氓，这叫夫妻情趣。"

"我们还没结婚，不能叫夫妻！"

艾黎还不知自己中了陈鹤川的套，他朗声大笑："不过是九块钱的事，我请你，如何？"

九块钱去民政局领结婚证？

"不……不如何。"艾黎走也不是，留也不是，走的话显得㞞，留的话遭调戏，全怪陈鹤川手段太过高明。

陈鹤川不逗她了，他的笑容一点点收敛。他朝山风无休无止的山峦处远眺，似乎是灯光太耀眼，令他眼睛不适，逐渐眯起。几秒后，他风轻云淡道："还得想办法让 Y 小姐放手，别再纠缠刘烨。"

"她软硬都不吃，实在是没办法了。"

"总能想到点子的，大不了抓她一个把柄。"

"把柄？"

"不能叫把柄，而叫'查明罪证'。说来讽刺，这个世上所有人都作过恶，端看会不会被人发现。据说 1978 年曾出过这么一起事件，H 城某条街巷住了四名通缉犯，他们彼此都不知道对方的罪行，隐藏过去，扮演市井良民，就这么和平共处了十年。某日，警方出动逮捕了他们，这下他们的罪行才大白于天下。我们也可以当这样的警察，把所有陌生人当作目标，调查他们的过去，拽出他们的错事。说不定真有那么一两个逃逸犯隐藏在茫茫人海中，没被发现。"

不管陈鹤川说什么冠冕堂皇的借口，艾黎心里都清楚，擅自调查别人并非对的事情。不过她一没违法，二没作恶，只是对不起人情道德，倒也不是不可行。

这是她必须走的路，只有这样，才能离赵泽阳自杀的真相近一点，将故事真相揭开。

现在只剩下最后一个拙劣的办法了，那就是跟踪Y小姐。

这件事，陈鹤川不适合掺和，所以艾黎一个人偷偷摸摸地来了。

艾黎有Y小姐的地址，翻了一点资料才找到她的真名：沈苍月。

艾黎去沈苍月的家门口蹲点，这附近有一家早餐店，艾黎决定吃点东西再说，否则鬼鬼祟祟在公寓外头转悠，瞧上去就很可疑。

她点了一碗糯米饭，加了一点香肠碎末和油炸肉以及炒豆芽，最后淋上一层滚烫的肉汤，既鲜又香。她连连扒了好几口饭，搭配嫩滑的豆腐脑下肚，整个人都暖了起来。

艾黎吃饱喝足后，沈苍月出门了。

艾黎付过钱，低头，小心翼翼地跟着对方走。

她将距离拉得很远，装成路人，吃喝玩乐，样样没落下。这样最好，沈苍月对她还不熟稔，不会对一个陌生人过多关注，也不会引起怀疑。

艾黎自认这次的跟踪没有露馅，哪知到了桐树高中门口，沈苍月蓦地回头，朝她走来。

艾黎左顾右看，无处闪躲，直勾勾撞上了这个女人。

沈苍月踩着一双高跟鞋，黑漆简约，鞋口开得大，雪白的脚指甲月牙儿若隐若现。她今天穿的是一身白梅旗袍，胸口盘着翡翠扣，绿得仿佛淬了毒，勾得人眼睛无法移开。她很美，美到摄人心魄的地步，很难想象，刘烨想跟这样的女人离婚。

沈苍月手指抵唇，示意她噤声。

片刻后，她将一纸离婚协议书摆在艾黎面前，落款签了她的名字，还盖了她的署名红章，只要刘烨写上名字，这张协议书就能生效，具有法律效力。

艾黎不懂她葫芦里卖的什么药，想要去拿那份协议书，又被后者猛地收回去。

沈苍月落寞地说："我可以给刘烨这份协议书，不再纠缠他。但是我需要你配合一件事，我想让他听完我不能离婚的八个理由。"

“不能离婚的八个理由？”艾黎迟疑地反问一句。

“对。”沈苍月微微一笑，垂下眼睫，说，“请你听完我这八个理由。”

第一个理由：初次见面，我很喜欢你。

沈苍月刚转到桐树高中时，人生地不熟。她家里是开旗袍裁剪铺的，还未正式上学的前两天，没领到校服的她，就穿着一身苏绣旗袍，来校务处领书、校服和校牌。

桐树高中很少有外校生转学过来，大多是本地走读生，平时下课就一起回家，街坊邻里都认识，现在来了一个从大城市新搬过来的女孩，长得清秀水灵，还穿白旗袍，一下子轰动全校。

走道里，有男孩拿手肘顶了顶旁边的人，说：“这女生是三班的，听张老师说，要安排在你旁边的位置，当你的同桌啊？”

“无聊。”这人的名字里有个Y，简称Y同学好了。

“羡慕，艳福不浅。”

Y同学瞥他一眼：“好好看书，周二模拟考，我不给你抄了。”

“嗷，你这人贼记仇。”

两人小打小闹一通，被楼底下的沈苍月看在眼里。

少年总是神采飞扬，一颦一笑间皆风华绝代。

她好像记住了这个人的样子，上了一点心。

过两天，沈苍月来校上课的时候，特地和她的同桌打了声招呼：“你好，我叫沈苍月。”

“我叫Y。”

“我见过你。”

“哦。”Y同学对她不是很感兴趣，说了一句，便继续翻书了。

第二个理由：救人于水火中，了不起的Y同学。

沈苍月的数学很差，语文倒不错，作文常被老师当作范文来念，最高一次得分，就扣了两分。

Y同学作文不行，理科天生厉害。

于是，偏科小组活动就这样出现了，沈苍月教Y如何写作文，Y则教她数学。

Y同学被沈苍月气到好多次，口头禅是：“烂泥努力几次也能扶上墙，朽木多费点心思没准能雕出个花来，可你怎么一点用都没有？”

沈苍月不说话，被骂得颇委屈。

她不吭声，听不懂题目也不敢找Y同学了，转头去问C同学。

C同学对她抱有好感，所以说话温柔至极，不懂的教两三次不嫌烦，能和她多待一会儿就好了。

Y同学本来讨厌沈苍月，但他看C同学更不爽，于是抽过沈苍月的本子，恶声恶气说：“就你这样教，什么时候能把她教懂？沈苍月，你过来，给我背这个公式，套进去！”

沈苍月愣一秒，论亲疏，自然是Y同桌更亲，于是她“狗腿”地跑过去，勾唇问他：“Y同学，你怎么这么好心，突然想给我讲题目了？”

“救人于水火中，作为一个高中生，我义不容辞。”Y同学懒得和她争论，难得释放了一点好心。

第三个理由：Y同学惯爱打抱不平，屡救同桌。

沈苍月长得清秀水灵，校外的刺头对她也颇有好感。

某天，她被堵在了回家的路上。刺头要和她做朋友，最好是从普通朋友做到男女朋友。

沈苍月手足无措，正巧遇上了Y同学。

Y同学天生没侠骨柔情，见到她，转身想走。等到刺头要请沈苍月出去喝奶茶，他才推着自行车倒回来，说：“苍月要和我去一趟书店买作业本，麻烦你松手。”

刺头不肯，大打出手。

哪知Y同学练过散打，三下五除二制服了对方，拯救了沈苍月。

那时候的Y同学，在沈苍月眼里犹如天神一般熠熠生辉。

第四个理由：毕业季的你，仿佛隔天便会南飞的大雁。

桐树高中的寒窗苦读岁月过得极快，三年如白驹过隙，转瞬即逝。

高考完那天，校内集体丢书，朝天大喊，仿佛摆脱了高中，就能迎来新的人生。

金丝雀尚不知天高，以为逃出牢笼便是出路。原来天外有天，只不过从笼中世界跳进了蓝天白云的圈套。

这天，和 Y 同学表白的女生不计其数。

大家成年了，要读大学了，可以自由谈恋爱了。

青春洋溢的少男少女们急于抒发自己那朦胧的情愫，以恋爱象征自己进入成年人的世界。

Y 同学天性高冷，凡是闯上门的女生，一个个都被拒绝了。

沈苍月也喜欢他，但不知道从何时开始喜欢的，许是校内紫藤花下的惊鸿一瞥，许是野草疯长的教学楼底下清浅一笑。喜欢这种情愫，哪能轻易说清楚。

就算待在一起写写作业也好，就算靠在黑板旁议论题目也罢，只要是那个心尖上的少年，岁月便静谧安好。

她和他说："Y 同学，我们以后天天待在一起好不好？"

她没有那么大胆，不敢露骨表白。

Y 同学没拒绝，也没同意，过了许久，才慢条斯理说了一句："上大学后，有事情可以给我打电话。"

他默许她的亲近行径，这句话便是答案。

第五个理由：太嫩了，Y 同学。

沈苍月和 Y 同学上了同一所大学。

她想，她可能算是单相思，因为她日日如影随形跟着 Y 同学，对方也没给她一个笑脸。

沈苍月不免怀疑，毕业的时候，他说的那句话是否没有儿女情长的意思，只是单纯想帮助同桌呢？

她居然还一厢情愿纠缠他至此地步，太丢脸了。

他根本就没这个意思吧？Y同学根本就不喜欢她吧？

沈苍月惨兮兮地笑，对Y同学说："以后我就不跟你一起去食堂吃饭了，也不跟你一起去图书馆学习了。我不会和你去同一个教室上课，也不会死皮赖脸坐在你旁边。我要让你尝尝看完全没有我的日子有多难熬，不过你肯定不在意吧……因为你一点都不喜欢我。"

Y同学瞥她一眼，风轻云淡地说："不难熬。"

啊……他居然说没有她的日子一点都不难熬，果然是她一厢情愿，死死纠缠。

沈苍月想走，却被Y同学一下子拽到了怀里。

他压低了声音，薄凉的唇瓣抵在她的发间，轻轻地说："以后的日子不会没有你，所以不难熬。"

沈苍月的心脏一下子被点燃，升起数万烟火，在空中炸裂。

等一下，他这话是什么意思？

是指，他离不开她，想要和她一起生活吗？

沈苍月的表白……成功了！

第六个理由：再难的日子，也要和Y同学携手共度。

沈苍月的家境很好，她从来没有吃过苦。

Y同学从小跟着他的外婆长大，家境贫寒。但他从来没有申请过贫困生特助，有极其强的自尊心，闲暇时会做兼职，自己负担学费。

沈苍月和Y同学谈恋爱以后，很懂事，没有和他要过任何礼物，甚至还会刻意将大牌的化妆品藏起来，不让他看到这些东西的价格，怕他讨厌她，说她败家。

某日，Y同学突然说："你在我面前不需要刻意生活，也不需要忍耐。你用你的钱，不偷不抢，没什么好遮遮掩掩的。我现在的条件不可能让你父母满意，不过我会努力工作，之后会达到他们的要求。"

沈苍月很感动，没想到寡言冷淡的Y同学原来心思这样细腻。

第七个理由：跟着Y同学北漂生活，不苦不累。

现在这个社会，大学生遍地都是，要想闯出一片天，必定要去机遇多的繁华都市。

沈苍月跟着Y同学北漂，最开始住简陋的单间，一个月省吃俭用，剩下的钱也不多。

大家都在吃苦，熬一熬，倒都习惯了。

沈苍月的父母心疼她，几次喊她回家，家里安排了月薪高的工作。他们还明里暗里找过Y同学，让Y同学放过她，说从小锦衣玉食的沈苍月吃不了这些苦，现在是年轻人，贪图新鲜，以后老了病了，有了孩子，感情就会变化。

再好的爱情，没有物质做基础，都要消亡。

Y同学变成了Y先生，他坐在阳台上抽烟，想沈父和沈母的话究竟有没有一点道理。

沈苍月是小公主，他想一直娇养她。

可他的能力还不够，是否该放小公主回到衣食无忧的城堡呢？

温室里的玫瑰固然美，可一旦失去能滋养它的肥料与土壤，它很快便会枯萎。

第八个理由：Y先生离开了。

Y先生很傻，他自认是为了沈苍月好，所以离开了她。

沈苍月被迫分手，初恋落得无疾而终的下场。

故事就讲到这里，后面或许还有许多细节，但沈苍月没说。

她轻轻地笑，说了最后一句话："沈苍月在那个冬天失去了Y先生，她死了，变成了怪物。"

艾黎不解，问："Y先生不是刘烨吗？"

"我所写的，一直都是我和Y先生的故事，和我的丈夫刘烨没有任何关系。"

艾黎突然有了一个可怕的想法：假如她所秀的恩爱都不是她和刘烨的故事，那么刘烨作为一个旁观者，眼睁睁地看着妻子回忆从前和初恋情人的甜蜜日常，并以此为生活中心，那是多么可怕的一件事。要是自己的话，也会选择和对方离婚，绝对不想有任何纠缠。但是沈苍月为什么这么做呢？她如果不喜欢刘烨，为什么要和他结婚？如果不喜欢他，她为什么不同意离婚？

一定有不能离婚的理由吧。

沈苍月郑重其事地委托她："请你证明，我的丈夫刘烨，是如何杀死Y先生的。找到证据以后，我会亲自送上这份离婚协议书。"

嗯？

艾黎愣住了，一时间无所适从。

第十九集

夜幕降临，万家灯火骤然亮起，吊桥处华灯初上，火树银花，竟是不夜天。

艾黎错愕极了，一下子反应不过来。

她不关心沈苍月的故事，她的目的是逼沈苍月离婚。

但是现在，沈苍月向她抛过来一根橄榄枝，问她接不接，她该怎么做呢？

不行，其中有矛盾处，有阴谋。

被害人刘烨突然成了杀人犯，这是怎么一回事？

如果她帮沈苍月调查刘烨的事情，将其逮捕，那即使那时候她拿到离婚协议书又能怎样？刘烨会把秘密告诉她吗？答案是肯定不会，他恨她多管闲事都来不及，怎么会帮她呢？

除非……

对，还有一种可能性。那就是查到罪证以后先跟沈苍月换取离婚协议书，然后拿这张协议书去骗取刘烨的信任，从他口中套出白芷的秘密以后，再让警方根据罪证逮捕他。

这里有必须做到的一点是：绝对不能让刘烨发现艾黎在调查他

的罪行，否则他必然反悔，不会说出真相。

艾黎企图得到沈苍月的理解，她舔了舔下唇，打着商量："实话说，我在查我父亲的死因。他是我最爱的人，和你爱Y先生一样。我想挖出他自杀的秘密，必须从刘烨嘴里撬出一些相关的事。刘烨和我说，他可以告诉我重要讯息，但是得让你同意和他离婚。算我求你，能不能先和他签了协议书，我们再谈？"

艾黎也不知道为什么自己会相信沈苍月，或许同为女人，总有一份柔软心肠。本质上来讲，她和沈苍月是同一种人，为达目的不择手段。

或许，她的心，沈苍月能懂。

沈苍月想了很久，说："不划算，你想洗清你父亲罪名的心迫切，我想调查Y先生的心也迫切。我帮了你，你拿到讯息以后，难保不会跑路。于私，我想帮你；于公，我也是走投无路，不得不求你帮我。抱歉，艾小姐，在看到明确的罪证之前，我不会给你这份离婚协议书。我宁愿威胁他和我一辈子绑在一起，让他在婚姻的坟墓里独自受苦，也不愿意放他一条生路。"

看来没得商量了，艾黎只能按照她说的做。

"那你得保证，在我同意之前，不许将调查行动告诉刘烨，否则我和他的交易就毁了，我也就没有帮你的必要。"

"我保证。"

艾黎和沈苍月达成了共识，就此建立了盟友关系。

静坐着过了五分钟，艾黎忍不住问出自己的心里话："你怎么知道刘烨杀了Y先生？"

沈苍月落寞垂眸："实际上，我并不知道。我找Y先生找了很久，听说他去莫利雪山拍高报酬的纪录片，带了一名驴友去，那名驴友的名字是刘烨。结果他们遭遇雪崩，被困深山，只有刘烨回来了。刘烨被救出来的时候，第一次记者会上，手上戴的表是我给Y先生买的定制表，有特别标记，很贵重，全球独一无二，仅此一块。如果他真是Y先生的好朋友，怎么会占用亡者的遗物呢？那是天灾，死无对证，没人怀疑他，但我觉得那是一场谋杀，全是刘烨的把戏。我接近他，拆散了他和他的前女友，然后把他牢牢锁在了婚姻里，我要用自己的方式惩罚他。”

艾黎如鲠在喉，说不出话来。她要了Y先生的一些私人信息进行调查，还打算去莫利雪山一探究竟。

沈苍月和刘烨结婚是两年前的事，她和Y先生的回忆录，也是从那一天开始写的。也就是说，Y先生死于两年前。

死在了冬天啊……艾黎莫名想起严寒的冬日，沈苍月独自在雪山里寻找，明知道不可能找到活生生的人，还是想找下去，仿佛她是永远在过冬的人，只能活在寒冷的白雪世界里，那冰天雪地里的故事，也逐渐蒙上了一层灰，尘封在记忆中。

艾黎知道这是一场持久战，得做好心理准备。

她找到刘烨，对他说：“我好像有办法让沈苍月离婚了，不过你得给我一些时间，需要做调查。”

刘烨真诚地点了点头：“我知道的，这事没那么容易，就全权拜托你了。”

“在此之前，我想问你一点事情。”

“艾小姐请说。”他难得客气，松快的情绪建立在即将摆脱沈苍月一事之上。

“你和你的妻子沈苍月女士是怎么认识的？”

“说起来也是巧合，我在咖啡厅喝下午茶，开电脑投简历找工作的时候，遇到了她。那时候的她和百合花一样美丽圣洁，一下子就虏获我的心，算是一见钟情。”

“如果我没猜错的话，那时候，刘先生还有女朋友吧？”

刘烨愣了一下，目光躲闪，说：“那时候和前女友差不多要分手了，所以不算有女朋友。”

“哦，你的前女友现在在做什么呢？是已婚状态吗？”

“我不知道。”

“她叫什么？”

“这个好像不是艾小姐该管的事情，我们还是不谈了吧。”

艾黎笑了笑，没说什么。

说不定是刘烨想起来前女友的好，瞒着妻子和前女友旧情复燃，才急于离婚。毕竟那样的老婆，没几个正常人受得住。

沈苍月用尽浑身解数接近刘烨，她拿不出刘烨杀人的罪证，所以用自己的人生去复仇，这是她对爱的诠释，凄冷又决绝。

结婚，结的是两姓之好，可不是结仇。

艾黎思绪良多，睡不着，大半夜爬起来搜冰箱。

冰箱门被拉开，惊扰到隔壁房间的陈鹤川。

“是要酒吗？我有。”他用冰镇过的啤酒撞了撞艾黎的后脖子，递给她。

艾黎被冻得一哆嗦，浑身毛孔都收紧了，脚趾蜷曲。她摸了摸被碰到的地方，将常温的手掌覆盖上去，温暖皮肤。

拉开啤酒罐的拉环，艾黎咕咚喝了一大口。酒味呛到鼻腔，她下意识眯起眼睛，舒缓刺激。

陈鹤川想笑，勾了勾唇，目视远方，问她：“大晚上睡不着，想什么呢？”

艾黎的困意还未完全散去，她迷迷糊糊回了一句：“有一点心事。”

“心事？心里想着我的那种心事？”

“少耍流氓。”

“开玩笑。”陈鹤川笑得很愉悦。他的眉眼好看，眼睑内敛，狭长的眼角略微上扬，笑时带着挑逗意味，引人注目。

艾黎险些被勾了魂魄，堪堪清醒过来。

她低头，自顾自盯着手里的啤酒罐，小声说：“我只是没见过这样的夫妻。”

“充满杀机的婚姻生活吗？”

“为什么会有人把婚后生活过成这样？我不懂。”

“你在害怕吗？”陈鹤川膝盖微曲，与她平视，认真地问，“你在想，先天不足的亲情，可以后天在婚姻里弥补。你会将丈夫视为最亲近的爱人、最亲密的亲人，所以你害怕这样的婚姻会将你的梦打碎，是吗？”

“我……”艾黎哑着嗓子，喉头发不出一丁点声音。她艰难地咽下一口唾沫，也咽下了呼之欲出的话语。

她想反唇相讥，却发现是徒劳。陈鹤川所言即为事实，他没有说错。

她就是因为害怕，才彻夜难眠。

陈鹤川没有笑话她，而是痴痴地看着她，郑重其事地说：“人间百态，每个人都有不同的活法。我和你不会遭遇那样的事，也不会混到那种地步。你可以依赖我，信任我，懂？”

“懂了。”艾黎用尽全力，从喉咙深处挤出这句话。

她想信任陈鹤川，再一次。

夜渐渐深了，等她喝完这一罐啤酒，夜晚也将落幕，让位给白天。

有时候，烦心事就是一杯酒的事。

一杯酒下肚，酒气上头，红尘俗世就烟消云散。

翌日，艾黎去查Y先生出事的报纸资料。

Y先生本名北一洺，Y取自那个“一”，拼音“yi”的首字母。

她查了一会儿，发现不对劲之处。

原以为雪崩事件发生，莫利雪山纪录片的项目会失败，哪知刘烨活着回来，也把纪录片的影像带回来了。

虽然遭遇天灾，死了一个同伴，但是完成了项目，刘烨获得了一大笔钱。奄奄一息面对镜头时，他手上还戴着同伴的私人腕表，将死者的东西占为己有。

这是什么意思？这个人究竟有多卑鄙？

这些可不算是君子所为。

那纪录片没有面世，不过在黑市里稍作打听，便知道的确有，还换了一大笔钱。

艾黎想找到这段影像，寻找北一洺最后的踪迹。

没几天，她和陈鹤川就出发前往莫利雪山。

他们不是来旅游的人，却要做好爬雪山的准备。他们在网上找了些攻略，购买装备器械，路上遇到一队“驴友”，彼此有说有笑一同前进，倒也能有个照应。

这些都是“老驴”了，征服过多座雪山，插上旗帜，在行内很有名。他们如今来挑战莫利雪山，说好了后期不带“新驴”爬山，特指陈鹤川和艾黎。

艾黎围在农家民宿里的火炉旁烤火，听着熊熊烈火里头噼里啪啦的燃烧声，问道：“为什么呀？”

“老驴”阿耶说：“不能就是不能，这事没商量。”

艾黎长得甜美可人，羽绒服毛茸茸的白帽子一戴，像个成了精的雪狐狸，很讨人喜欢。

阿耶不感兴趣，自有人感兴趣。一边的大铁靠近艾黎，殷勤地说：“爬上莫利雪山拍照会有奖金，所以这么多人跃跃欲试。”

“是政府发的奖金吗？”

“不，是私人的。是个叫叶昭的企业家组织的活动，只要爬上海拔 6710 米的莫利雪山，然后留下旗帜，自拍做证，就能得到他给的一百五十万元奖金。爬上了，在‘驴友圈’内就成名了，还能开培训班，会有人慕名而来。”

“这个叶昭，他图什么啊？”

“图好玩，还能促进旅游啊。这一带好多旅馆都是他名下的，就是个宣传手段。不得不说，他是聪明人啊。我听说啊，前些年还有人在莫利雪山给他拍纪录片，拿了这个数。”他扬了扬十个指头，示意艾黎。

“一百万？”

“对。别看新闻里一百万一百万地砸得厉害，真正能赚到这个钱的有几个？不过是爬个山，拍个片子就能拿到钱，谁不想去？”

“万一出事了，可要搭上命的。”

“哪有那么容易出事。”大铁不以为然。

“之前不就有莫利雪山雪崩，死了一名‘驴友’的事？”

大铁愣了一秒，没接话，四周静了下来。

许久后，他附耳悄悄地说：“这事儿，圈里都知道。那人把纪录片卖给叶昭先生了，拿了钱，所以大家都知道叶昭先生是真能给钱的主儿，才蠢蠢欲动爬雪山的。我们想着，没准那不是天灾。”

艾黎也悄悄地问：“不是天灾？”

“说句难听的，分赃不均导致谋杀的事儿有多少？一看纪录片拍成了，钱能到手了，四周又没人，只有雪，会不会有别的想法？”

“你是说……”艾黎错愕地瞪大眼睛。

大铁示意噤声，谁都不想在行动前听到这个。

艾黎的心中有了点儿自己的想法，当时的刘烨没工作，一穷二白，眼前有赚钱的好机会，还不需要费多少力，傻子才不干。有时候，善恶就只是一念之差。

她小心翼翼问：“你们成功之后，怎么找这个叶昭先生啊？”

“把照片留一张给他酒店里的员工，会有人通知他的。”

艾黎懂了，她也想联系这个叶昭，要到那一段纪录片，查查从前的事。

这夜，艾黎没去爬雪山，她与大铁他们道别，和陈鹤川留在民宿里。

熬到中午，毫无暖意的太阳悬挂空中时，艾黎戴上墨镜，和陈鹤川一同出发了。路上几乎都是雪，太阳光照在雪地里，亮堂堂的，刺得人眼疼。

他们一番打听，找到了几家四星级酒店，这是叶昭的地盘。

员工装疯卖傻很有一套，一直等到陈鹤川出示警员证，这才正襟危坐，嘴上说："我马上通知叶昭先生，让他给你们回复。劳烦两位留下手机号码，有消息，我就通知你们。"

艾黎留下自己的手机号，长吁一口气，跟着陈鹤川回了旅店。

这些人不买市井群众的账，要不是陈鹤川跟来，事情还不好查，难怪沈苍月束手无策，选其他方式报复。

艾黎摘下墨镜，朝着大自然深吸一口气。哪知，冷冽的冬风冻得她浑身发颤，吸入的冷空气像刀子，一寸寸割着她的口鼻。

陈鹤川问她："你喜欢这里？"

"喜欢。"

"那婚后来这里度蜜月，好不好？"

艾黎一个趔趄，想说不好。

陈鹤川只是笑，爽朗地笑出了一点声儿，他在逗她玩。

此时的陈鹤川，仿佛也不像从前那样阴郁不安。

他阴晴不定，心思难辨，如今也有喜形于色的时刻，很好懂。

艾黎的心中生出了一丁点朦胧情思，她保证只有一点点，这一点儿，全无保留，是给陈鹤川的。

她想到了从前的事，想到陈鹤川曾这样笑过，在心结未解的从前。

那是个夏日炎炎的日子，陈鹤川牵着她出门，到街巷买冰棍。家里的冰箱有各式各样的甜点，琳琅满目。宋姨怕他们在外面买冰棍吃坏肚子，所以常用公家的钱买冰棍，塞满整个冰箱。

偏偏陈鹤川起了心思，想在炙热的沥青地里吃冰棍。

在空调房里吃消暑的冰棍可不算享受，只有在烈日炎炎的夏天，在需要它的时候吃它，才有意思。

艾黎没那么贪吃，可惜拗不过陈鹤川，所以买了一根香蕉冰棍。

她的嘴小巧，小口小口咬着，奶油甜味弥漫在唇舌间。

吃了很久，她侧头，惊奇地发现陈鹤川在看她。

"怎么了？"艾黎木讷地问。

陈鹤川笑着摇摇头，探手擦拭她唇边的一点白沫。

他笑出了一点声，矜持又孱弱，带着宠溺的意味。

有什么好笑的？艾黎不服气地想。

那天的笑成了一个谜，至今未解。

日头落下，灰暗的影子袭来，将现实扯回。

旅游街点起了灯，黄灿灿的一捧光，仿佛伸手一抓就能包住。

陈鹤川在远处静静地看着她，点了一支烟，没抽，烟雾萦绕。

他遥遥问了一句，风很大，声音缥缈，他问："艾黎，你喜欢我吗？"

寒风吹过，她缩了缩脑袋，将裸露的皮肤藏进羽绒服的衣领里，瓮声瓮气问："你刚才说什么？"

陈鹤川古怪地看了她一眼，确信她是真没听到后，丢了手里的烟，微笑："没事，问你饿了没有。"

"有点，晚上吃火锅？我知道民宿旁边有一家土灶火锅店，那火锅灶台都是用土垒的，底下烧火，上头搭个锅，汤底鲜浓，煮着鸡鸭牛羊，很好吃。不过果蔬很少，不好运进来。"艾黎一聊到吃，眼睛亮晶晶的，神采飞扬。

她对他心无芥蒂，也不戴假面，无所顾忌地说话，这样很好。

陈鹤川抬起粗粝拇指，抚了抚下唇。他突然想重温一些东西，情不自禁，于是他俯身，吻上了艾黎翕动的唇。

那一晚，灯光明亮，星光璀璨。吹来的风带着万家灯火的暖意，将整个人间演绎得绘声绘色。

他们都是红尘客，被锁在人情世故与残酷现实间，唯有情爱能煨热这颗冰封许久的心。

陈鹤川倒不是一时兴起而吻她，而是挣扎许久，难以自制才吻她。

艾黎于他而言，一颦一笑都很动人。

说他坏，倒不如怪她勾引他吧。陈鹤川这般腹诽。

艾黎瞪大眼睛，看着身前的男人，一下子说不出话来。她本来就说不出，纵然挣扎，也只能发出呜呜声。

讨厌吗？不讨厌的。

喜欢吗？或许是喜欢的。

陈鹤川近在咫尺，他的眼睛真漂亮，瞳孔较深，虹膜带点茶色，有着丝丝缕缕的黑线。他的细长眼睫离她仅仅寸许，一眨眼，便会触碰到她滚烫的肌肤。

这有点色诱的意味，她好似把持不住了。

艾黎软了半边身子，无力地攀着他，一颗心千回百转。

此时的陈鹤川令她恍惚，有些陌生，带点侵略性；又有些熟稔，自小宠爱她。

艾黎无处躲避，不能逃脱，直至溺死在这温柔乡里。

算了算了，谈情说爱哪能计较那么多，无非是一不留神就被拥入怀里，稍不注意就被亲一口占点便宜。喜欢一个人的时候，嘴上说着不好，却欲拒还迎，捎带小女生怯生生的羞涩情愫。哪能是讨厌呢？分明是爱在心，口难开。

艾黎的脸颊通红，她紧闭双眼，一刻都不敢睁开。唇上温热、濡湿的触感犹在，扎入心底，刻骨铭心。

一吻过后，周遭喧嚣都静了下来。

艾黎不敢直视陈鹤川的眼睛，随意说了一句，转移话题："有点饿，去吃火锅。"

没等陈鹤川回答，她就径直牵着他走，使了全力，连拖带拽。

她扯了一会儿对方纤长白皙的五指，意识到不对劲的地方，这样牵着手走，更像小情侣了。

艾黎的脸顿时烧起，宛如一锅滚汤，将口鼻耳舌都烫得火热。

这算是中计了吗？他算准了她手足无措，会去牵他的手。

艾黎怯生生地回头，果然见陈鹤川勾唇，暧昧地笑着。

竟让这厮奸计得逞了，她不甘心啊。

她还没来得及反应，也没想出后手，只听得陈鹤川压低了声音，慢条斯理地道："你这么主动，算是投怀送抱吗？"

艾黎反唇相讥："只是拉个手，没投怀也没送抱，可不要多想。"

"哦——"陈鹤川拖长了尾音，突然从后面抵过来，健硕的手臂圈住她不盈一握的腰，让她抵着他结实的胸膛。他咬着她的耳朵，轻描淡写地说："那你不送抱，我送好了。"

"……"艾黎无话可说，脸更烫了。

他靠得那么近，就在她的身后。明明隔着厚重的羽绒服，但她总觉得能听到陈鹤川有力的心跳，一下接着一下，像是海潮涌来，快要将她击晕过去。

真是要命，哪有这样的，一声不响就吃她豆腐，她都来不及反应。

不对，即使来得及反应又怎样？艾黎知道他要做什么，就会不怕不羞吗？

她咬了咬下唇，紧张到手心出汗，汗津津的黏腻感令她百般不适。

"别……"艾黎声似猫叫，挠在心上，话语间带点儿怯生生的羞涩感。

陈鹤川执意逗她，搂得更紧了，哑着嗓子，声音性感，撩拨她："别什么？"

艾黎闭上眼，脸早红透了，小心翼翼地说："别欺负人。"

"呵。"他忍不住，发出短促的一声笑，如玉击石，清晰干脆。

陈鹤川不逗她了，卖着关子说："松开你，可以，松手，不行，你懂我的意思吗？"

艾黎怎么不懂？他的意思就是说，松开她的条件是必须牵手。

她有什么法子？只能被牵着鼻子走了。

"知道了。"艾黎低低地说了一句。

陈鹤川说话算话，迅速收手。

有了这一出，现在牵手有了理由，很坦荡。

她就这样牵着陈鹤川在夜间走，许是海拔高，星空也比往常璀璨许多。

他们就这样默不作声地走着，星火相伴，一直到老。

吹了一阵子风，艾黎总算到了那家火锅店门口。

来往的游客多，谁都喜欢在大冷天吃点火锅，温一壶酒闲谈。

掌柜说话带点本地口音，不过交流没太大问题。他点上炭火，将锅底漆黑的铁锅摆上灶台。等锅热了，开始冒烟，在锅底抹一层油，摆上蒜末、姜条、花椒，并几颗八角，舀一勺实打实的蜜汁酱汁倒进去。酱汁带点甜腥味，不知是怎么熬出来的。掌柜左手一提长嘴大茶壶，把式一起，倒着淋了下去，汤香四溢。

就这样熬汤，得熬个二十来分钟。

艾黎跑去前台点菜，要了一碟洗净的牛百叶，再来几盘羊肉片和牛肉片。都是荤菜，饮食不均衡，陈鹤川看不下去，再要了一些黄瓜块和胡萝卜条，逼她吃。

酒没点，点了一壶胖大海茶，这样辛辣的火锅吃下去，艾黎胃不好，非得闹肚子。

都长这么大了，可她吃东西还没个定性，随心意来。

陈鹤川望着热气缭绕间的艾黎，忽然觉得这样的日子也挺好。他在一侧看，帮着收拾残局，而艾黎喋喋不休地说，全凭心意讲。

她还是那样天真，和当初他一心一意护在身后的小姑娘一样，没半点变化。

等茶上来，陈鹤川给艾黎倒了一杯，摆在她面前，说："先喝点凉茶，省得上火。"

艾黎满口答应，哪知眼睛根本不瞟一眼，拿起长筷子就往汤里涮肉片。她蘸着芝麻辣子，吸溜往嘴里喂，把陈鹤川的话当耳旁风。

小时候，他说什么，她就应什么。

如今她长大了，翅膀硬了，敢忤逆了，他说再多也没用。

陈鹤川觉得又好气又好笑，把茶杯送到她的唇边，小声哄："张嘴喝一口，再不喝的话，我用嘴喂你。"

艾黎被吓了一跳，微启樱桃小嘴，将那温凉的茶水喝进口中。

原本刺激的酸辣味一下子被冲淡了，嘴里只有浅淡的茶香。

陈鹤川趁她分神期间，又给她喂了一口肉片。

艾黎没反应过来，连吃好几口，脸红道："你别喂我。"

"不喂你，还喂其他姑娘吗？"

"那也别喂其他姑娘……"她心直口快，下意识反驳了一句，说完才反应过来，这是中圈套了。

陈鹤川被逗得轻笑了一声，说："放心，我只喂你，谁让你是我的小姑娘。"

"……"艾黎愣住了，这厮越说越不对劲了！

她闷头吃，陈鹤川单手撑头看。

许是情人眼里出西施，他觉得艾黎吃东西的样子也很可爱、很好看。

有些忍不住，他突然探出手指，轻轻捏住她的下巴，吻了上去。

艾黎透不过气来，又不敢睁眼，生怕对上他那一双深沉莫测的眸子。

他怎么随时随地都亲她？

艾黎不解，但又有些心痒难耐。

她也不知道自己在期待什么，抑或喜欢什么。

她没有推拒，也没有挣扎，等着陈鹤川攻城略地。他缠绵地吻着她，又酥又麻，让她连脊背都燥热不堪，生出了一点点汗意。

陈鹤川还嫌不够，手攀上来，抵在她的腰间，将她压到怀里，细细密密地吻着。

似乎过了火，可他犹嫌不够，从嘴角辗转至小巧的耳垂，张了张薄凉的唇，覆了上去，轻轻一吸。

艾黎倒吸一口冷气，险些哼出声。

陈鹤川过分了。

她一双眼泛红，想瞪他，却望见男人灼灼有神的黑眸，与往常不一样，里头烧着熊熊的欲火。

第二十集

店里并非没人，陈鹤川有分寸，不会玩得太过分。他带着汹涌的气势，装作势在必行的样子，小小欺负她一番便作罢。

艾黎气喘吁吁，手心满是汗。她感到热，下意识地扯了扯紧贴脖子的衣领，将那高领羊毛衫领口敞开一点儿，露出些空隙来，让清冷的空气钻进去，卷走燥热。

真要说的话，艾黎觉得自己就是夏日竹架子上摇摇欲坠的熟瓜，被炎炎烈日晒得开裂，主人家在树荫下乘凉，硬是不摘。如果可以，她真想脱离灼热的阳光，蹦到甘甜清冽的井水里好好消消暑气。

她脑海里的暑气还没消完，陈鹤川的眼神又热起来了。

艾黎怕他再胡来，脸上臊红，急忙喝止："陈鹤川！"

"嗯？"陈鹤川嘴角一翘，饶有兴致。难得艾黎大着胆子和他叫板，连名带姓地喊他。一贯胆小怕事的猫要伸出爪子挠人，他倒是想撸起袖子，伸出白皙的手臂，给它试试力道。

"别……别闹了。"

可惜，小奶猫就是小奶猫，他亲自奶大的猫崽子，一点强势的魄力都没有。

"你说说看，是怎样的不闹？"陈鹤川不嫌事大，就想瞧瞧真激怒了艾黎，这妮子能不能给他咬出一口血。

艾黎脸上升温，连带着脖子都热了。

她如鲠在喉，支支吾吾半天，一点实质性的话语都说不出来。

陈鹤川挑眉，继续追问："你倒是……说啊。"

"就是不要亲我……"

"说什么？大声一点。"

"陈鹤川，别过分！"

"喊我什么？"

"陈鹤川……"

陈鹤川笑出声，喉咙里发出短促的一声笑，格外好听。

他哪里知道艾黎这般有趣，音量时高时低，情绪时缓时躁，只要他以兽中之王的名义低低虎啸，她便败下阵来，翻转身体，露出雪白肚皮求饶。

他的小姑娘啊，一如既往地可爱。

她坚忍不拔、刚正不阿的行事品格通通表露给外人看，留给他的，只有若有若无的嘤咛以及时有时无的娇憨软语，教他怎样都爱不过来。

锅里肉已糜烂，被筷子一夹就散。葱段和切了十字的蘑菇在沸腾的锅里打着转儿，上下浮沉。

陈鹤川招呼她快些吃肉，填饱了肚子再说。

对方不打算掐着不放，艾黎自然说好，一门心思扑在吃的上面，也没多余的嘴来说话。

这顿饭吃得满足，艾黎有些撑。酒足饭饱后，食客一个接一个心满意足地走出店，冬天的风顺着竹帘缝隙浩浩荡荡地吹进来，吹得艾黎神清气爽。

陈鹤川早吃完了，此时单手撑头，慵懒地看她。

他的目光格外专注，心里眼里都是艾黎，装得满满当当不留缝隙，仿佛天地间仅有艾黎一人。这人，是他的心上人。

艾黎被盯得心里打突，尖细的指尖触上嘴角，疑惑地问：“是我脸上沾了什么东西吗？”

“没有。”陈鹤川收回目光，伸出手，牵着她走。

付过账后，他们深一脚浅一脚踩在雪里，往民宿走去。

这夜，风一更，雨一程，他领着艾黎，能走到天荒地老。

艾黎在民宿里等了好几天，都没有等到叶昭的消息。他们不能按兵不动，再次找上了能联系叶昭的工作人员。

对方好似失忆一般，连连躲避他们的问话。

陈鹤川是个狠人，趁着下班，堵住了工作人员，说：“你如果不好好说清楚，警方就有权以妨害公务罪逮捕你。”

对方见陈鹤川人高马大，也有点㞞，挣扎了半天，憋出一句：“叶先生说，不让我告诉警察。他说他平素胆大，又是一介良民，最不怕的就是警察……”

陈鹤川猛地松开手，说：“你直接告诉我，怎么能找到他。”

“这个不能说。”工作人员左右为难，作为内部人员，哪能轻易暴露老板信息。他又不傻，不想被人炒鱿鱼。

“说不说？”艾黎还在逼他。

他都要哭出来了，焦急地道：“这个真不能说，说了的话，我的工作就没了。要不这样，三天后，我们这里将会新开一家四星级酒店，就在前边，你们拐个弯就看到了。那天的开幕仪式上，会有叶昭先生的剪彩礼，他本人会到场。到时候，你们自己找他，行吗？”

艾黎也不是强人所难的主儿，要了讯息，就把人放了。

她心里记下叶昭来的日期，盘算着那天堵他。

叶昭究竟是何方神圣？又有什么背景？他看起来不畏惧任何人，话里话外带着股桀骜不驯的意味，完全不怕警察。

可能是个人物，有些难办。

然而，再难也得办，她得要到那一段影像，从中解开北一洺的死亡谜题。

莫利雪山的早晨，天亮得比任何城镇都早。

天尽头，红色朝霞与白皑皑的积雪撞色，完完全全将大地与天空区分开，透亮明晰。

偶有浓绿的针叶树迎风招展，那处已是山脚。

山根处的旅游区开始热闹，本地的摊贩拉开架子，摆上货物，琳琅满目。他们争先恐后地吆喝，把价格抬得很高。

小贩们从五湖四海进货，所有商品都贴上莫利雪山的标签，以求卖出高价，可骗得了外行人，骗不了内行人。

艾黎懂得多，呛了小贩几句，闹得险些开打。

陈鹤川把人拽回来，无奈地道："别玩了，忙正事。"

艾黎在他面前乖得跟猫儿似的，蔫蔫应了一声，懂事地跟着他走。

叶昭先生的玫瑰酒店，一开业便迎来了无数人捧场。他本就是这里的大老板，在酒店开业之前在微博进行营销宣传，以文艺清新为主打风格，还提供开业一周免费食宿的福利，吸引了好大一批年轻人。许是红色与雪山最配，好多人穿着鲜红长裙，裹着厚厚实实的羽绒服，来玫瑰酒店拍照。

剪彩仪式开始了，酒店门前人山人海，艾黎和陈鹤川挤不进去，只能在人群外徘徊。

叶昭只出现了一次，拿着剪刀剪开了彩带，便抽身离去了。

很显然，他是大忙人，也没什么闲情雅致逗留。

艾黎对酒店包食宿的活动不感兴趣，往人流稀疏的方向赶，叶昭也正往那个方向撤离。

陈鹤川就近上了辆摩托车，车主来拦，他丢了四百块给车主，说："就借一天，之后还你。"

说完，他拉上艾黎，骑车追向前面那辆福特 E 系列越野车。

叶昭等人察觉到有人在追，加快车速。普通摩托车再怎么也跟不上越野车的速度，陈鹤川加大马力，发动机轰隆隆地响，噪声大到突破极限，似乎随时可能因为负荷过大而爆炸。

艾黎提心吊胆，将脸埋到陈鹤川的后背。天气冷，急速吹来的风夹杂着雪，像一把把刀子，能把脸划破，脸上干燥，细纹加深。

陈鹤川从小就是不要命的性格，说了怎样便要怎样。因为拼命，他在警队里屡立大功，年纪轻轻便深受领导信赖。

艾黎不吃这套，她讨厌出风头，或是拼命，命比工作重要，死了就什么都没有了。

她揪紧了陈鹤川，想说话，劝他开慢一点，然而一开口，风灌了一嘴巴，呛得她打嗝。

艾黎没办法，只能任由陈鹤川发疯。

越野车逐渐停了下来，车上的人开了车门，邀请陈鹤川上车。

摩托车停下，陈鹤川单手掀开墨镜。下了车后，他又揽住艾黎的腰，把人直接从车上抱了下来，轻盈落地。

艾黎坐久了，腿根被皮质坐垫剧烈摩擦，隐隐发麻，此时她站不稳，倚靠在陈鹤川的怀中。

叶昭已从车内下来，先踏地的，是一双锃光瓦亮的黑漆皮鞋，皮质光滑，带些神秘奢华的纹路，不是普通人造皮。

他探出头，一双眼窝很深的凤眸略带笑意，对艾黎说："小姑娘追我的车做什么？"

艾黎用手肘捅了捅陈鹤川，小声说："哥，拿证件……"

陈鹤川出示警员证，说："有点小事，希望叶先生能配合一下。"

叶昭挑眉，不知是信赖陈鹤川，还是根本无惧警员证的威慑力，他说："我这个人最善良了，没做过一点坏事，为何跟警察扯上了关系？"

"倒不是叶先生闯祸，是您手上有一样东西，和一桩命案息息相关。"

他想了半天，恍然大悟："哦。你们就是那两个骚扰我员工的警察？"

陈鹤川默不作声，看他唱戏。

叶昭慢条斯理靠回车内，说："我不会给你们那些东西，那是我的私人物件，我敢担保里面没怪异之处，也不是赃物。我是生意人，生意人最忌讳和官家扯上关系，会败财运。我一点好处都没拿到，倒是给自己捅了一娄子的祸事，这笔买卖怎么算怎么亏。商家人不会这样做事，望两位能体谅一二。”

艾黎听懂了，迟疑地问：“你要什么好处？”

“我想想。”他笑意更深，上下打量艾黎，说，“要不这样，小姑娘陪我吃一顿饭，我就给你东西，好不好？”

陈鹤川握拳，唇瓣抿成了一道白线，很不满。

艾黎舔了舔唇，试探性地问：“就只是吃一顿饭？”

“就一顿饭。”叶昭笑了笑，戏谑道。

“我能带我哥一块儿吃吗？”

叶昭扑哧一声笑出来，说：“小姑娘未成年吗？调情饭哪能带哥哥一起吃？两个男人一台戏，我请你吃饭，你非要叫哥哥来，万一有事打起来可怎么办？”

他爱说笑，说话打着机锋，指名道姓要艾黎陪吃饭。

艾黎犯了难，偷窥陈鹤川脸色。

糟了，他面色发黑，很显然，不太愉快。

没过多久，陈鹤川将艾黎拉到身后，垂眸，风轻云淡道：“我妹年纪小，不懂社会黑暗，恐怕听不懂叶先生话里的深意。我作为她哥哥，这顿饭，要是叶先生不嫌弃，就由我赴宴，如何？”

叶昭朗声大笑：“说了要你妹妹，你来有什么用？”

“既然是我妹妹，我不肯，她怎么去？”

叶昭笑意敛去，没讲话。

陈鹤川倒轻巧勾唇，似笑非笑，说：“叶先生，我调查过你的一些事情，恐怕你手里也有些秘密。如今没想和你多打擂台，不深入查，但要是真惹到我了，那我也丢点心思放你身上，没准到时候就不是借个东西看看这么简单了。我们还可以坐下慢慢长谈。”

这番话真假难辨，艾黎听不懂。

她想，陈鹤川可能是骗叶昭的。毕竟叶昭是爬到高位的生意人，这类人手头总不太干净，要是真心去查，肯定能查出点什么。陈鹤川在使诈吧，看看叶昭心虚不心虚。

叶昭神色淡然，说："算了，苍蝇一样跟在我后面有什么意思。明天去玫瑰酒店，自有人给你们送纪录片的。"

艾黎没想到这一趟走得这般值，几乎没花什么心思，就把纪录片讨来了。

叶昭是个言出必行的人，说给就给。第二天，他们去玫瑰酒店，真的把纪录片带回了家。

除了纪录片，还有一枝妖冶的红玫瑰，保鲜盒塞冰空运来的，特地送给艾黎。

艾黎觉得叶昭古怪，这类人广撒网，谁都不落下。

她闻了闻玫瑰的香味，沁人心脾，很喜欢。她想把这枝花插到窄腰玻璃瓶里，却被陈鹤川拦路抢去，抛至窗外。

艾黎："……"

陈鹤川淡然道："出门在外，防人之心不可无，你怎么知道这花没毒？"

"它看着不像有毒的。"

"凡事能看表面？那你看我像坏人吗？"

"你像。"

"……"陈鹤川懒得管她，借了台摄像机，塞入录像带后，连接到电视机上看纪录片。

毕竟是三年前的作品，画质有点模糊。

开篇是自我介绍，摄像机定点拍摄，两个男子勾肩搭背，立于摄像机正中间：一个是刘烨，艾黎认识。另外一个笑得腼腆，不消说，肯定是北一洺。

纪录片开始放的前三秒，艾黎想到了一个问题："北一洺的尸体有被找到吗？"

她现在才提这事，陈鹤川有些诧异，说："没有找到尸体，所以警方才不好判断死因。不过有趣的一点是，雪崩时，雪山的能见度极低，'驴友'不会分开太远，一般来说，即使迷失方向，也不可能偏离队友太远。而在刘烨被雪覆盖地点的附近，并未找到北一洺的遗体。除此之外，更有趣的一点是，叶先生制定的规则是，拍摄纪录片必须组成两人以上（包含两人）的队伍。他的说辞是为了安全起见，但细想会发现，他好像还有点隐秘的心思。这是一场心理测试，他想看看，在无人监督的法网外，面对巨款，人会不会因为自私、贪心而起杀心。当然，这是我的推测。"

艾黎问："我看你最近有申请关于这方面的资料，还有其他可疑之处吗？"

"有。"

"什么？"果然，事情没那么简单。

"在出发前，刘烨特意叮嘱过山脚旅店的人，如果他们在山上超过四天未归，就让店员联系救援队搜山。他为什么在没登山前就抱有这样消极的想法呢？想多一点，可能是深思熟虑后，怕有危险。但还有另外一种可能，那就是他知道他们会'遇难'，可能是那几天天气恰巧不好，也可能是早有预谋。"

如果能找到北一洺的尸体，没准就能知道真相。

而他们通过这一盘录像带，沿着刘烨走过的轨迹，没准就能寻到北一洺尸体的位置。

他们继续播放录像带，放了将近一分钟，画面突然糊了，后续没有任何内容。

这时，叶昭的信姗姗来迟，艾黎拆开信，上面写着："录像带好像损坏了，播放不出内容，很遗憾，这次帮不了小姑娘了。"

艾黎呆若木鸡，不知道该做什么反应。

陈鹤川从容不迫从机子里取出录像带，端详几秒后，上网查询这盘录像带的产品编码，寻找厂家。同一种产品的条码是一致的，编码不同，类似于人的身份证，每一件产品都会有自己的编码，数字也随产品数量而改变，有一定规则。

他联系了厂家，通过调查发现，这批货的发货时间是六个月前，也就是说，六个月前才上市。

那么就代表着，这一盘录像带并不是三年前的原件，是复刻的。

而叶昭撒了谎，他在耍他们玩呢。

人命关天的事，如何能儿戏？

艾黎极其厌恶叶昭嬉笑人生的态度，再怎样都不能拿别人极为重视的事开玩笑。

如果可以，她真想抓住叶昭，把他按到地上狠狠揍一顿以儆效尤。她要一拳一脚地告诉他：并不是有权有势便能为所欲为，每个人都是平等的，谁都没有资格用其他人的绝望取悦自己。

艾黎咬了咬下唇，几乎是一瞬间，她想到了叶昭似笑非笑的脸。

对于他来说，这一定很有趣吧？

叶昭很擅长笑，如何抿唇挑眉能笑得好看，他精通于此。

这厮必定藏匿在某个角落，等待他们抓住他。

这时，陈鹤川翻动装录像带的塑料袋，从中发现了一张字条，上面写着几行钢笔字，笔锋流畅，笔画清晰。那是叶昭留下的一句话：“捉迷藏正式开始。来找我吧，艾小姐，算是补偿我上次被你拒绝的伤心。只要你找到我，我就原谅你，并将录像带原件送给你。我看了一下，游戏颇有难度，那就给你们第一个提示——山本河的潘多拉渡轮。或许，我会在那里出现。不过上船之前，你先好好了解一下这艘渡轮的来历。上船者自愿参与游戏，输的人要么给钱，要么被卖到遥远的欧洲当黑工。哈，怎么可能，我不过是开个玩笑。这场游戏，我拭目以待。”

艾黎将字条攥紧，平滑的字条卷曲，逐渐被拧成一团白球。她默不作声，单薄的两瓣唇抿成一条线，血色尽褪。

窗外天色已暗，远处的山峦分辨不出树与雪。在夜色笼罩下，一切事物都变得灰蒙蒙的，裹挟着一层模糊不清的乳色，瞧不真切。莫利雪山的民宿不算豪华，门窗没有繁复的现代设备，无须房卡，返璞归真。门窗板是用雪山上伐来的松树造的，完全不隔音。

彼时，门被人敲响了，店家说："帅哥美女，楼下停的摩托车是你们的？"

艾黎不明就里，点了点头。

店家嗤笑一声，叼着女式细管烟，吐了一口烟圈，说："失主找上门来了，赶紧出去还了吧。"

她这才想起来，那辆摩托车是陈鹤川花了四百块"借"来的，如今没了用场，自然该物归原主。

陈鹤川看了艾黎一眼，勾了勾手指，说："跟我出去还个车。"

艾黎尾随其后，有些丢人。

他们是外来客，脸生，一眼就能被瞧出来没在此地混过，怕不是被人当作小偷了。如今失主找上门来，店家会怎么看待他们呀？

艾黎撩开粗布帘子出了门，屋外果然有小伙子搓手哈气地等着。

他是上次那个年轻人，身材偏瘦小，即使裹着臃肿的羽绒服也显得弱不禁风。

"我……我是来拿车的。"说完，他双手朝前伸，想握住摩托车车把手。

陈鹤川抬手拦住他，将他虚悬半空的手掌打落。

他尴尬一阵，见陈鹤川人高马大威慑力十足，也不敢明抢，和气地说："这车，我有急用。"

陈鹤川说："会给你，只是我用你的摩托车开了山路，车轮被山石崩坏了几道裂缝，先给你检查检查，坏了就赔你。不然你这样拿走了车，出了什么损失，我良心过不去。"

"不……不必麻烦了。"年轻人胆小怕事，急忙拒绝。

陈鹤川指了指左边一家小型修车房，说："就在这儿修，很近。"

年轻人拗不过他，点头答应。

陈鹤川将摩托车推到店里，和老板嘀嘀咕咕半天，然后坐在一侧板凳上看人修车。年轻人是个客气人，自我介绍一番，说他名叫阿宁，随后出门买烧酒，给艾黎和陈鹤川暖身子。

许是深夜寂寥，三个人都是雪山流浪客，同在他乡，不知不觉便聊多了。

阿宁问他们此行的目的，艾黎含含糊糊道一句“找人”。

艾黎喝了一口烧酒，冬天的酒肉穿肠过，满天神佛心中坐，舒适得要人老命。她的胃被一团火烘热，烧灼感逐渐遍布全身，冰冷的四肢百骸这才有了一点人气，逐渐泛起热来。

阿宁是个热心肠，抿了一口酒，酒气冲喉，脸色泛红，胆子也大，说道：“本地的事可以问问我，我是莫利雪山的旅游常客，早些年还爬过雪山。不过我只爬到一半，没成功。”

艾黎舔了舔下唇，撞运气似的问他：“你认识刘烨和北一洺吗？”

阿宁爽朗一笑，说：“这事问我，你还真问对人了。”

艾黎捂住唇，低低呼了一声，大喜过望：“当真？”

“他们爬雪山，是我在山下接应，见人没回来，便报了警。”

陈鹤川难得开口：“你就是那个接应人？是刘烨和你说，让你找救援队的？”

阿宁点头：“是啊，刘烨说北一洺这个人不喜欢任务前说丧气话，他想得深，想好了万一有负面情况该怎么处理，这才拜托我多住几天，帮帮他。我想想也是，刘烨这个人做事认真，说一不二，自然会考虑到爬雪山失败的后果。你看，深思熟虑就是好，最后还捡回了一条命，只可惜北一洺……唉。”

艾黎想到关键的一点，问：“莫利雪山那么大，你怎么知道刘烨会在什么地方遇难？不知道准确登山路线，找救援队搜山也没用。那么大的地方，搜上十天半个月，人不冻死，也饿死了。”

“他们有给我爬山路线，顺着那个去找就找到刘烨了。”

“也就是说，他们是按照那条路线爬莫利雪山的？既然是一起爬山，为什么找到了刘烨，没找到北一洺？就算死了，遗体也要归还家属吧？”

“这……我就不清楚了。反正刘烨活下来了，要是去晚一步，他可能就被雪埋了。而北一洺不知道被雪冲到了哪处，我们根据爬山路线搜了两个星期的山，还是一无所获。”

“你们是根据刘烨给的路线搜山的？”

“对啊，既然刘烨被埋在那里，北一洺肯定也在附近，他们是一起爬山的。”

“万一，北一洺的遗体并不在那条登山路线附近呢？”

“怎么可能？他们是一起爬山的。”

“你亲眼见到了吗？”

“刘烨是这样说的。”

艾黎勾唇，笑得诡谲，说：“年轻人，眼见未必是真。”

刘烨把所有人都引入了误区，自然掘地三尺也一无所获。

如果北一洺的遗体并不在那条登山路线上呢？又或者他的遗体不能被人找到，不能被人发现死因，所以被特地藏起来了呢？

可是如果北一洺早就出事了，刘烨又是如何拍摄有两个人的登山纪录片的呢？

还有一种可能性，刘烨先按照计划登山，拍完纪录片大功告成以后，再进行自己的计划。

如果他真的对北一洺下手，那他肯定不希望北一洺的遗体被找到。

所以北一洺绝对不会被埋在那条登山路线上。

叶昭的那份纪录片，又会有什么样的线索呢？

务必得到它，一窥究竟。

时至深夜，摩托车差不多修好了，轮胎磨损程度没有想象中那么严重，虽然店家很想讹他们钱，可挑挑拣拣也没找出需要打补丁的地方，只得作罢。陈鹤川付了清洗费，将车交给阿宁。

临走前，艾黎问阿宁："你有刘烨登山路线的图吗？"

阿宁挠挠头，说："几年前的事情了，之前转交给搜山队伍后，我就没留那些东西了。"

"这样，那我知道了。"艾黎别无他法，只能通过叶昭的纪录片判断刘烨的登山路线，从而寻找北一洺遗体的下落。

这一次聊天聊到很晚。雪山的夜总是泛白，黑得不彻底。远处群星璀璨，与雪峰交相辉映，好似黎明的第一道曙光。

阿宁往苍茫的雪地里走，一步三回头，欲言又止。

艾黎追上去，问："是车还有什么问题吗？"

阿宁舔了舔唇，不甚确定地说："还有一件事，我不太确定要不要告诉你们。"

"嗯？"

"在刘烨获救的一个月后，搜查队没有找到北一洺的尸体就撤离了。我看到刘烨来过莫利雪山，我想，他是想来祭奠昔日好友。毕竟没找到遗体，北一洺还被埋在深山某处，这是他的坟地。"

"嗯，我知道了。还有其他补充的事情吗？"

"暂时没有了，如果有，我再跟你说。我给你一个我的电话，平时有事也能找我，我在H城做记者。"

艾黎一笑："真巧，我们也是H城的，算是……同行，以后肯定有联系的时候。"

"再见，一路平安。"

"再见，你下次小心。不是所有'偷车贼'都会还你车的，这次算你命好。"

阿宁朗声大笑，就此道别。

艾黎原本挂在脸上的笑容在寒风里一点点消失殆尽，眼底一片冷淡。

陈鹤川问她："怎么了？有心事？"

艾黎不知怎么回事，声音里带了一点点沙哑与无助，她说：“北一洺死后，风头过后，刘烨来过雪山。这是第二次，他第二次回来了。”

陈鹤川默不作声，唇瓣紧抿，原本因为长途奔波而憔悴的脸此刻更显消瘦。他那双明亮的黑眸难得带了一丝不易察觉的惶然无措。

艾黎要崩溃了，她说：“他连北一洺的东西都要偷，所有值钱的东西都拿走，这样的人会良心不安来祭奠好友吗？为什么找不到遗体？这不是偶然，你明白吗？陈哥哥，这不是偶然！懂了吗？懂了吗？”

陈鹤川揪住她的手腕，强硬地将她搂在怀里。他知道她被梦魇魇住了，知道她对事容易感同身受，知道她执着追求真相。她是个好姑娘，不想爱情被寂静无声地掩埋在地里。

陈鹤川明白，但他不说话。他将艾黎抱得很紧，这个怀抱温暖而有力，将毕生挚爱死死禁锢怀中。

艾黎还在呢喃自语，由于喘气过猛，口鼻间呼出一团团乳白色的雾气。她竭尽全力，说：“他很可能……是来搬运尸体的。只要搬走尸体，北一洺就会永远消失在大山里。别人只会说，那一场雪将无辜的人吞没，没有人会知道那是一场谋杀。我们该怎么找他？我该怎么告诉沈苍月？她还在等他的尸体回家。”

“艾黎，你冷静一点。”陈鹤川深吸一口气，说，“这一切只是你的推测。我们的当务之急是先拿到叶昭的纪录片，沿着登山路线寻找线索，找不到的话再作打算。人死了，尸体还在，血肉腐烂，白骨还在。只要他犯罪，那这个罪孽就不会无缘无故消失，这就是社会因果、自然法则。只要你想挖，想找出真相，十年、二十年，我都陪你。你还有我，明白吗？”

艾黎不说话，呼吸声也逐渐减轻。

她咬了咬下唇，说：“陈哥哥，我们天一亮就走。我们今晚就离开这里，去找叶昭，找那艘渡轮。”

陈鹤川拿她没辙，又不能纵容她。于是，他哄小孩一样说：“好，我们走，我去订飞机票。但是你得先睡一觉，我看着你，陪着你睡一觉。”

“好。”艾黎知道，身体才是本钱。

他们回到旅店，艾黎魂不守舍地进浴室洗澡。她洗完了，换了一身舒适的长袖睡衣。

床边，陈鹤川还没走。他掀开被子，做了一个邀请的手势，让艾黎进被窝入睡。

艾黎挤进松软的被窝，纤细无力的手指紧攥被子边沿，将自己裹成一个茧子。

她说：“你也进来睡吧，睡一觉，有精神，身体才不会垮。”

陈鹤川褪去羽绒服外套，老老实实钻进被窝，待在艾黎的身边。

今晚，他无任何绮思，唯有心疼。艾黎像是一只遍体鳞伤的小野兽，独自待在角落里舔舐伤口。她没有家人疼爱，孤苦无依。她似乎已经忘记如何获得幸福，认为人间残酷都是理所当然。这个人间啊，向来容不得喜悦长存。喜怒哀乐，生老病死，冥冥之中皆有定数。

屋里只有一盏暖色的吊灯，墙面灰绿，光线暗沉，催人昏昏欲睡。

陈鹤川温暖的手攀上艾黎的腰肢，将她压到了怀里，企图用炙热的胸膛温暖她冷硬的脊背，让她知道，她并非孤立无援。艾黎的背后有她的陈鹤川，他将守护她，直到永远。

陈鹤川尝试多次，才声音喑哑地开口，对着她的耳轮柔声细语：“睡吧，我在这里。”

艾黎点了点头，乖巧地闭上眼。

她仿佛入了梦，仿佛见到了赵泽阳。

艾黎在阳光下奔跑，她妈妈站在左侧，灼热的阳光将母亲的脸笼罩着。赵泽阳笑着，对她张开怀抱，说：“艾黎乖，到爸爸这里来。”

她笑着，热泪盈眶。那个“爸爸”的词语卡在喉咙里，怎么都喊不出声。

那一瞬，是故事。那一眼，即为永生。

第二十一集

山本河并非河，而是一片海域，位于山本与本国之间，算是一条国界分界线。

往左一寸，是山本；往右一寸，是本国。有人说这艘潘多拉渡轮不受任意一个国家法律制约。当然，这仅仅是说笑罢了。

潘多拉渡轮历史悠久，百年前撞上冰川，海水倒灌，沉没过一次。三十年前，海上搜救队动用了众多人力物力资源，在深海将渡轮残骸捞出。哪知，这艘百年前的船像是被诅咒过一般，除了被冰山撞开的大口，其余部位并未被海水腐蚀，翻新修补后，几乎崭新如初。这是一艘承载无数鲜血与泪水的死亡之船，甚至有人说船上还有飘荡数年的幽灵。灵异色彩愈演愈烈，潘多拉渡轮名声大噪。

从此以后，潘多拉渡轮便被固定在山本河中央，日夜有人在海间行驶，供富人开派对，招揽来宾。

叶昭就是要让艾黎登上这样的船，这样一艘死亡之船。

艾黎还想搜相关信息，可惜潘多拉渡轮的保密协议做得太好，根本没有任何有关派对的内容泄露，令人不安。

她查了一下，两天后，潘多拉渡轮会开一次派对。因为渡轮每个月固定开两次派对，分别是月初和月中，其余时间都在整理装修，出再高的价钱也不破例，这是它的特色之一。

距离月中还有三天，那天晚上他们必须登上潘多拉渡轮。

艾黎问："有买票的地方吗？"

陈鹤川摇摇头："没有，估计得有主人家的邀请函才能上船。"

这时，艾黎的屋子响起了敲门声。

她拉开门一看，黑漆漆的走道里没人，地毯上摆着一封信。

艾黎捡起来，上面写着："小姑娘，是不是想要邀请函？想要的话，和我说，我就给你呀。我宴请了一对夫妇入席，地址是雁北街 23 号，他们有两张邀请函，务必在两天内抢到手哦，我们船上不见不散。"

这是让他们去抢别人的邀请函吗？

没有邀请函不得上渡轮，叶昭究竟想怎样？

艾黎抿唇，望向陈鹤川，说："我们去吗？"

陈鹤川："不去抢的话，怎么找到叶昭？"

"这是错事吧？"

"大义面前必有取舍，别活在过去，艾黎。"

艾黎明白，有得必有失，这个世界，哪里容得事事圆满。

雁北街历史悠久，是一条古街。洋房小楼鳞次栉比，喷漆偏旧时色调，典雅古朴。也可以说，住在这里的人，非富即贵。

现在是十三号晚上八点，距离十五号晚上八点还有四十八个小时。四十八个小时内，他们只能胜不能败，务必抢到那两封邀请函。

艾黎在雁北街隔壁喝茶，目光所及是那栋楼里的一对夫妻。那是她的目标。

艾黎想过了，想要拿到邀请函，一个是抢，另一个是趁人不备拿走，又或者是拿东西去换。前两种得找到邀请函的藏身之处，后一种得抓到对方的把柄，都不是好对策。

她不想去偷、去抢，然而挖人把柄又能高尚到哪里去？那是要查出别人不愿意暴露世间的事，强迫对方妥协。

艾黎不知道该怎么办，自嘲一笑。

有人出来了，是那对夫妻，男的叫吴森，女的叫赵瑛。吴森是H城大学的资深教授，赵瑛是小他五岁的高中老师。这对夫妻无权无势，也没滔天的富贵，不知叶昭为何会请他们入席。

不过身为教育专家，日常接触的上流人士不少，人脉方面倒是积累颇多。有人说，想要混得好，身边必须有三个职业的朋友：老师、医生、律师。或许这句话确实有它存在的道理。

他们朝艾黎走来，艾黎下意识低头，也许是做贼心虚，她错开目光，没和那两人对视。

赵瑛晃动钱夹，付款时，邀请函在包里若隐若现。

艾黎一愣，赵瑛已经看向她，别有深意地点了点头。

糟了，看来他们早就知道她在打邀请函的主意。

艾黎抿唇，不知道赵瑛在打什么算盘。后者转动手上的绿鸽蛋戒指，邀请她上楼。

“去吗？”艾黎问陈鹤川。

陈鹤川付账，说：“叶先生安排好了这一切，我们自然要去。”

如果不是叶昭暴露艾黎，对方哪会认识，所以纵使是鸿门宴，这一趟他们也非去不可。

私人包厢里一个人都没有。艾黎和陈鹤川在真皮沙发上坐定，看着赵瑛从包里拿出那一封邀请函，摆到艾黎面前。

事出反常必有妖，是赵瑛有所求吗？

艾黎不敢拿，镇定地问：“为什么主动给我？”

赵瑛但笑不语，说：“这是叶昭先生的吩咐。”

“我不需要付出任何代价，就能这样拿到手吗？这么贵重的东西，总要费一点心思吧？”

“你肯拿走它，对我来说再好不过。”

“什么意思？”艾黎警惕心起。

“没有人想赴宴，大部分人都是被逼无奈。如果有冤大头来接替，再好不过。”

艾黎瞳孔骤然缩紧，抿唇，道：“我不懂……”

“我们夫妻俩早年炒股失败，欠了叶昭先生两百万。这次因为债务被强制要求出席，渡轮上有一个游戏，赢了的话，便可免除债务，还能拿到五十万的奖金。输了的话，会增加利率。一般人冒着风险也想一试，毕竟诱惑很大。叶昭先生说了，这一次，如果有人愿意顶替我们，接收这封邀请函，意味着我们的债务被人顶替，我们两个将恢复自由身。所以谢谢你，肯帮我们这个大忙。”

艾黎难以置信地说：“你的意思是，如果我拿着你们的邀请函去潘多拉渡轮，我就将负债两百万？开什么玩笑！”

“这是登上潘多拉渡轮的唯一方法，更何况，你没有签订任何债务条款，法律上来讲，你并未背负这些债务。只要你接下这张邀请函，你就能帮我们免除两百万的债务。这是我们和叶昭先生签订的债务免除条款，你可以看看。所以，求你帮帮我们。”赵瑛将一份匪夷所思的合同摆在桌上，甲方是叶昭的签名与盖章，乙方则是赵瑛夫妇。

叶昭这次不知打的什么算盘。

艾黎很犹豫，舔了舔唇。虽说她没有签署任何霸王合同，但那句需要背负债务让她压力颇大。

万一真的要背负债务呢？万一叶昭背地里有什么手段呢？

陈鹤川看了艾黎一眼，说：“拿着吧。”

“嗯？”

“我爸留给我的家产还是有几百万的，即使花个两百万换你开心，也值得。”

艾黎咬紧牙关，接下这封邀请函，说：“我一定会赢。”

这次登船的都是一些背负了债务的人吗？为了赢钱会不择手段吗？

说是游戏，但她总觉得背后似有怪物蛰伏。

与此同时，包厢突然走进一个人。他西装革履，温文尔雅一笑，道：“艾小姐，欢迎登船。”

艾黎没应声，她觉得这个男人有点危险，如陈鹤川说的那样。果然，男人最懂男人。

“你别担心，我又怎么忍心让艾小姐背负债务呢？不如这样：赢了的话，我将录像带双手奉上；输了的话，只要艾小姐陪我一晚，哄我开心就行。如何？”

艾黎没出声，陈鹤川倒笑了：“叶先生倒是不怕死。”

“啊呀，陈先生也在场，失策失策。居然当着哥哥的面，说了这样的话，我罪该万死，罚酒三杯。”说完，叶昭拍了拍手，真的招呼人进来，饮了三杯香槟。香槟味甜，度数低，根本不醉人。

等了许久，艾黎才开口：“游戏无非输赢，有输的法子，自然也有赢的法子。我们不会输，还请叶先生拭目以待。”

“是吗？”叶昭笑了笑，“那就后天见。”

艾黎原以为要拿到邀请函会是一场恶战，谁知这么简单便到手了。这一出倒像是请她上船的诱饵，循循善诱，或许，入了船后，不得往生。

那艘船上，究竟有些什么呢？

距离登船只剩下一天时间，陈鹤川带艾黎去礼服定制工作室加急订了一套黑色欧根纱为主料的晚礼服，他则搜出放在柜中多时的合身西装。

两人的服装皆是神秘黑色，犹如深渊，内中暗潮翻滚。

登船这天，艾黎梳妆打扮，难得地化了淡妆。她将鬓边短发烫卷，微翘的弧度，带着些符合年龄的俏皮可爱。一身黑丝珠宝纹的礼服将她的稚气碾灭，提升气质，更具魅力。

陈鹤川扣好了腰间的黑扣，从她窄瘦的腰侧靠近，骨节分明的长指轻贴上她柔软的耳垂，将浅绿色的宝石耳钉佩戴在她的两耳上。暗沉的黑色被跳脱的浅绿色打了个措手不及，瞬间多了几分灵动的美感。不得不说，陈鹤川极有眼光，色调搭配得很好。

艾黎看着镜子中的自己，她好似被陈鹤川这层茧子包裹住，在温暖的巢穴里，逐渐长出深色的翅膀，翅膀上纹路明晰。她很快便刺破茧子，化蝶飞舞，带着一身妖冶气息。

潘多拉渡轮上的钟声响了三遍，提醒贵客登船。大家穿着华贵，不疾不徐地登船。在此期间，所有人都没有交谈，死寂的氛围令人胆战心惊。

艾黎他们和其余四人被分到了一个房间，这里有一面窗，可以看到波光粼粼的海。

大约过了半个小时，潘多拉渡轮收起固定船只的锚，徐徐驶向海域中央。过了半夜，岸上的万家灯火越来越远了，渐渐变成蚂蚁大小的点。

艾黎有一种朦胧错觉：这艘船与世隔绝，在上面无论犯下多大的罪，都不会被人知悉，大海会吞没一切。

这时，突然一阵天旋地转，渡轮发出轰隆一声。满室的人四仰八叉，装饰品摔了一地，遍地狼藉，很是难看。艾黎没站稳，一下子跌入陈鹤川的怀抱，胃里酸气上涌，她有些晕。

这样剧烈的震荡，上面的人好像被装在一个空瓶子里来回晃荡一样，又闷又晕，催人作呕。

房间里传来广播，说："各位乘客，由于海上风暴，潘多拉渡轮迷失方向，撞上礁石，破了道口子，海水倒灌。按照这个灌水的速度，船身超载严重，可能来不及回到岸上就沉没了。我们已经联系了救援队，然而救援队最快也要四个小时才能接近潘多拉渡轮所在的海域。情况不容乐观，现正在抛可搬动的装饰物与家具。"

喧哗声起，大家叫嚷着询问情况。

等了很久，广播再度出声："能丢下船的东西，我们已经尽数抛弃，请大家也抛下所有可以丢弃的随身物件。"

艾黎望向窗外，果然有工作人员在接力抛东西，海风声越来越大，好似鸣笛一般。不远处果然有厚重的阴云与滔天海浪。

很快，船员抛物范围扩散到每个房间，所有可搬运的家具都被抛到了茫茫大海里。这一起沉船事件不似说笑。

广播里的人继续说："情况危急，接下来的话，可能大家都觉得有些匪夷所思。我们决定为了大家的性命，牺牲一些人。为了大的幸福，如今要丢弃小的幸福。我们每个房间都有六个人，每六个人里得选出一人跳海。我们会给这个跳海的勇士一些防护措施，如果他们运气足够好，会等到救援队伍。经过专家的计算，只有丢下这些人，我们的船才能等到救援，不至于超重而太早被灌入的海水吞没。务必在两个小时内选定人，否则将由工作人员随机抽人抛海，那样的话，每个人被选中的概率都是六分之一，请好自为之。"

这个人不似在说笑，无论真假，都没有人想被抛下海。

广播里海风悲鸣，像是地狱里的鬼哭狼嚎。

两个小时内选一个人去死？疯了吗？

艾黎嗤笑一声，不知该说什么好。

她望向邻座的几个人，说："我叫艾黎，这是……"

她还没来得及介绍陈鹤川，对方就帮她回答："我是她先生陈鹤川。"

"艾小姐好，陈先生好，我叫王一曼。"中年贵妇这样道。

"我叫宋默山。"此人穿着得体，时不时看表，提个商务包，像是企业精英。

"我……我叫赵家伟。"赵家伟年龄偏大，缩头缩脑，像是怕引起人注意。

"叶凡。"此人浓妆艳抹，像个三线明星，面对这种场面也不疾不徐。

一番介绍后，大家又沉默了。

过了会儿，赵家伟开了头，说："如果选了一个人，是不是其他五个人就百分百平安无事？"

宋默山冷笑："广播里是这个意思，可谁会心甘情愿去死？"

"如果现在不选，之后得随机抽一个人去死啊……"赵家伟心里门儿清。

艾黎问他："如果我们选中你，那你想去死吗？"

赵家伟摇摇头，果断地说："我不能死，我太太还在等我回家。"

艾黎说："我们也一样，谁都不想死。"

叶凡补完妆，抿了抿红唇，说："提前选人也好，不然等到两个小时以后，不死也得吓死了。可能是你，是你，是你，或是我。"

王一曼目视窗外，呢喃自语："这里的海很危险呢。前两年也有翻船的事件，明明都穿着救生衣，可是没有一个人活着等到救援队。"

大家都沉默了，仿佛呼吸也是错，会引人注意。

这样的画面，好比登山队被困雪山，大家迷失方向，走投无路，粮食也不够，即将饿死。

于是队伍打算抛弃一个人，抢夺他的食物，让其他人多活几天。这个人有什么错呢？就为了让大多数人活下来，就牺牲少数人的性命，这算不算一种自私的行径？

要知道，那样苍白的世界，既孤单，又恐怖，是没人想待在那里的。

没有人拿得定主意，不知道该待在这里等死，还是该选定一个人送死。

大家心情沮丧，靠在房间里听哗哗的海水声。

艾黎昏昏欲睡，就在这时，最贪生怕死的赵家伟来找她，窃窃私语道："不如我们联手吧？"

"联手？"艾黎问。

赵家伟看了一眼另外三个人，小心翼翼地说："我们玩一个游戏，每个人在纸上写被抛海者的名字，占据票数多的人就是被定下的那个被抛海者。我们一起选一个人，你和你先生就两票了，再加上我，三票，占了六个人的半数，这样无论如何都能定下一个人。另外三个人没有我们的联合计划，肯定不可能选择同一个人，而且即使选择了同一个人也没用，他们最多也是三票，是平局，再怎样都伤害不到我们这一派。我们都选叶凡吧？像她那种人生赢家，肯定什么都享受够了，死了也没什么关系。”

这是赵家伟想出的必胜法，只要按照他所说的做，那么陈鹤川、艾黎还有他就绝对不会死。

艾黎还没说话，赵家伟已经嚷嚷起来了，说：“我们别等死了，选一个人出来，另外五个人就百分百可以平安活下来。我想了一个游戏，大家在纸上写一个除了自己以外的名字，一定要写，然后统计投票数，票数最多的那个人，就是我们选定的被抛海者。”

王一曼不满地说：“这样不是喊人去死吗？”

赵家伟：“如果现在不定下人，之后每个人都有可能去死。你这么想死，你来？反正我不干！”

宋默山抿唇，说：“好，我同意。”

叶凡笑道：“我也同意。”

艾黎和陈鹤川没出声。

他们和船员要了纸与笔，坐在座位上。

艾黎环顾四周，目光落到赵家伟身上，后者对她憨厚一笑。

她一分心，出神了，笔落到地上。

艾黎弯腰捡笔的时候，不小心在叶凡的腿上画了一笔，惊得她一阵怪叫。

喧闹后，游戏正式开始。

六个人犹豫半天，在纸上写下名字。

由船员担任裁判，将纸张逐一翻开。

宋默山写的是：艾黎。

王一曼写的是：艾黎。

陈鹤川写的是：宋默山。

赵家伟写的是：艾黎。

叶凡写的是：宋默山。

而艾黎写的也是：宋默山。

宋默山三票，艾黎三票，平手，作废。

赵家伟说了谎，他明明说要投票给叶凡，结果私底下投了艾黎。假如这次艾黎在纸上写的是叶凡，那艾黎便会被淘汰出局。

艾黎笑了笑，说：“想必赵家伟先生对你们是这样说的，我和我先生两个人可以暗通款曲选择一个人，这样一来我们就有两票优势，大概率会赢。所以你们必须联合起来，打破我们两个人的优势，四个人一同选择写我的名字，抛我下海。四票对抗两票，很明显你们四个人合作更有优势。他来找我合作的时候，我想了想，总感觉哪里不对劲，于是在写名字之前，在叶凡小姐的腿上留了一道墨痕，我想她会懂，她肯定会帮我。幸亏叶凡小姐帮忙，否则这次死的便是我了。”

叶凡笑了笑，说：“本小姐这辈子最恨这种背地里害人的勾当，你们杀人不会良心不安，我可是会的。现在广播里说是只丢一个人下海，难保之后不需要再丢一个人。与其拆散艾黎小姐和他先生，倒不如与他们联手，那么再怎样，以后我都有三票优势，再丢一个人也不怕。要说送人去死，还不如送这个赵家伟去死。毕竟啊，这里面，他长得最丑。”

“你说什么？！”赵家伟本性暴露，想伤人，却被船员制服在地，“叶昭先生的船从来不许动武，请您注意行为！”

艾黎还是无法相信会有这么荒谬的事情发生。

潘多拉渡轮开了这么多年的派对，偏偏这次在阴沟里翻了船？这么巧，偏偏是她唯一一次上船的今天？就好像是叶昭特地指使人撞上礁石一样，他宁愿废一艘船，也要看这场好戏。

可能吗？花费数不胜数的人力、物力资源，就为了满足自己蠢蠢欲动的好奇心，想看这场人性考验的过程？

对比雪山纪录片的事，他的确能做出这样的事。

又或者说……这只是一个游戏。

现在谁会下船不重要，重要的是，谁能留到最后。

留到最后的人，必定是胜出者。

该死，这个恶魔。

“我的太太，你在想些什么？”陈鹤川突然凑过来，唇间呼出的炙热气息格外烫耳朵，将她耳郭里的血脉激到膨胀，血气上涌，泛出猩红色。

艾黎不适地揉了揉耳尖，将那股火热揉散。她身体朝前倾，拉开一点位置，小声道：“叶昭葫芦里到底卖的什么药？这船真的会沉吗？”

陈鹤川望了一眼窗外，海上多云多雨，浪潮汹涌。他微微合上眼皮，眸色变深，道：“谁说得清楚呢？总得让自己成为最后还留在船上的人，这是最稳妥的法子。”

“如果我们留在船上，就代表有人要牺牲。”

“我们是被逼无奈的协助者，而不是凶手，这个罪孽不该由我们承担。艾黎，在这种时候自私一点，想着一定要活下去。”

艾黎咬了咬唇，坚毅地说：“好。”

她想还陈奕一个公道，也想挖出赵泽阳的死因，因此必须不择手段地活下去。

经此一战，大家都老实了，各自龟缩在角落里，不与人交流。

这样耗时间的结果就是随机抽选一个人抛下船，每个人都有可能被选中。

赵家伟咽一口唾液，说：“要不这样，谁下船，我给他一百万。”

叶凡嗤笑一声：“你给得起吗？上这渡轮的人，不都欠着叶先生东西吗？”

艾黎想到了赵瑛的话，问他们：“你们……究竟都欠叶先生什么东西？或者想从他手上拿到什么东西？”

众人面面相觑，倏忽低头，缄默不语。

艾黎打破沉寂，说：“我想从他手上拿一份录像带，事关人命，你们呢？”

还是没有人应声，没人想把不为人知的故事说出口。如果没一点秘密，这个船是不会接收的。

此时，广播声又响起了。喇叭时而有用，时而失效，偶尔能听到呼啸的海风以及海浪击打船舱时发出的噼里啪啦的声响，桅杆与旗帜都摇摇欲坠。

有人在嘈杂不堪的广播里呢喃自语：“选不出来吗？一台有百分之五的死亡概率的手术，都有人畏惧死亡不敢去做，现在死亡概率是百分之十七，反而犹犹豫豫吗？你们这样，让我很难办啊。真是卑鄙，自己不当恶人，让我们来选，是想让我们来当恶人吗？只要有一个人送死，其余的五个人都会安全，这么简单的问题都解决不了吗？”

这个说话声听起来诡异冷硬，语调平缓，不像是人的音色，倒像是机器。

等了很久，他又有后文：“真是拿你们没办法，那就……做一个游戏吧。”

游戏？这就是叶昭说的渡轮游戏吗？是只能胜不能败的生死游戏吗？

艾黎的注意力被广播吸引，她望着巨大的扬声器，目光灼热，仿佛能循着声音找到那个罪魁祸首。

五分钟后，躲在幕后的“操盘手”说：“你们这个房间有一个杀人凶手，由艾黎和陈鹤川先生作为警察进行调查，选出杀人凶手。一旦选中凶手，将由我们抛下船。不过请注意，不要被凶手的眼泪蒙蔽了，毕竟没有人会承认自己是凶手。一定要选出人哦，否则就得请艾黎小姐和陈鹤川先生下船了，总得有人牺牲不是吗？只有一个小时了，时间不多，请抓紧。”

这种生死关头还有心情玩闹吗？还真是叶昭的风格。

艾黎心头一颤，目光深沉。的确，没有人会承认罪行，所以无论是无辜的人还是凶手，都会哭诉与争辩。

万一她推理错了呢？

广播里的人很明显是在逗她玩，给她施加压力，让她终生被困在噩梦里。

“三号晚上九点，H城发生了一起追尾事故，一名司机当场死亡。死者的名字是……沈洋，经过法医尸检，确定死于疲劳驾驶。他的胃液有药物成分，应该他开车前饮了混有安眠药的茶水，之后因为困倦而出了事故，这是一起谋杀。请找出凶手，在没有任何线索提示的情况下。”

说完这句，艾黎等了很久都没有后文。

环境昏暗，简约吊灯微微晃荡，将光打得不均，人脸明暗交替。

艾黎环顾四周，其余四人纷纷避开目光，生怕与她对视，明显心里揣着事儿。

“既然被分到这个房间，那说明在座的都和沈洋有联系，你们都是沈洋的什么人？”艾黎问。

宋默山冷淡回答：“他是我上司。”

王一曼悲伤地说：“他是我丈夫。”

叶凡抿唇，说：“他是我的……粉丝。”

赵家伟犹豫了一会儿，道：“我的公司和他的公司有一点小摩擦……”

“什么摩擦？”陈鹤川问。

“就是我们在抢一块地皮，双方竞价中。”

艾黎说：“哦，敌对关系。”

赵家伟急忙摆手：“不不，商业矛盾，做生意的人在所难免嘛。”

艾黎又问：“三号晚上九点之前，你们谁和沈洋有过接触？”

“没有。”四人异口同声。

她望向沈洋的太太王一曼，道：“作为他的太太，你和他没有接触？”

王一曼咬唇，局促不安地道：“实际上我和我丈夫分居一个多月了，所以并不住在一起。”

陈鹤川有记录案情的习惯，在纸上写下问话过程，问：“为什么分居？”

“我丈夫……”王一曼难以启齿，犹豫一番才说，“他有外遇。”

外遇？王一曼有杀人动机。

商业矛盾？赵家伟也有。

那么宋默山和叶凡呢？这两人怎么可能逃得了干系？能被死亡之船接收的人，没一个干净的。

“那你们呢？叶凡，宋默山，你们和沈洋有没有矛盾？”

叶凡慌了一秒，说：“我和他……就是普通的偶像和粉丝关系。”

宋默山推了推眼镜，镇定道：“我一直很敬重我的上司。”

赵家伟惊慌失措：“你们该不会是怀疑我有杀人动机吧？啊，我想起来了。宋默山，我就说你怎么这么眼熟！我曾经和沈洋谈过，宋默山就是他带来的晚辈。那时候宋默山没准备好材料，被沈洋泼了一身的水，他很生气，离开了。当众给下属难堪，这样的仇不报，说都说不过去！”

宋默山怨毒地瞪了赵家伟一眼，说：“我……不是那样记仇的人。”

王一曼也忍不住了，开口：“叶小姐，你手腕上的珠链是我先生送的吧？我曾在他的包里发现过这串珠链，原以为是送我的礼物，哪知他根本没提起过珠链。你就是他的外遇对象，你逼他离婚，他念及夫妻感情，不肯答应，纵然和我分居，让我冷静，也不肯签那份离婚协议书。所以你认为他在玩弄你的感情，怀恨杀了他，对吗？我是无法原谅他出轨，但我更恨那个明知他是有妇之夫还要接近他的你！”

叶凡惊恐地瞪大眼睛，呵斥道：“你胡说！”

陈鹤川看着他们狗咬狗，在心里加上两句：叶凡因爱生恨，有杀人动机。宋默山遭上司当众羞辱，也有杀人动机。

好了，齐全了，四个人都有可能是杀人犯。

第二十二集

船舱房间内，连张像样的桌子都没有，所有可以搬运的物件都被抛到海中，石沉大海。

头顶上一盏暖黄萤火吊灯被海风吹得摇摇晃晃，可能随时落地。眼前只有一张与地板相连的小茶几，玻璃面倒映出模糊人脸，玻璃板下是绿油油的漆面，将气氛衬得低迷诡谲。

其余四人团团围坐在茶几面前，心里有事，脸上不显。时间不多了，只剩下五十七分钟。

艾黎指尖轻叩桌面，指节褶皱深浅不一。她看了一会儿，犹豫很久，开口："要不这样，你们四个人竭尽所能写下三号晚上九点之前有关沈洋的事情，最好是与其他三个人有关联的事情，之后由我们分析判断。记住，线索不怕多就怕少，一旦撒谎，或者出现矛盾点，我们就会锁定这个人，将其认定为犯罪嫌疑人。你们也知道，我们必须选一个人下船，刻不容缓。所以，想活命，想赢，就别对我说谎。"

情况紧急，迫在眉睫。四人想了一会儿，从船员手中拿来笔和纸，开始写内容。

为了防止他们合谋，交头接耳，艾黎目不转睛地观察着每一个人。

大概三十分钟，他们交上了纸张。

艾黎翻开宋默山的信纸，说：“为表公平，我会将每个人写的事情念出来，你们也做旁证，分析意见。首先是宋默山，他的纸上写——三号那天，沈总给我打过电话，交接了一些工作。电话里，他的声音并无异样，只是说了两句，突然自言自语，说还有东西掉在家里，得回去拿一趟，不过家里有太太，他还不想面对她……我询问原因，沈总就不肯多说了，再之后，就得知他出了车祸。”

念完这张，艾黎问：“打电话的时候是几点？”

宋默山说：“好像是下午，记不清了。”

“三号那天，你们没见过面吗？”

“啊……”宋默山诧异地抬头，支支吾吾。

王一曼却笃定地说：“见过，他们那天见过面。”

艾黎转头看她：“你怎么知道？”

“我先生找过我，和我见面的时候，他说过他后辈对他的怨气颇重，那几天行为处事都很怪异。”

陈鹤川轻笑：“可您之前说过，您和沈先生三号并无接触？”

王一曼突然捂住了眉眼，呜咽出声：“我只是太害怕了，怕旁生枝节让你们怀疑我，所以才那样说。那天，我先生来找过我的，想和我重修旧好。我没有答应，只劝他出差回来后再说。”

艾黎问：“你们见面的时候是几点？”

“大概是八点。”

“宋默山，你呢？”

宋默山沉默几秒，回答：“七点，我在公司加班。”

艾黎将王一曼写的纸打开，上面所写的事情和她讲的差不多。

看他们两个狗咬狗，艾黎打开了叶凡的字条。叶凡在上面写的故事是有关赵家伟的，据她所说，沈洋出差前曾和她说过要去找赵家伟再谈谈地皮的事情，两家都想要那块地皮，争执不下，再这样下去就要用些手段了。

赵家伟听完，突然冷冷地问："叶凡，你是不是想说自己三号那天没和沈总见过面？你想把自己完全摘出来，是吗？"

叶凡目眦欲裂："你什么意思？！"

"沈总和我打电话的时候，我可是听到了女声。今天刚好回忆起来，是你和他独处一室，撒娇抱怨吧？你别想全身而退，要有嫌疑，大家一起有嫌疑！"

"你胡说！"

艾黎皱眉，说："我说了，别撒谎，否则嫌疑人就是你。"

叶凡咬唇："要死一起死，反正那天都见过沈洋。"

"你们是几点见的面？"

叶凡说："八点二十左右，他从家里出来后，就找了我。"

赵家伟耸耸肩，说："我是八点四十，谈了一下地皮的事情，反正话不投机半句多，没聊多久，都没超过五分钟。"

没一会儿，一份尸检报告就被送到了艾黎手上。

上面写着，安眠药的起效时间大概是七点多，也就是说，服药时间差不多七点，那时候，宋默山和沈洋见过面，有作案时间。

艾黎闭上眼睛，说："沈洋七点服药，所以犯罪人是宋默山。"

宋默山嘲讽一笑，没多说什么。

其余人松了一口气，纷纷附和——

"早就猜到是他了！"

"我说了我是无辜的。"

"我丈夫做错了什么，你要这样对他？！"

"畜生！"

艾黎填下宋默山的名字，就有船员将他双手捆上束缚带，要带他走。

要送这个人去死吗？是她将他推上死路的吗？

艾黎说："等一下，我想问一个问题。"

“什么问题？”

“你的投药量是多少？具体投药时间是？”

宋默山勾唇，说：“泰林牌的安眠药，一片，碾碎兑水让他喝下的，时间是晚上七点。我想看看，他究竟会不会出意外。”

“从药物最早起效时间来看，时间的确是晚上七点左右。不过，还有一个疑点，你们听我继续说下去。常规片剂药物，从服用到起效，血药浓度达到峰值的时间是十到三十分钟。药物作用的强度和这类药物在血液中的浓度成正比，随时间推移呈现正比曲线图，随后药性衰弱，逐步递减。通过这个，可以分析具体的服药时间。沈洋死的时候，他体内的血药浓度呈现毒性，也就是远超峰值，并且血药浓度一直在稳态水平上下波动。按理说，沈洋的血药浓度在七点半以后就该呈现递减状态，然而并没有。由此可以推断出，在三号晚上八点后，还有人继续投药。从血药浓度分析报告来看，药片剂量也远超一片，多达三四片。”

陈鹤川轻笑一声，赞许地看了艾黎一眼，说：“所以，凶手不止一个人。你们四个人都在车祸之前见过他，都有机会投药给他。你们这些人，都想利用沈洋上高速的时间，让他发生车祸意外！”

其余三人沉默，脸色惨白犹如死人。

艾黎咬唇，闭上眼：“我哥是警察，我是侦探，所以我不会包庇任何真凶。我选择……写四个人的名字。”

“艾黎你这个疯子！”叶凡大叫。

“臭娘们，你是不是想死？！”

“哈哈哈，活该！”

“……”那边响起此起彼伏的哀号，一片混乱。

叶昭推门进来，姿态优雅。他的身材高大，如松如柏。身后，是数不胜数的记者与摄影师，大家争先恐后叫喊着艾黎的名字。

“恭喜你，艾黎。你成功完成了潘多拉绝地求生的挑战，我会满足你的要求。”

艾黎咬牙切齿："这是一场戏？你在搞现场直播？"

"不然呢？"叶昭叹了一口气，说，"我丢的这些家具可是很贵的，不牟利，如何回本呢？多亏了你，此次网络直播，我们节目的收视率全网第一。全国人民都认识你了，艾小姐。"

艾黎背对着摄像机，汗流浃背，比着口型："不要说出录像带的事情……"

她不想打草惊蛇，让刘烨知道她在调查他的事情，否则她就得不到有关赵泽阳的线索了。

叶昭很识相地在嘴上做了一个拉拉链的动作，表示不多说半句。

这时，陈鹤川走过来，将西装披在艾黎裸露在外的双肩上，暧昧地说："叶先生，请让我和我的太太下船。"

叶昭微笑，做了一个"请"的手势。

半个小时后，潘多拉渡轮平安抵达岸边，船上的人一个接一个下了船。

艾黎不知是心冷还是脚冷，浑身发颤，战栗不止。

陈鹤川许是心疼，手揽她的腰，将她的侧脸压到胸口，企图用温热的胸膛温暖她的皮肤。

艾黎感受到陈鹤川温暖的体温，整个人放松了许多。她松了一口气，略带娇气地说："我想回家。"

"乖，我带你回家。"

此处人潮汹涌，是红尘乱世。

人头攒动，有人往艾黎手里塞了一个录像带，应该是原件，叶昭没有再陪她玩的兴致了。

可能是身心疲惫，抵抗力下降，艾黎的体表温度趋向冰冷，是海风吹的吗？是感冒了吗？

陈鹤川问她话，她却不回答，只傻呆呆地摇头，像个提线木偶。

"不回魂吗？在想些什么？"陈鹤川浅浅地笑。

寂静的夜里，他的声音格外清冷，呼出的热气很烫，在冷风里格格不入，一下子触动艾黎的心弦。

她一怔，回过头来，小声道："只是觉得人很可怕，好像孑然一身也不坏。不过，有时候也会很羡慕那些有朋友、有家人的人，生时有人陪伴，死了有人惦记。"

她不知道怎么说，只是这个世上有那么多盏灯，却没有一盏是为了迎接她。

陈鹤川揉了揉她的头顶，用冰冷的鼻尖轻触了下她的鼻尖，目光灼灼，信誓旦旦："艾黎，你记住，以后你的家，我等你回。"

艾黎瞪大了眼睛，难以置信地看着陈鹤川。

他不似在说笑，唇间没有半分笑意。

他是认真的，他想和她建一个两口之家，绝无外人可以插足的那种。

这时，艾黎看清了陈鹤川的长相。他的眼睛狭长内敛，素日波澜不惊，动情时又蕴含千言万语。他的身材高挑，紧绷的衣内肌肉健硕，有型有肉。他是风姿绰约的男人，朦胧夜色也难掩其绝代风采。

艾黎鬼使神差地小声说了个"好"。

艾黎收到录像带的第一秒，没敢伸手去接。这段北一洺的生前影像在她手中如有千斤重，沉甸甸的，压得她喘不过气来。

她没有马上播放，而是将这录像带拿到沈苍月家，给沈苍月过目。

沈苍月今日盛装出席，寒冷的冬夜，她是唯一的倾城色。一袭欧根纱长裙，鱼骨束腰，纯白的小花缠绕她身，犹如一片脆弱到不堪一击的雪花。沈苍月瑟瑟发抖，面上仍带微笑。她露出被冻到通红的肩头，摊开掌心——白色蕾丝手套内，新制的美甲美艳无双。

"把录像带给我吧。"沈苍月笑盈盈地说。

艾黎看她一身白纱，似赴婚而来，心里难受。艾黎递过东西，连话都没多说一句。

三个人一起上楼，用机器播放几年前的录像带，入目是一望无际的雪山，漫天风雪，渐欲迷人眼睛。

刘烨和北一洺交谈着，像是一对久别重逢的老友。

何其讽刺，其中一位老友心怀叵测，不久后将下杀手。

他们沿着雪山山脚往上走，沿途的树木以及路线，艾黎逐一记录在纸上。

她专注地看，目光不敢转向沈苍月，生怕看到沈苍月脸上的哀伤神色。

屏幕光不断闪烁，人的眼珠犹如反光玻璃珠，将人间万物压缩成微观影像，收入眼中。

沈苍月看了许久，脸上的笑一点点散去。

纪录片里北一洺的手被碎石划破，他取下手套，露出苍白的手指，手背上有一个月亮刺青。

沈苍月终于忍不住，呜咽出声。她压抑着喉头不住上涌的苦涩，嗓音被压到很低，似野兽哀嚎，竭尽全力。

她嘶哑地干号，号了许久，又冲到厕所，抱着马桶吐。

艾黎起身安慰她，将她揽到怀里，一下下拍她的肩膀，说："那个刺青，是为了你吗？"

"我叫……沈苍月，他叫我，小月亮。"沈苍月气若游丝地说。

她的思绪回到很久很久以前，北一洺开玩笑，哄她："别生气了，小月亮。"

她叫沈苍月，漫山遍野皆是黄绿，她是天穹上的一轮苍白之月，才不是恶俗的小月亮。

如今，她连她最讨厌的那句"小月亮"都听不到了。

艾黎叹了一口气，心中郁闷无处抒发。想了许久的心事，她回头一看，只有陈鹤川还坐在原地看片子。

只有他，能强忍住悲恸，将其看完。

屏幕暗了下去，斯人已逝。

陈鹤川说："别去雪山上查了。"

艾黎问：“为什么？”

“搜查队不是傻子，他们花了那么多人力物力都找不到的遗体，我们也不可能找到。”

“那这录像带毫无用处？”

“有用。”

“嗯？”

“北一洺手上有刺青，这是他的印记。刘烨做贼心虚，肯定会毁了他的刺青。我们可以联系一下莫利雪山附近的派出所，看看有没有无名无身份的尸体。刘烨如果想带北一洺下山，肯定会将其分解，我们得寻找这些身体部位，特别是手背缺了一块皮肉的。”

艾黎轻飘飘地应了一声。

录像带留给了沈苍月，这是属于她的东西。

经过一番调查，陈鹤川果真在莫利雪山附近的几个辖区派出所得到了分尸情报。两年前，确实有人在荒野中发现了一具被分解的尸体。残缺的左手腐烂情况严重，但仍可分辨出手背上被人硬生生削去了一块皮肉，指纹也尽数被刀具毁去，只能提取到他的DNA，在公安系统的失踪人员DNA数据库进行对比。然而所有人都以为北一洺死在雪山中，并没有家属提供有关北一洺的DNA信息，或是报案人口失踪。所以无人认领这具遗体。

找到断手后，当地警方就动用警力寻找其余尸块，左左右右拼凑成一具成年男子的肉体，唯独缺少头颅。

其中，最重要的一点是：经由法医尸检判断，这是一起谋杀案，死者死前遭受重创。

缺少头颅代表什么呢？警方无法通过颅骨还原人脸面貌，无法确定死者身份，所有事情都陷入了僵局。

无名尸体，无人认领，两大悬案必备要素都占齐全了。

艾黎自言自语：“这是一起谋杀案，凶手极有可能是刘烨！”

陈鹤川说：“即使我们知道这具尸体极有可能是北一洺又怎样？

没有头颅，照样无法确定。等下找一找沈苍月，或许会有收获。”

得到惨痛的信息后，艾黎又折返寻找沈苍月。

她说：“我们发现了疑似北一洺的尸体，现在想从你这里获取一些有关他身份的信息。你有北一洺生前的物件吗？他的毛发之类的，可以拿给我们，对比 DNA 信息。”

沈苍月一愣，撩起裙子翻箱倒柜找东西。

许是思念北一洺，她将他穿过的衣物以及用过的日常物件都整整齐齐摆放在柜子里，没有任何遗漏。

她半跪下身子，寻找北一洺的毛发。想验 DNA，光有头发黑色部位没用，必须有头发根部的毛囊。

她这里留有太多北一洺的痕迹，随便一翻动，便有十几根头发，怎样都够了。三年前的头发虽会稍微影响检验结果，但大致可靠。

艾黎将北一洺的毛发样本交给检验中心，大概一周后出了结果。对比无名尸体的 DNA 后，可以确定这具成年男子的身体就是属于北一洺的，也确定了他的死亡。

艾黎艰涩开口：“沈小姐，我已经证明北一洺是被谋杀了。凶手极有可能是刘烨，录像带就是罪证，是北一洺生前最后的迹象，即使不能定罪，也足以让警方采取逮捕刘烨的行动。所以，请签下离婚协议书，让我去找刘烨，套到我想要的信息后，再告知警方。”

这是沈苍月和艾黎的约定：艾黎帮沈苍月找到犯人，对方则签下离婚协议书，让刘烨满意。

沈苍月没有二话，直接将离婚协议书交到了艾黎的手中。

她的愿望已达成，今后将带着对北一洺的爱而活。

当艾黎把这份离婚协议书递给刘烨的时候，窗外正下着雨，窗户没关紧，留了一点缝隙。这雨水无孔不入，被风吹着、卷着，斜斜地洒入，打湿了一片地面。

艾黎出了一会儿神，等了一会儿，说：“你能把你知道的事情告诉我了吧？这是我们之间的交易，你说过的，只要我给你离婚协议书，你就告诉我有关赵泽阳的事情。”

刘烨接过离婚协议书，喜不自胜：“这个当然，你不知道，我早就想和我太太离婚了。”

“快说吧。”

“那起挪用公款案，最先自杀的人是白芷，就是那个挪用公款的出纳员。她有个男朋友叫萧逸，他也是在我们财务部工作的人。我们办公室不允许谈恋爱，一经发现就要离职，所以他们只是在地下秘密发展。既然这两个人是最亲密无间的人，那萧逸总会知道点白芷的事情，你可以去问问。”

“你有他的联系方式吗？”

“你帮我这么大的忙，我怎么会不帮你呢？”刘烨扔过一份文件，“别说他现在的地址，我的私家侦探连他祖宗十八代都打听好了。”

“谢谢。”艾黎拿了文件就走人，不和他多闲聊。

她离赵泽阳的死亡真相越来越近了，只要顺着这条线挖下去，一定没问题。

后来的几天，风平浪静。

艾黎和陈鹤川刚收拾好行李，打算出一趟远门，半道就被一通电话拦住了。那是沈苍月的声音，她哭得梨花带雨，喊艾黎：“艾小姐，求你救救北一洺……救救他！”

啊？他不是死了吗？这怎么救？

原来警方没能成功逮捕刘烨，让他逃跑了。

逃逸几天的刘烨重现人间，以通缉犯的口吻在国民论坛上发表帖子：“我有 Y 小姐最爱之人的头颅，请侦探艾黎独自来拿。不能让警方随行，否则我将炸掉它。Y 小姐，请你救救你最爱的人吧，你不是想给北一洺留个全尸吗？我成全你。”

网上全在讨论杀人犯的请求，黑的白的全被扒出来，将事情推到风口浪尖，愈演愈烈。

不光艾黎，就连陈鹤川都被扒出来了。作为人民警察，无法无视人民的请愿。

Y小姐的粉丝联名上书，请艾黎救救可怜的Y先生，让他们的爱情在天堂获得圆满，不要做冷血无情的人。

艾黎愣了，这事怎么成全？

那是死人，而她是活生生的人。

拿她去换北一洺，她也有可能会死！

看着北一洺的头被炸掉吗？她能有什么办法？！

看热闹不嫌事大，用来说这些人再准确不过了！只不过是屏幕后头敲几个字的阴险键盘侠，却想让一个无辜的人以身犯险！

艾黎手足无措，呼吸都凝滞了。

她微微张嘴，冬夜里，冷风钻入她的口鼻，像是同一时间刺来无数把刀枪，将她刺得遍体鳞伤。然而心上的冷比她身上的更甚，冷得她魂魄出窍，神游体外。鬼神恐怖？比之人心，只少不多。

陈鹤川扳过艾黎的肩头，见她反应迟钝，粗粝的指腹轻轻抚摸她的脸颊，小声说道："如果是活生生的人质，警方自会出警行动。然而罪犯劫持的只是遗体的一部分，没道理让我活着的爱人去换一个死人。于公，我们会积极配合你的解救遗体行动；于私，这是我爱人，没人能碰她分毫。"

这话是对沈苍月说的，他说得在理，言之凿凿，铿锵顿挫。

沈苍月站不稳，心如死灰地跪到地上。

她咬紧牙关，说："那么，由我假扮艾小姐赴约，我会找化妆师仿妆，再戴上围巾眼镜，装作不想让媒体拍摄真容的样子迷惑刘烨。声音无法造假，至于与他交谈这些事情，请艾小姐竭尽全力帮我。"

话都说到这份上了，艾黎不好推辞。

她和沈苍月身高差不多，体型也没多大差别，穿上外套，变换发型，再仿妆，远远看去，也能骗人。

可是，这并不代表沈苍月毫无危险。为了一个死人，送上自己的命，值得吗？

她想这样问，话都到喉咙了，却喑哑无声。

艾黎没必要问清楚的，她不也是为了赵泽阳之死奔波，郁郁而生吗？

艾黎点了点头："你安排吧，但是我不会为了你涉险，我有爱的人，也有自己要做的事。"

她不是圣人，她很自私，会以自己的安危为主，少用道德绑架她。

活在这世上，能明哲保身都算不错了，如何救人？分明是泥菩萨过河，自身难保。

她没不同意，只是需要冷静一个晚上。

陈鹤川牵着她走了，这一路是走回家的。

沿途尽是霓虹灯，灯光璀璨，火树银花。冬天尚未过去，今年的冬季实在太长。

走了一段路，艾黎饿了，肚子咕噜噜叫了一声。

她羞窘，不敢凑近陈鹤川，怕他听到。

陈鹤川问："过了桥有个烧烤摊，带你吃点东西？"

艾黎不置可否，脸蛋发烫，问："你怎么知道有烧烤摊？"

"队里值班巡逻，夜深了，总会来吃几串当夜宵。"

她能想象出，陈鹤川和一众兄弟吃肉喝酒的样子。他酒量好，只是喝一杯就会红脖子。有人说，喝酒就脸红的人不容易醉，酒精都透过皮肤排出去了，不知真假。

不过印象里，陈鹤川似乎也醉过。

那也是个冬天，雪花仿佛在天上蓬勃生长，然后一团团落到地面，将青翠高山压成巍峨雪山，白得彻底。

陈鹤川警校毕业入职那天，喝了个烂醉如泥。

那时，艾黎还是大学生，日夜待在图书馆里孜孜不倦地攻读资料书。她不敢浪费丁点大学时光，要在毕业前考来许多与专业无关的证书，为以后的调查奠定基础。

艾黎的朋友不多，平时没人联系，手机也不静音。

就在这时，她接到了陈鹤川的电话。一阵动感铃声将鸦雀无声的读书环境打破，众人齐齐朝她飞了一记眼刀。

艾黎一面道歉，一面惊慌失措地跑出图书馆接电话。

她压低声音，问："有事吗？"

电话那头没声音，仿佛在恶意逗弄她。

艾黎心烦意乱，语气带了点不耐烦："我挂了……"

"你……"那边总算有了一点点窸窣的骚动，陈鹤川在脱衣服。

"什么？"

"我今天工作了。"

"嗯，我知道了。"艾黎知道，她的陈鹤川如今是人民警察。

"你不对我说一些祝福的话吗？"陈鹤川瓮声瓮气地问。

艾黎没出声，她对陈鹤川没好感，可以听出他喝了酒，现在是发酒疯给她打电话。

陈鹤川自言自语道："你小时候，喊我陈哥哥。你讨厌酒味，所以我没来见你。我想了想，你好像不只讨厌酒，还讨厌我，所以我更没理由见你了。"

"陈鹤川，你喝醉了。我挂电话了，你好好休息。"

陈鹤川没有纠缠，乖巧地"嗯"了一声。

艾黎放下手机，盯着屏幕默不作声，见那头并没有主动挂电话的意思，又咬牙接听，匆匆忙忙说了一句："恭喜你，成为警察。"

陈鹤川愣了一秒："呵。"

他发出宛若天籁的短促笑声，不知何意。

艾黎耳尖发烫，如火在燎，赶忙挂断电话。她将手机揣入兜里，行色匆匆躲进图书馆。她没有和陈鹤川重修旧好的意思，内心祈祷陈鹤川醒酒后会自动忘记这句祝福。

艾黎回过神来，陈鹤川正目不转睛地看着她。

夜里风很大，将她迷茫的情愫驱散，浓烈的寒意使她意识汇拢。

她小心翼翼地问："怎么了？"

陈鹤川把撒了芝麻的羊肉串递到她唇边："我的小姑娘，心里委屈吗？"

艾黎懒懒咬了一口，摇头，说："不委屈。"

"如果不开心了，难过了，就和我说。扑到我怀里，或者靠我肩膀都可以。毕竟，我整个人都是你的，你有支配我身体的权力。"

甜言蜜语，陈鹤川信手拈来。他说这些话时，总能将浪漫与暧昧揉捏得恰到好处，令人无半点反感。

"谁……谁想支配你。"艾黎总不服输，低低反驳一句。却不料，这样的话全无气势，听在耳里，像一只乳毛奓起的奶猫，一只手便能制服。

陈鹤川将手搭到她的发顶，宠溺地揉了一下，说："好，是我想被你支配。"

艾黎没话说，只能闷头吃肉，肚子逐渐被椰汁和羊肉串填饱。

食物真是好东西，能将一切负面情绪驱散，给予人新生。

只是被人盯着吃，有种不舒服的感觉。在陈鹤川眼中，仿佛她才是那盘中餐，待烹饪得恰到好处，他再慢慢享用。

果不其然，陈鹤川启唇，慢条斯理开口："既然你吃饱了，那是不是轮到我吃你了？"

"啊？"艾黎樱桃小嘴微张，还没来得及喘气，就被陈鹤川一吻封唇。

他待她算是极为怜惜了，只吮吸了一下唇瓣，浅尝辄止，并未有多深的接触，也没用多厉害的技巧撩拨。

他待她，珍之爱之，从亲吻便能看出来。情爱这事，向来溢于言表，流于眉目。

第二十三集

这夜，到家已经是凌晨。

曙光未现的都市，昏暗低迷，恶意滋生，教人惧怕。黑夜壮胆，犯罪也总在夜间，增加无穷无尽的阴暗面，不是好事。

艾黎只睡了四个小时，准备开灯下床，啪嗒一声按下按钮，屋里暖光骤然亮起，像是秋夜里用网捕捉的一袋萤火虫，满满当当，光线柔和优美，不晃人眼睛。

艾黎有种想将其放生的朦胧错觉，下意识关灯，屋内黑暗笼罩，伸手不见五指。

太黑了，她没看清路，一下子撞翻一杯放凉的水。

咚，清脆响动，刺激人的神经。

转眼，陈鹤川便从另一个房间冲了进来，开灯问她："怎么了？"

原来陈鹤川没回家啊……艾黎朦朦胧胧地想。

她揉了揉眼睛，哑着嗓子，有点奶气地说："睡不着。"

"要我陪你吗？"陈鹤川实在地问，话里话外不带轻佻，全无绮思。

艾黎踟蹰半会儿，头脑昏昏沉沉，脚下踉跄，跌坐床边，说："好。"

陈鹤川帮她掀开半边被褥，拍了拍晒过太阳的柔软床垫：“躺下，我陪你。”

这时候的艾黎乖巧懂事太多，和小时候一般，陈鹤川说什么，她就做什么。

她一骨碌翻进被窝，陈鹤川也坐到旁边，连被子带人一起搂到怀里，粗粝的指节抚摸她油光水滑的长发，像是照顾一只怜惜多年的猫儿，半点不想让对方受委屈。

艾黎耷拉着眼皮，要合不合，耳边是陈鹤川的呢喃细语：“你小时候看《午夜凶铃》，听到家里座机电话就怕，夜里非要来我房间待着，怎么赶都不肯走。”

艾黎尴尬地问：“有这么一回事？”

她只知道她怕陈鹤川，自小心底就滋生仇恨的种子，倒不知道自己也有这般稚气的一面，好像无忧无虑的孩子。

“当时我就在想，这是哪家的小姑娘，生在科学社会，偏信神佛。如今遇上我，遇神杀神，遇佛杀佛，我家的小孩，总归只能怕我，不能怕外家鬼神。”

陈鹤川这话是调侃，一细听，能隐隐约约感受到强烈的占有欲。

艾黎脑中晃过无数个瞬间，最后定格在某一画面——陈鹤川抱着她，从火光中走出来。烈火映亮他的双眼，却不能烧毁他的一身傲骨。他家的小孩，只能由他来守，由他来护，由他来爱。

“陈鹤川。”艾黎嗓音沙哑，轻飘飘唤了他一句，酥到嗓子眼里。

“嗯？”

“谢谢你。”

“呵。”陈鹤川笑了，短促一声，性感撩人，“谢什么，既然要报恩，倒不如以身相许。”

“……”艾黎想将这个男人从房间里赶出去。

“开个玩笑。”他又低低地笑，鼻尖碰上艾黎冰冷的额头，语带宠溺地哄，“我的小姑娘怎么这么不禁逗，一个玩笑都开不起吗？”

艾黎怕冷，像一只趋热的虫子，情不自禁地挨到陈鹤川身边。

陈鹤川是血气方刚的男人，身体燥热，当火炉取暖正好使。艾黎这样想着，嘴角噙笑，懒懒地赖着他，物尽其用。时间流沙一般溜走，岁月静好，本来要入睡了，哪知一个电话吵醒了她。她觑了一眼手机，是沈苍月的电话。

"接吗？"陈鹤川问，他的指头已经按在挂断键上，意思是劝她别管。

艾黎叹气："女人何苦为难女人，接吧。"

陈鹤川不放心，开了扩音，里头传来沈苍月的声音："艾小姐，深夜叨扰，实在抱歉。"

艾黎说："发生什么事了？"

"刘烨那里有新的动作，他有交换条件，如果没能达成，就约我们两天后见面，他带北一洺来，我则带你去……"

"带我是什么意思？"

"他……两个都不想放过。"

艾黎点开帖子，看最新消息，那是刘烨的留言，他说："你们是不是以为北一洺是个清清白白的人？你们是不是都为他的爱情故事感动？那样卑鄙的人，怎么到死还有人护着他，守着他？我本来……不想做到这一步，不想他死后还被鞭尸。我本来已经忘记他了，有了婚姻，有了新的人生，可到头来，全被毁了。这都是你们逼我的，那我就把全部的故事赤裸裸暴露出来吧，看看他卑鄙的嘴脸。艾小姐，如果你不想死，两天内，请挖出我的秘密。否则的话，你就带沈苍月来，我成全他们的美满爱情。"

艾黎神经紧绷，想挂电话。如果挖不出秘密就得赴死吗？抱歉，她还不是圣母，她不想死，这次她是真的帮不了沈苍月了。

她深吸一口气，镇定地说："我陪你挖秘密，但是两天后，不能成功的话，我也不会牺牲自己，陪你送死。"

"艾小姐，谢谢你。"

“不必谢，我只是为了保命。”

挂断电话，陈鹤川问：“为什么帮她？”

“无聊。”艾黎说。

“只是无聊？”

“我查赵泽阳的时候，有你帮我。就当是同情她，我只帮这一次。”

陈鹤川嗤笑：“我的小姑娘还真是好心。”

“不应该吗？”

“应该。只是你得答应我一件事。”

“什么？”

“一旦有危险，我要你不顾后果，全身而退。”

艾黎迟疑一秒，抬起头，与他对视。

陈鹤川目光坚毅，那点浓情蜜意尽数散去，一双冷峻的眼深不可测，那股子慑人的压迫感又袭来，他慢条斯理地说：“我已经失去我爸，不能再失去你。”

艾黎缓慢点头，艰涩地说了一个“好”。

陈鹤川向来这样，无比固执，认定了便不会变。

刘烨的遥远故事在如今已经不容易找到，非得陈鹤川动用点警局力量，调查他的档案。

他本人没扯上过什么刑事案件纠纷，各种资料东拼西凑，理出了一点线索：他的姑姑被人凶残杀害，而唯一目击证人便是北一洺，还留有证词在档案里。

大概是十几年前的事，刘烨的姑姑刘潮生是海外华侨。从前出国，花小钱躲在渡轮甲板底下的偷渡客不少。为了赚钱，刘潮生不得不背负养活全家的责任漂洋过海讨生活。艾黎对二十年前的偷渡客生活有所耳闻，那时候移民国遍地黑工，找不到工作的华人就要被外国警察抓住，遣送回国。纵然找到工作，也得呕心沥血帮老板工作，赚取低额月薪，避免流落街头。

再后来，黑工多了，偶尔花点钱能转正身份，成为三等移民，或是持有当地居留证的海外客。刘烨的姑姑总算不用偷偷摸摸的了，有了护照，出入自由，可以回国见父老乡亲。

她尝试让老板给她先生办家庭团聚的申请书，让先生也能出国工作。然而，她的先生拒绝了，说："国外工作那么苦，我才不出去。"

老板开玩笑，让她和国内先生离婚，在国外直接找个工友一起凑对过日子。海外基层工作的华侨都这样，每日起早贪黑踩缝纫机，没个伴侣，日子过不下去。她连自己的盼头都找不到了，还有什么动力继续工作呢？

谁都劝她这样做，其中不乏其他车间的工友，他们都想追求年轻貌美的刘潮生。然而，她忘不了国内的先生，那是她年少时一见钟情，苦苦倒追许久才嫁了的人。自由恋爱是奢侈的，她好不容易得到了，又怎会放弃？

她想了想，自己已经够苦了，何必再让爱人吃一遍这种苦？

又过了一年，国内亲朋好友流传出了一个说法：刘潮生的先生偷腥了，拿着老婆辛苦工作寄回去的钱养情人。

这下可好了，她在国外洁身自好，国内的心上人早就暗度陈仓找了个相好的。

刘潮生坐不住了，买了张飞机票连夜飞回国。为了省钱，她买的是转机机票，可以省下一大笔。她和她先生两个月前在电话里都说好了，老家房子倒塌，分了地，可以拿钱盖一栋水泥房，按照她的心意装修。

这一切都是骗人的？只是一个梦？

谁知道，刘潮生一回国便死在了国内，再不能返回欧洲。

那一年，刘烨年龄不大，高三生，即将高考。他妈妈早逝，小时候跟过姑姑两年，姑姑非亲母却胜似亲母。他印象里对貌美如花的刘潮生很有好感，时隔多年，仍有印象。她说话细声细气，向来喜欢听别人意见，不爱与人作对，和她相处格外舒适。刘烨甚至想过，未来找妻子，也得找姑姑那一类温柔坚韧的女人。

他听说刘潮生回国的消息，熬到周末住校生回家的时期，立马赶了回去，刚到家门口，里面传来凄凄切切的哭丧声，迎接他的不是记忆中柔美慈祥的长辈，而是一具僵化冷硬的尸体。

这是一起杀人案，警方初步判断，是歹徒听闻华侨钱多，而且刚刚归国的消息，入室偷窃时，错手误杀刘潮生。

刘潮生的先生和他的情妇嫌疑最重，他们两人具有杀人动机。可是刘潮生的先生在案发时间有朋友以及路人做证，一直在大排档里喝酒吃肉，没有作案时间。而他的情妇却洗脱不了嫌疑，纵使后半夜两人自称夜里在外欢好，能彼此做证，可她依旧拥有作案时间。直到北一洺出现，他那天夜里在刘潮生所在租房正前方的KTV里整理啤酒瓶，清晰看到凶手逃出楼房，没瞧清正脸，只知道是个男人。他和那情妇非亲非故，没有帮人隐瞒的必要，更不会做伪证。

既然凶手是个男人，那就说明此案非情妇所为。

这一起他杀案，或许真的是个意外，是刘潮生时运不好。

案件没什么进展，仍在调查，却就此搁浅。

只是，刘烨不信邪，他认为北一洺在撒谎，一定是姑父的情妇杀人。

如果北一洺没说谎，讲出真相，情妇就能被绳之以法。

刘烨曾找过北一洺的麻烦，后被警方警告，禁止他接近北一洺，对其身心造成威胁，否则就得把他送入少年托管所教导。

他不能放弃自己的学业，对于刘潮生的愧疚感日益加深加重，发酵成对北一洺这个人的无限恶意与恨意。

说来奇怪，他不去恨姑父情妇，却将矛头统统指向北一洺，认定是对方干扰了自己挖出真相。

或许这也是一种叛逆的思想，他认为北一洺的能力与年龄跟他不相上下，却能影响他的人生，这种不平等的落差感让他极度崩溃，必须打破。

有因有果的故事，最终酿成了人间惨剧。

刘烨恨北一洺，恨他的一切，是全无杂质、全无理由的纯粹恨意，不需任何原因，这就是人心与人性。

艾黎也说不清楚自己的分析究竟对还是不对，她看着档案，想这么多又有什么用？

她能确定北一洺一定在撒谎吗？她又没有证据。

十年前都查不出的案子，现在就能有线索吗？要知道，时间能冲淡一切痕迹。

多少犯罪案件与爱有关呢？爱真是玄妙之物，能教人生，教人死。

刘烨要的秘密就是这个吗？艾黎将这个故事以及推论发布到网上，到了傍晚，日头变红，金光万丈，才有人回复："查得不错，艾小姐。可惜我的秘密不止这些，我希望你能继续挖下去。"

艾黎忍不住问："挖什么？"

刘烨气定神闲地说："别问我，查到我要你停下为止。"

艾黎："你是在刻意为难我？刘烨，任何人都有苦处，求人也各有求法。你如果想我帮你，你就好好拜托我；如果不想，就别装作这副走投无路乞人怜惜的狗样，恶心。说句实话，北一洺的遗体和我又有什么关系呢？你爱怎么处理就怎么处理，不能搭上我这条命。"

那头沉默了一会儿，突然说："你去查一查我姑父的情妇，我想知道她和北一洺所有的事，我觉得没那么简单。"

艾黎长吁一口气，颓然坐回沙发。她像是一个深陷泥潭的可怜人，被柔软的沙发坐垫包裹，捂得严严实实。

她好怕，怕刘烨突然发飙，炸毁遗体。

幸好，对方是有事相求，并非无理取闹。

艾黎联系沈苍月，问："北一洺高中的事情，你知道多少？"

沈苍月也时刻关注帖子情况，看了那些事情，她哑口无言，无奈地摇头，说："我对北一洺的家事并不了解，平时接触都在学校。直到上大学，我们才有了更多的接触。所以他高三究竟发生过什么事情，以及他的家庭情况，我都不是很了解。我只知道他家境不太好，从小和外婆一起生活。”

想想也是，北一洺那种自尊心极强的高才生，想必连课后在KTV做兼职都不会告诉沈苍月，更别提被警察传讯问话了。

这一年的冬天格外漫长，不知过了多久，气温终于回升。凌晨第一缕曙光降临大地，只有隐隐约约的雾霭与白霜覆盖枝丫，伪装成严冬的皑皑大雪，与早春争宠。

艾黎正坐车前往北一洺和他外婆住过的筒子楼。早时他家没什么来往的亲戚，人穷了，人情世故也会随之少上几分，算是为数不多的好处。事情过去多年，房东还在，里里外外都问上几句，对于收过租钱的房客，总比别人熟上几分。人对有过金钱交易的人印象都比较深刻，这是天性。

说起来，艾黎连大学室友欠了她八块钱这种琐碎事都记得一清二楚。

出租车里气氛沉闷，车道宽敞，路灯昏暗。

陈鹤川一只手揽住艾黎的细腰，轻轻将她按到怀里，另一只手压住她的头，让她的头贴着他滚烫的胸口，说：“睡一会儿。”

艾黎离陈鹤川很近，耳郭听到他隆隆心跳，心里似有岩浆从火山口喷发而出。

他不只这样说说，也行动起来了。他将纤长的手指覆盖在艾黎的眼睑之上，挡住她所有的视线，催她入睡，像是哄自己教养长大的孩子，熟悉对方所有秉性，带着浑然天成的宠溺与纵容，任由她撒野。

许是气氛温馨，一切情绪都来得恰到好处。

陈鹤川想说的话，犹如忽来山雨，润物细无声，融入了这暗沉的车内。他贴着艾黎的耳郭，呢喃道：“问你一个问题，如果明天你就会死，那你选择继续查案，还是和我一起度过？”

艾黎丈二和尚摸不着头脑，疑惑地看了陈鹤川一眼。

她从不杞人忧天，只想当下，不顾未来。

如果老天真的给她定了这一条路，她或许也能任性地选择爱情。

艾黎勉强从喉咙里挤出一句话："可能，会和你过。"

陈鹤川压制住声音，低低地笑。听到这句话，他很愉悦，情不自禁地吻了吻艾黎的鬓角，宠溺道："为什么？是因为喜欢我吗？"

"没有。"

"啧，我的小姑娘这么爱骗人吗？"

"说了没有。"

"就当你没有，我知道你脸皮薄。"

"是真的没有！"

"看在你这么喜欢我的分上，真有那么一天，我允许你对我做任何爱做的事，可以为所欲为。"

"陈鹤川！"

"嗯？"

"你不要脸……"

"呵。我如果要脸，怎么娶你当太太？"

艾黎耳后升温，像个叛逆期的不良少女，反抗道："谁是你太太？！"

陈鹤川的笑容温和，他忽然靠近，一点点吻艾黎的耳垂，撩得她心猿意马，一寸寸蚕食她的心。他温声细语，对她说："在船上，你可不是这样和我说的。"

他说的是渡轮，偏偏艾黎听错，听成了"床上"。

一字之差，内里深意天差地别。

她几乎要被他话里话外的含义撩死，此刻进退两难，想躲不能躲。

艾黎哪有这种羞窘的时候，又羞又气，对他道："陈鹤川，别过分，这是在外面……"

陈鹤川所剩无几的良知在召唤，他收回压制小白兔的魔爪，慢条斯理地说道："那好，我们的家事，就回家再说。"

语态亲密，小两口吵架，打是亲，骂是爱，打情骂俏才相爱。

一路儿女情长，打打闹闹，陈鹤川是有意分散她的注意力，让她别去想那些沮丧的事。

北一洺住的那条街是老街，靠近车道的房屋全都改头换面，装修成白墙黑瓦，焕然一新。唯独巷内里的几栋筒子楼，被违章搭建的店棚遮挡，瞧不到破败的角落，可谓金玉其外，败絮其中。

这里的水沟许久没疏通，弥漫着一股呛鼻的腐臭味。抬脚踏入筒子楼，铁门没上锁，被风吹得砰砰砸墙，听起来有些凄凉。

艾黎想随意敲一户人家的门，迎面就和一名抱着牛皮纸袋的老师撞上。知道她是老师，只因纸袋上写着班级名，里面鼓鼓囊囊，估计塞的是试卷。

艾黎拦住她的去路："你好，可以问你一些事吗？"

老师眼中闪过一丝慌乱，很显然，她的性格偏怯弱，不合适与强势的陌生人交谈。她怯怯地问："你有什么事吗？"

"你住在这里多久了？"

"我和我父母住在这里十多年了。"

陈鹤川出示北一洺的照片，问："见过他吗？"

"北一洺？"老师惊呼一声，看到了熟人，所以感到惊讶。

艾黎知道这一趟来对了，和陈鹤川对视，交换了一个彼此心知肚明的眼神，领她到偏僻的暗处去："我们有点事情想请你帮忙，方便详谈吗？这是我的名片。"

老师接过那张纸，月牙儿似的白润指甲掐住卡片边缘，有些犹豫，似乎生怕和古怪的艾黎扯上关系。她推了推眼镜，警惕地问："你们是谁？"

陈鹤川出示刑事警察证件，博得了她的信任。

一番自我介绍后，得知了老师的名字，她叫姜瑛，是北一洺的高中同学。

巧了。

得等到姜瑛下课才能详细谈话，他们约了见面地点，是清河旁边的一家隐秘会所，营业时间长，可以慢慢聊。

姜瑛为浇灌学校的“小树苗”奋斗了一整天，见面时无精打采。她点了一杯橙汁，单手撑头，“奄奄一息”。如果不是艾黎提醒，她的头都险些磕到果汁杯。

艾黎问：“北一洺在高中时期，一直住那栋筒子楼里吗？”

姜瑛抿了抿唇，视线忽然下移，落在果汁杯上。她想了一会儿，说：“对，一直住在那里。”

“和他的外婆一起住？”

“嗯。”

“他外婆呢？现在是独居状态？”

“他外婆，几年前去世了……”

陈鹤川嗅到了一丝诡异气息，插嘴：“怎么去世的？”

“癌症。”

“老年病。”艾黎悲伤地说了一句。

两厢无话，大部分人在提到死亡时就会缄默不语。

“假设北一洺和他外婆住在一起，平时没有收入来源，他们是如何生活的？”陈鹤川没有艾黎这般多愁善感，他说话犀利，直戳重心，有点咄咄逼人的意思。

姜瑛摇摇头：“我也不知道，他外婆有养老金，每个月都能领上几百。虽拮据一点，简单生活还行，但如果要治病，恐怕不够。奇怪的是，他外婆每半年都会去医院检查、化疗，也有钱买药。可能他有亲戚背地里偷偷给他们寄钱吧？北一洺不会和朋友邻里多说自己的事情，人比较孤僻。”

艾黎眯起眼睛，突然问：“你说他很孤僻，不会和人说这些事情，对吗？”

“对。”

"那么，你是怎么知道的？"

姜瑛抬头，瞪大眼睛。她的惊慌失措与艾黎的沉着冷静形成了鲜明对比，越发突显她心里有鬼，做贼心虚。

"砰"的一声，装果汁的杯子翻倒，果汁洒了一地，溅到了姜瑛洁白的脚踝上，甜腻的果香充盈包厢。

她趁机逃跑，没走出两步，就被艾黎牢牢抓住手腕。

艾黎咬牙切齿地说："姜瑛，你说实话，好不好？北一洺死了，你要是知道有关他的事情，就告诉我，好吗？"

姜瑛的眼眶红润，唇瓣微颤，挤出几个字："他死了？"

"对，被人谋杀的。"

姜瑛垂眸，坐回位置。她的鞋尖踩上果汁，浸没在黄色的液体里也浑然不觉。

艾黎温声细语地哄她："和我说说你知道的事情，好吗？"

姜瑛点了点头，恍惚地说："我和北一洺是青梅竹马，我以为他长大后会成为我的男朋友。可是，他喜欢上了同班的女孩，骗了我。我真的很喜欢他，嘴上和朋友聊天，眼睛总注视他，目光也在他身上逗留。我想多了解他的事情，所以我知道他每个月都会和一个女人见面，对方会给他一个装钱的信封。不过，自从北一洺外婆生病去世以后，他和那个女人的联系就断了，再也没有见过面。"

陈鹤川眯起眼睛，生硬地重复："你说，有女人每个月给他钱？"

姜瑛迟疑道："对，是个女人，她长得很漂亮。我原先猜她是北一洺的妈妈，后来想想不对，北一洺的父母早在山区支教的时候遭遇泥石流，双双遇难了。那个人是谁呢？看着也不像北一洺的亲戚，如果是亲戚，会去他家拜访，哪里需要偷偷摸摸见面，给了钱就走。"

艾黎明白了，北一洺给外婆治病的钱，就是从这个女人手里拿的。

可是，为什么有人平白无故给北一洺钱呢？总不能是慈善家。

如果这个女人是刘潮生一案的嫌犯情妇的话，那她只需要给北一洺一次钱，包括封口费以及做伪证的钱，绝不会三番五次扯上关系。

姜瑛说了，那个女人和北一洺接触许久，维持了好几年，几乎每个月都会有这样一笔金钱交易。

如果她就是那个情妇，难道她一早就和北一洺私交甚密，并不是所谓的素不相识？

要是情妇真的和北一洺有关系，是熟人，那他的证词真实度就有待商榷，无法完全排除做伪证的嫌疑。

这一切，到底是怎么一回事？

艾黎蹙眉：“你还记得那个女人长什么样吗？”

姜瑛摇头：“抱歉，太久了，我不记得了。”

虽然了解的信息不多，但总算有所突破，至少知道北一洺背后，还有一个默默帮助他多年的女人。

无功不受禄，谁知道他们之间有什么交易呢？北一洺是个孝顺孩子，他所有的交易都是为了治外婆的病。为了心爱的亲人，难保不会做出一些违背伦理道德的事。

他是否在帮那个女人忙活什么见不得人的事呢？

多说无益，当务之急，就是找到那个女人。

第二十四集

那是一个漂亮的女人，可世界上漂亮女子那么多，倾国倾城者有，沉鱼落雁者有，光是容貌美艳这个标签完全不足以确定身份。妖冶美丽的容貌仿佛是恶女的普遍特征，所谓蛇蝎美人、红颜祸水也是由此而来。

艾黎要去找这个漂亮女人，并且确定她的身份，还有与北一洺之间的联系。

这头没进展，只能先进行下一步。

她找到刘烨家中长辈，询问刘烨姑父的事情。

然而，有人告诉她，刘烨姑父在刘潮生死后就跟妻子娘家断绝关系，带着情妇远走高飞。

艾黎心急如焚，问："那么，能告诉我一些有关他姑父情人的事情吗？"

提起这个人，刘烨家中长辈唾弃不已，摆了摆手说："造孽哦，你去问福德超市的老板吧，那女人以前在那里工作，其他的事，我们这些外人真的不知道。"

艾黎还想再追问，哪知门很快关上了。她吃了闭门羹，只能离开。

陈鹤川安慰她：“人对于不想说出口的事总守口如瓶，虽然很难凿开牙关，却从侧面反映出其中藏着秘密，是个好兆头。”

艾黎苦涩一笑：“如果是秘密，哪有那么容易知道。好比我有什么难以启齿的秘密，可能到死都不会说。”

陈鹤川似乎想到了什么，倏忽一笑：“那么，你对我说出了秘密，表示我这个人比你的命还重要吗？你死到临头都不肯说的事，却毫无顾虑地告诉了我。”

“我……”她哑口无言，一瞬间思绪翩跹。

陈鹤川这番话虽是歪理，却不无道理。

她明明那么厌恶他，最后，这个男人却成了她的命中珍宝。

缘分，孽缘，扯不断理还乱。算了，这一团乱麻也挺好的，艾黎粲然一笑。

“你笑什么？”陈鹤川问她。

艾黎嘀咕：“笑我也有今天。”

“嗯？今天？”

“因为今天，我很喜欢你。”这句稚气十足的话，艾黎脱口而出。

她急忙咳嗽，企图掩盖那句充满小女儿情态的话语。

哪知陈鹤川却不肯放过她。他揪住这个话柄，在唇齿间反复咀嚼多次，细细打磨后，反问她：“有多喜欢？”

“没喜欢……”艾黎觉得热，明明是凛冽冬天，那股燥热却直钻心肺，在四肢百骸蔓延，燎得她浑身上下没一处好地儿。她的脊背骨渗出了细细密密的热汗，针扎似的，如芒在背。

陈鹤川探出手指，轻轻捏住她的下颚，逼迫她抬头。明明是很强硬的动作，在他指腹一捏一揉间，竟变得格外温柔。

他的指尖有火在烧，烧到艾黎的肌肤上了，一寸寸焚烧着她的脸颊。

她的脸会很烫吗？会很红吗？

艾黎害怕她的情绪暴露在外，被陈鹤川知晓。

这个男人有读心术，向来瞒不过他的眼睛。

陈鹤川压低了嗓音，轻轻撩拨她，问：“告诉我，艾黎，你有多喜欢我？”

多喜欢他？

艾黎咬到了舌头，酸酸麻麻，还有点疼，似乎出了血。

她内心五味杂陈，总觉得不该讲，却急得眼眶发烫，有点眼泪，像是被欺负了。

陈鹤川人高马大，站在她面前，压迫感十足。他长年锻炼，蜂腰猿背，肌肉结实，稍紧一点的上衣就能勾勒出他流畅的肌肉线条，颇具男性魅力。

艾黎被这样的人困住，无路可退。陈鹤川不像是人，倒像是虎视眈眈盯着猎物的孤狼。

她抿了抿下唇，呼吸越发急促，口舌不能言，讲的话也紊乱，毫无逻辑可言。

她对他究竟有多喜欢呢？

入夜时分，艾黎昏昏沉沉入睡时，明知陈鹤川在一侧看着，想亲吻她。她暗自窃喜，满心欢喜，根本不想逃。这算是喜欢吗？

曙光来临，艾黎睁眼见的第一个人也是陈鹤川。他在厨房忙进忙出，围着围裙，给她煮蛋，制作三明治，热了牛奶。她没说讨厌，也没讲喜欢，嘴角却不自觉翘起。这算是喜欢吗？

好像都是情爱的征兆，只不过她捂住耳朵，蒙住眼睛，不敢承认罢了。

艾黎深吸一口气，小声，再小声，怕他听到，又怕他听不到，一字一句说：“我好像……喜欢上你了。”

陈鹤川满腔的侵占欲在顷刻间销声匿迹，他原以为还要再使些伎俩或者手段，哪知艾黎投诚投得这么快。

他松开手，释然一笑，不知在笑什么。

这种感觉……怎么说呢？

好比两个国家开战，两军交战，厮杀惨烈，互相征服。

陈鹤川亲自上阵，披金光战甲，持削铁如泥的长剑。他与亲兵兵临城下，正欲杀进城池，原以为敌军也是血气方刚的硬汉，得杀到两败俱伤才分胜负。谁知，敌方不按照常理出牌，瞬息之间，城门大开，跑出了个娇滴滴的小姑娘。她盛装出席，容貌倾城。

所谓红颜祸水，是有这个道理。

她朝陈鹤川袅袅娜娜走来，步步生莲。她明明手无寸铁，却在刹那间击中他的心脏，一击致命。

陈鹤川该防范，该退避的。可那时，他什么都顾不上，只想将天下拱手相送，做她裙下之臣。

艾黎大着胆子，问："那你喜欢我吗？"

陈鹤川似笑非笑："喜欢。"

"喜欢什么？"

他眯起眼睛，认真仔细地想——他喜欢她什么呢？

明明她接近他时，带着满腹算计与不为人知的目的。

明明她喜欢自作聪明，以为所有人都发现不了她心中的秘密与阴郁的真面目。

明明她不像是我见犹怜的白兔，也不是外冷内热的刺猬，没准靠近了，摸不着柔软肚皮，还会被她狠狠蜇上一下。

她都这样了，他还喜欢她什么呢？

许是感觉对了，觉得她有趣，想看她有什么能耐，想看她得逞时的狡黠模样，想看她心满意足地朝他笑。

他想知道的事很多，想见的风景也很多，恰好都跟艾黎有关。

这就是所谓的撞上了，每个节奏都一致，恰到好处。

陈鹤川呢喃一句："我说不清楚，可我知道，你只能是我的。"

他没在逗她，也没调戏她。

这话听起来，有点苦涩的味道。隔夜的苦丁茶，就是透着一股子类似这种话的味道，不舍得倒，又难以入口，特别矛盾。可她就是喜欢，喜欢留着隔夜的茶，等曙光来临，细嗅那点茶香。

艾黎偏偏就是喜欢听陈鹤川说话，她好像能懂，又好像不能懂。

她在情感表达上，总格外地笨。

想了很久，她回应陈鹤川一句：“那正好，我也想拥有你，我们两个各取所需。”

陈鹤川哑然失笑：“傻子。”

两人互诉衷肠，没有想象中惊天地泣鬼神的浪漫画面，就简单的一句话、一个眼神、一点举动，就互相了解了，明白了，就在一起了。

福德超市开了十几二十年，经历过实体店鼎盛时期，在网店盛行的今日也屹立不倒，着实有点手段。附近超市纷纷效仿，然而，无一有其门面火热。

做生意，看能力，也看时运，等闲没那个命。

艾黎去找店员询问了情妇的动向。

做生意第一点就是不给自己惹事，店里的小姑娘给老前辈使了个眼色，很快就将艾黎等人带到了茶水间。

没有那么多弯弯道道，超市老板亲自接待他们。老板姓钟，五六十岁并不老态龙钟，瞧着年轻，普通话也讲得好，想来年轻时走南闯北练过，嘴里含着五湖四海的话音儿，不带当地味道。

时间紧迫，该有的礼数规矩全省了，艾黎直截了当地问：“钟先生，您记得沈南峤吗？”

沈南峤是刘烨姑父的情人，名字好听，人也长得水灵动人，不是那等狐媚相貌的美人。

钟先生对她有印象，“哦”了一声，慢条斯理地答：“沈家丫头啊，记得呢。”

“她在你这里工作过，对吗？”

“沈家丫头可怜哦，她妈妈是我同学，患病去世了。半大的小姑娘，早早不读书，没个营生，来了我这里，我这店，总得有人搭把手，你说是不是？”

听他的言外之意，沈南峤和他何止是认识，还是老一辈就结缘的旧相识，问他没错。

艾黎问：“我听人说，沈南峤是外乡人，从没来过H城。按理说，你们应该没有交集，她是怎么知道您在这里开超市做生意，赶来投奔您的？”

“她妈妈死前是在H城医院治疗疾病的，我去看过几次。那时候，沈家丫头才十几岁的光景，孤零零一个人坐在病床旁边照顾她妈妈。我对她上了心，给了她联系方式，告诉她要是日后有困难就来找我。过了五六年，她来找我，想在这里扎根，要一份工作。我自然得帮她，就给她安排了一个店里的工作。”

“她是哪年来工作的？”

“好像是2003年冬天，那一年，我孙女出生了。前几年，沈家丫头突然不见了，也没和我打一声招呼，不知道现在去哪儿了。我原以为她把我当老父亲，总得和我讲一声才好。”

钟先生说这些事时，神情落寞，能从他言谈举止中看出，他是真心喜欢沈南峤，把她当亲女儿对待。

艾黎灵光一闪，脑中浮想联翩，突然有了某个猜测。

她问了沈南峤妈妈的名字，道别钟先生，匆匆赶往H城医院。

沈南峤跟她母亲姓，她母亲名叫沈安。

她生前住院，已经是二十多年前的事，如今物是人非事事休，想必没人会记得。

艾黎想赌一把，看看还有谁记得这个女人。

说来残忍，人在这个世上存在的痕迹就是被记住，一旦被遗忘了，就算是消失了。

她去医院问了一大圈，无功而返。

又不是童话故事，哪能查什么知道什么，这般顺利。

查不到沈安的事情，艾黎问了北一洺外婆的事情。

这里的护士医生是铁饭碗工作，一干就要三四十年，对于十几年前的事，还是有些印象的。特别是伶仃纤瘦的年轻人，长相颇好，眉清目秀，日日下课了，还带饭照顾外婆，画面颇为令人动容，大家都很照顾北一洺和他的家人。

艾黎随便问问，就有年长的护士帮着说话："一洺啊，我记得他，可怜孩子，那么小就要照顾外婆。"

"他外婆得了什么病？"

"心肌囊肿和子宫癌中期，心脏问题严重，只能化疗静养，撑个五六年，做不了手术。这孩子有孝心，来过医院好多次，问了化疗价格就走。那个年头，没什么减免，也没有政策能帮他，我们看着小伙子这样，心里也难受。不过还好，后来他得到了社会人的援助，有钱给外婆治病了，就每半年住院治疗一段时间，稳定病情。"

艾黎蹙眉，迟缓地问："社会人的援助？"

"是啊，他是这样和我们说的。年轻人很高兴，笑着说社会上还是好心人多，给他搞了募捐，有匿名的企业家一直给他捐钱。"

艾黎想到了那个面对面给他钱的女人，如果是指那个人的话，根本算不上匿名。

北一洺在撒谎，他编造了这个谎言，想在护士和医生面前蒙混过关。

是谁？谁在帮他？

艾黎的语气有点咄咄逼人，追问："麻烦您帮我想一想，是哪年的事好吗？"

护士长有些为难，绞尽脑汁想了许久，又掏出手机给儿子发了条短信。

五分钟后，短信有回复，她说："可能是2003年？我儿子那年考上了H城大学，那天来医院看我，正巧遇上一洺来给他外婆付住院费，聊过高考经验。"

2003年？

2003年沈南峤刚来H城，寻了一份工作扎根此地，转头北一洺也有大笔的钱给外婆治病。

也是从那一年开始，北一洺与陌生女人有金钱交易。

这个背地里默默帮助北一洺的美丽女人，就是沈南峤吗？

是她吗？他们两个有什么关系吗？

为什么呢？她为什么要帮他？

那一年，究竟还发生了什么事情？

艾黎咬紧了下唇，决定去一趟警局的档案室，寻找2003年所有H城的大事。

除此之外，一定还有什么线索，是她不经意间遗漏的，抑或是她从未发现的。

艾黎的心急如焚，陈鹤川全看在眼里。

他微抬眸，眸光一暗，意味不明："别太陷进去了。"

艾黎闻言，呼吸一滞。

陷进去？

她回忆了一下，好像是这样的。白日里，二十四小时，她的人生只围着父亲的案子转，她的一生都在为一个死人而活，何其讽刺。

还连累到他了啊……

艾黎抿了抿唇，说："陈哥哥呢？不也陷进去了吗？"

他明明也在陪她一起查案子……

陈鹤川似笑非笑地说："我啊，我明明是陷入你了。"

艾黎受到惊吓似的后退，瞪大一双水汪汪的杏眼，咬紧了下唇。

冬风凛冽，似乎应声而来，吹拂她鬓边碎发，携来陈鹤川身上若有若无的草木香，是桂花香吗？还是兰花香？有点薄荷味，又带点冰镇柠檬的味道。

她迷茫了，满心满眼都是陈鹤川。

晨间风鹤落梅川。晨曦将近，红顶白鹤顺风而来，羽翼覆绒，硬翅带风，轻盈落入梅雨时节的山川。

他的名字是这个意思吗？此前，她倒没往这方面深想，如今将这名字细细咀嚼，倒品出了几分从未有过的甜意。

艾黎的心剧烈搏动，呼吸也从和缓变得急促。她捂住口鼻，那点怦然心动的情绪便从耳里、眼里跑出来。

陈鹤川也太会撩了吧？！

她这样想着，小声嘀咕：“你对谁都会说甜言蜜语吗？这么熟练，信手拈来，好像练过一样。”

说完这些，艾黎反应过来，她好像从未过问过陈鹤川的情史。她认为陈鹤川从未谈过恋爱，理所应当。

并不是这样吧？

也就艾黎觉得陈鹤川很可怕，其他人未必这样认为！

就外表来看，陈鹤川不喜笑，不懂他的人略觉阴沉，但也难对他产生恶感。陈鹤川剑眉星目，眼窝颇深，不苟言笑的样子带了点儿禁欲狠戾的美感。他的皮囊是一等一地好，身体肌肉虽健硕，却被衣服包裹，瞧起来有些瘦，不显山不露水。

艾黎又看了一眼陈鹤川，默默在心底评价：除此之外啊，陈鹤川的皮肤也很好，色泽白润，偏英气女相，很勾人魂、摄人魄，撩得人腿根子发软，瞧见他就心猿意马。

该死，她怎么就被这厮给迷惑了呢？

当初艾黎讨厌陈鹤川，就是觉得他太霸道强势了，可别人不这么认为呀！

那么，会不会有很多女孩子爱慕陈鹤川？

不是常说，警队里也有警花什么的，他是不是和谁恋爱过？有一段不为人知的情史啊？

越这样想，艾黎越拈酸吃醋。

啧啧，她也有这天，会为了陈鹤川抓心挠肝。

她干咳一声，问：“陈鹤川，问你件事，你如实告诉我。”

陈鹤川从鼻腔里哼出一声，代表回应：“嗯？”

“你之前，有没有和谁谈过恋爱？”

“啊……你问这事儿？”他半天不答，装腔作势拖起了长音，搞得神秘兮兮。

艾黎有些憋闷：“不说拉倒。”

陈鹤川一笑，不置可否，刚说了一个字，艾黎就忍不住竖起耳朵听。

他说：“你们班的那个叶蓉语，记得吗？”

艾黎警惕地问：“就是我高中同桌？你和她熟吗？”

她回想了一下，陈鹤川来学校见老师的时候，叶蓉语跟着她从办公室门前路过，还顺口夸赞过陈鹤川皮相好。

艾黎吐槽，就余光一扫，也能看清脸啊？

叶蓉语脸颊通红，结结巴巴，说看了一眼，确实长得好。

艾黎嗤之以鼻。

难道就是那次，叶蓉语上了心，放学堵住陈鹤川，和他有了来往？

艾黎意淫了好多乱七八糟的恋爱故事，内心鄙视陈鹤川，就连那样的小姑娘也瞧得上？这厮不要脸！败类！饥不择食！

陈鹤川猜出她所思所想，憋笑憋得脸通红，道：“我还真不认识你们班的叶蓉语，我只知道她是你同桌，嘱咐老师多关照关照你们俩，毕竟你交个朋友不容易。”

艾黎松了一口气，又觉得尴尬。

这厮是不是有读心术啊？怎么什么都能猜到？

陈鹤川干咳一声，总算是进入了正题。

他的嗓音低哑，难得带了点青涩与不自然，像个十八岁的愣头少年，装酷说：“我之前没谈过恋爱，只和你谈过。所以，你算是我初恋，也是我最后一次恋爱。”

艾黎脸爆红，她情不自禁用手捂住耳垂，缓解那点燥热。

她鼓了鼓腮帮子，有许多话想说，却欲言又止。

陈鹤川这么纯情吗？居然从未谈过恋爱？她还以为……还以为他是经验丰富的老手，心里颇不服气呢！

这下公平了，彼此都是初恋，谁都不欠谁的。

嘚嘚，都是第一次恋爱，她日后也不会客气让步。

艾黎第一时间将案件进展告诉刘烨，对方想了很久，延缓了对北一洺遗体的处理，多给她几天时间，让她继续往下查。

辖区派出所提取陈年档案需要很多程序，陈鹤川让领导出面沟通，终于在最短的时间内得到了许可。他们顺利进入档案室，从积灰的老式木柜里一份份翻案卷。以前电子档案还未普及，警察审讯时更多是手写记录，能不能认清楚字还得看眼缘，特别是多年以前的事，笔迹有没有花掉都未可知。

要找的故事集中在2003年，他们找了一整天，得出一个结论：从前的H城还算太平，一年四季，凶杀案都没几起，居民朴实，相处和谐。

当然，这只是案件记录而已，谁知道阴暗角落里还发生过什么不为人知的事呢？

艾黎的注意力突然被一件老人意外落水的事故案卷所吸引，这位老人姓王，患有老年痴呆症，一个人坐轮椅看河，不经意间落水，等到路人去救，已一命呜呼。

目击者只有一个人，是年仅十几岁的北一洺。

这么巧吗？就他看到了？

艾黎自言自语："刘烨的姑父，是不是姓王？"

陈鹤川回头，盯着那个名字若有所思。五分钟后，他回答："这个老人是刘烨姑父的父亲，王洛山。我翻过他姑父的资料，对他的家庭人脉关系网有点了解。"

艾黎不说话了。她屏住呼吸，心脏猛地一震。

这么巧吗？北一洺不但看到杀死刘潮生的凶手逃跑，还目睹王洛山落水死亡？

是巧合，还是另有隐情？

她突然想去查一查有关王洛山的事情，那些不为人知的故事。

王洛山的个人资料，在这份案卷里都有写。他是制药工程师，不知发生了什么事，被药企辞退，自此待在家中含饴弄孙。后来患上了阿尔茨海默病，时常会违背家人意思，偷偷推轮椅出门，最后那次不幸落水，发生了意外。

艾黎好奇王洛山的过去，几经周折，找到了他生前的同事。对方姓赵，也是制药工程师，当初和王洛山共事过。

聊起王洛山，赵阿姨推了下老花镜，振振有词地说："我记得他。"

陈鹤川："您可以把知道的事情告诉我们吗？"

"他被药企辞退的事情，警官们应该都了解过吧？那时候，我们在研制一种新药。制作一种药，从实验室到投入市场，必须经过多年的检验，最后通过健康人体试验才能上市。我们花了大半辈子制作新药，精力全部投进去了，可最后一期人体的临床试验怎么都无法通过审核。人权为重，试药人不多，没什么人肯试药。就在最后关头，我们的药物在动物试验过程中出现了偶发性的副作用，导致动物死亡。这个概率很小，但确实谁都不知道新药进入动物体内会发生什么，即使理论上是可控的，现实试验也可能变得不可控。就因为这样一个小插曲，第一期人体试验的申请书被压下来了，领导怎么都不肯担这个风险，寻试药人进行临床试验。"

"所以呢？"

"那可是耗费我们十年青春的成果，谁都不想就这样搁浅。于是，王洛山和领导发生争吵，具体细节我不清楚，总之没几天，他就被辞退了。"

艾黎能理解那种郁郁不得志的心情，一时无言。

赵阿姨沉默半晌，突然说："于是，他做了一件很可怕的事。"

"很可怕的事？"陈鹤川警惕地问。

“我们药企隔壁是H城医院，我看到他趁没人注意，在门口掳走了一个女孩。他把她塞到车里，就这样带走了。我想……他是想自己培养一个试药人。王洛山这个人事业心很重，耗费他半生精力的研究没有结果，他死都不瞑目。所以，他想自己找人试药。请原谅我没有说出过这件事，也没打听过这事的后续。我有罪，我……也和王洛山一样，想知道新药在健康人体里究竟会有什么样的反应。那也是我一生的心血，无论如何都想有个结果。”

所以，情愿走上犯罪的道路，也要达到自己的目的吗？

就为了这样的事情，牵扯上一条人命？

艾黎恍惚了，哑口无言，胸口仿佛有磐石压着，怎样都顺不过气儿来。

那个女孩死了吗？她是谁呀？

艾黎迷迷瞪瞪地问：“那是哪年发生的事？”

“1997年，我记得很清楚！”

艾黎咬死了后槽牙，脸颊肌肉酸疼，紧绷着不叫出声。

她给超市老板发了一条短信，问：“请务必回答我，1997年，沈南峤的妈妈是不是在H城医院治病？当时，沈南峤是不是还在H城，还在医院？请您一定要想明白，告诉我！”

大概十几分钟后，手机有了回信：“沈南峤的妈妈于1997年春天入院治疗，死于1998年，我一直记得她的忌日。”

艾黎如释重负，好像一切都明白了，又好似全然不明白。

她想，故事到此，就有了第一个说法了。

大概是1997年的春天，鸟语花香，春花烂漫。

沈南峤陪她的母亲入院治疗，在这里待了整整一年，平时没事做，便四周游荡，正巧被附近药企的王洛山盯上。

王洛山的新药研发项目遇到瓶颈，无奈之下，陷入心魔，半路掳走沈南峤，逼迫她变成试药人。

最后临床试验有没有成功，我们两说。

沈南峤娇弱的样子，极有可能引起王洛山儿子的注意，从而引发他的怜悯之心，放走沈南峤。

沈南峤感恩戴德，对王洛山儿子，也就是刘烨的姑父心生好感，却对王洛山怀恨在心。

多年后，她重新回到H城，伺机报复。

就这样，机会来了。等到王洛山独自在河边的时候，她将他推下水，看他的口鼻被水灌满，逐渐被河水淹没。

沈南峤心生快慰，回头，却看到了角落里的北一洺。

啊呀，被看到了，总得封他的口啊。

于是，沈南峤决定帮助北一洺，给他好处。由此便引出了北一洺有钱给外婆看病一事，两边利益关系得到平衡。

许久之后，沈南峤没了心中噩梦，开始接近当年挚爱，也就是刘烨的姑父。

她爱他，已经到了病态的程度。

杀死一个是杀，两个也是杀，她决定铲除刘潮生，这个阻碍她和毕生挚爱在一起的女人。

故事又上演了一次，做伪证的对象还是北一洺。

这次，不知他提出的是什么条件，因为外婆已经患病去世，他不再那么需要钱。

或许是乞求沈南峤不要再多纠缠，或许是想和沈苍月过自己的日子，这些都不重要。

重要的是，他又帮她害人了，帮这个世间恶女。

她为了自己自私的爱，不断伤人害人，在世间苟延残喘，苟活人间。

这是艾黎暂时能想出的最完美的推测。

如今要做的事情，便是继续寻沈南峤的去向，把故事查个水落石出。

街道若是无树木楼房作为掩护，风便直袭人身，让人如坠冰窖。

风顺着空荡荡的路穿过，像是气息通过竖笛的细管，呜咽有声。艾黎的风衣被冬日的风吹得猎猎作响，刚汇聚的热量被寒冷席卷，又逐渐恢复冰冷。

那点刺骨寒意从四肢百骸侵袭而来，带走所有体温，让她浑身上下都冒着冷气，一抚动，皮肤就传来阵阵突兀的疼痛感。

艾黎对着双手掌心呵了一口气，搓了搓早已僵硬的五指。

陈鹤川见状，解开外套，披到她的身上。

男人的身体燥热似火，余温侵袭艾黎的肩头，稍微拢住了她的意识，让她回魂。

艾黎失态了，摸摸鼻子，尴尬道："我只是想到了一些事情。"

陈鹤川嘴角一勾，暧昧地说："有时间想事情，不如多想想我。"

"……"艾黎哑口无言。

"世界这么大，你得习惯人心似鬼神。"

陈鹤川不愧是她肚里的蛔虫，她心中随意一点思虑都被猜得一清二楚。

艾黎的确是怕，查的事情越多，越觉得人心险恶。人性黑暗面看得越多，越觉得世事无常。

她能怎么办呢？

如果能捂住耳朵、闭上眼睛、蒙住口鼻，与世界隔绝就好了。

艾黎心神恍惚，被陈鹤川敲了一记栗暴后才回神。

她捂住额头，呆愣愣地望着陈鹤川，想嘟囔什么，刚启唇，又哑巴了。

陈鹤川觉得好笑，嘴角微微上翘，饶有兴致地道："你怎么傻乎乎地看着我？哦，知道了，是故意装傻卖萌，勾引我吗？"

艾黎倒吸一口冷气，咬得后槽牙泛酸："就发了一下呆，这怎么就算勾引了？"

陈鹤川蛮不讲理的功力十足，他弯腰，凑近艾黎。

凝视许久，他缓缓将唇贴上艾黎的，浅浅吮吸一口，说："我的小姑娘，无时无刻不在勾引我。”

流氓！过分了！

艾黎捂住嘴，疯狂后退好几步。

她用手背擦拭嘴唇，想离陈鹤川远远的。他哪能随意发难啊，这还在街上！艾黎的脸颊既烫又红，眼底雾气弥漫，有点儿委屈，还有点儿雀跃。

不能让陈鹤川瞧出来，不能让他沾沾自喜！

于是，艾黎挺直了脊背，强装正常，大步流星朝前走去。

这点小姑娘伎俩，不用看，陈鹤川都能猜出个十成十。

只有在这种时候，艾黎才像个不谙世事的小妮子，等着他宠爱，指望他罩着。

陈鹤川眯起眼睛，看着不远处的艾黎，深思许久。

小傻子，这招叫欲迎还拒，更能勾起男人的征服欲，到底懂不懂？

算了，她肯定不懂。

这样羞怯的样子更加撩人了。陈鹤川叹气。

沈南峤的事情挖了个七七八八，大致的推理也符合证据与逻辑，应该没有特殊反转。当务之急，就是找到这个人间恶女。

陈鹤川要申请一些调查许可，正好空着的这几天，可以让艾黎调理一下身体。

查案子，每日每夜奔波，饱一顿饥一顿，身子骨吃不消，再折腾几天，恐怕会搞垮自己。

陈鹤川瞧在眼里，心疼不已，嘴上虽没明说，实质上却做了不少事情。

夜里，厨房点了一盏豆大黄灯。

煤气灶上炖着农家酿的红酒糖水，汤汤水水升温快，没一会儿便沸腾了，咕咚咕咚冒泡，升起热气。

陈鹤川往里头加了补气的枸杞，以及西洋参与红枣一类补品，还加了两个蛋。熬到药材发软，他关火，将甜汤倒入冰镇过的白瓷碗里降温，端给艾黎。

“贫血体虚的人多喝一点补血的甜汤。”陈鹤川难得苦口婆心地劝。

艾黎闻到味道便皱起眉头，说：“有枸杞，味重，不喝。”

陈鹤川拿她没办法，宠溺道：“那我把枸杞全部挑出来，你就喝汤，好吗？”

“能说不好吗？”

“说一句不好，就得亲我一下。”

“……”

还能这样？！

艾黎犹豫许久，不情不愿地点了点头。

陈鹤川微微一笑，低头，用勺子不疾不徐舀出红豆大小的枸杞。

艾黎娇气得紧，看他慢条斯理做事，又有点不好意思。

她这样，算不算恋爱中无理取闹的女人啊？

艾黎摸了摸薄凉的鼻尖，想为自己辩解几句：“其实我也不是那么挑剔的人，就是……就是枸杞的味道真的很臭。”

陈鹤川哑然失笑，她平时不是挺能耐的吗，怎么这时候这般孩子气，还会低声下气给他解释？

他说：“我知道，你不用解释。”

艾黎松了一口气。

“你只是想刁难我。”

“……”她才不是这个意思！

见艾黎又要发作，陈鹤川轻笑出声：“行了，艾黎大小姐，现在总该喝汤了吧？”

他总这样巧舌如簧，说得她无法招架。

艾黎鼓了一下腮帮子，无法，老老实实喝甜汤。

“多喝点，养好了身体，才能给我……”

“噗！”

艾黎喷出甜汤，吓了一跳，舌头打结。

他不会是说生孩子吧？！

陈鹤川“啧啧”两声，鄙夷道：“你是不是想歪了？”

“啊？”艾黎做贼心虚地喊了一声，又不敢较真。

“我说，你养好了身体，才能给我继续查案。我这种事业心重的人，说出的话自然是围绕工作的。哪像你，是不是整日整夜胡思乱想？啧，满脑子尽是龌龊思想！”

“……”我才不龌龊！

艾黎咬牙切齿，在心底反驳。

她是说不过陈鹤川的，既然说不过，不如不说，她愤愤然喝汤，化悲愤为食欲，喝他个三碗！

第二十五集

隔天晚上，艾黎再次联系了钟先生，询问沈南峤不告而别后留下的物件。

钟先生很看重沈南峤，把她当亲女看待，自然有保存。他还想着，有朝一日，这丫头会良心发现，回来看她。钟先生待沈南峤这么亲昵，或许其中还有她母亲的缘故，不过那已经是很多年前的故事了。艾黎虽敏锐，好奇心却不重，不想打听。

陈鹤川将沈南峤那一箱积灰的物件放入后备厢，刚要关上车门，远远见艾黎朝他招手。

艾黎今天穿了一件灰色风衣，天色暗，灰色深，路灯一照，还反光，瞧着软而透亮，像一条油光水滑的缎子，让人忍不住想抱抱。

小姑娘香香软软，抱了就不想撒手。

陈鹤川微微垂眸，这般想着，凑近艾黎时就忍不住这样做。

四周寂静无人，连路灯都知羞，颜色昏黄，瞧不出两人相拥而立的画面。

艾黎猝不及防被抱，小声“哎”了一下。

陈鹤川温暖的身体将她笼罩其中，像一件足够抵御寒风的大氅，毫无预兆将她裹入其中，结结实实保护着。

艾黎仰着头，避免被陈鹤川结实的胸口挡住口鼻。她的纤细手指一寸寸抚上男人刚硬的背脊骨，顺着那点突起的纹路，渐渐攀到对方的肩胛骨。

她搂住了他，从全身战栗到心安理得，仿佛他们本应如此亲近。她依赖陈鹤川绝非什么见不得人的事情，人总有脆弱的一面，该对最信任的人展示。

艾黎被男人体温烫得发慌，手心皆是汗水。她捏了捏无力的手掌，嘟囔一声："我看到有一家店卖冬日饮品，我请你吃红豆冰沙吧？"

陈鹤川瓮声瓮气地笑："倒不怕吃坏肚子？"

"就吃一回。"她小心翼翼地说，带了点儿讨好，话尾还有一丝丝不易察觉的撒娇的意味。

陈鹤川那双勾魂摄魄的凤眼避开了光源，看向暗处，眸色逐渐变深。他无奈地叹气，说了句"好"。

艾黎小孩子心性，生怕陈鹤川拒绝，牵着他的手，把他连拖带拽拉到咖啡店门口。

点了一大份红豆冰沙，红豆冰沙上还加了一块乳白色的生奶油。

艾黎用勺子铲起细碎冰沙，混着红豆喂到嘴里。即使店里有暖气，她还是被那口结结实实的冰块给冻了个哆嗦，浑身发颤。

陈鹤川将剩下的冰盘移到自己面前，制止她："别吃了。"

"再来一口。"艾黎乞求。

他勾唇，似笑非笑："还想吃？"

"想啊。"

"喊一句老公，就让你吃一口。"

"……"什么？！艾黎目瞪口呆，哑巴了。

陈鹤川坚持不懈地诱惑她："喊吗？"

他的手指纤长，捻住勺子的长柄一端，舀了满满一勺红豆冰沙。金属勺子底部光泽鲜亮，糊上一层黏稠的奶油，勾人食欲。

艾黎看着那勺子在她眼皮底下晃啊晃，看久了，不知怎的，她总觉得那白皙的指节与勺子凝结成了一块儿，连带着陈鹤川都变得秀色可餐，让她食指大动。

喊吗？

喊谁？

喊陈鹤川……老公？

艾黎呼吸一滞，愣愣抬头。她与陈鹤川对视上了，瞧见他眼底汹涌澎湃的情愫，有点头晕目眩。

陈鹤川的眼睛好看，双眼皮，眼线很深，有点内敛。那双凤眼的眸色很浓，映入灯光无数，犹如一片星火，璀璨生辉。

男人的视线专注，目光炙热，蹦出的零星焰火足以燎原。

艾黎感到口干舌燥，受这目光压迫，险些情不自禁从喉咙深处蹦出亲昵字眼。

“老……”她刚要出声，又慌里慌张吞回去，不能丢了女孩家脸面，不能这般不矜持。

艾黎不敢与陈鹤川对视，知他洞若观火，定晓自己心底所思。

若是被他瞧出来，这就很尴尬了。

陈鹤川一笑，将勺子递过去，淡淡道：“不逗你了，只许再吃两口，别贪心。”

“哎。”艾黎轻飘飘应了一句，心不在焉地含住冰沙，再次刺激得她浑身战栗。

这夜，少女心事悄然生长，不声不响间，已占据了艾黎整颗心脏。

她的通体细胞都在叫嚣一个名字——陈鹤川。

糟了，她这是中邪，中了他的蛊。

艾黎惊恐地捂住自己发烫的双颊，裹在安全感十足的棉被里，缓缓入睡。

睡饱了起床，他们开始翻找沈南峤的物件，没什么特殊的东西，如果有的话，按照沈南峤谨慎的性格，肯定会特地回来，收拾妥当。

艾黎只能从这些物件里寻找稍微有特征的事物，随意翻动两三分钟，她的目光落在了鱼深村的纪念品上，这是一枚木制的鱼骨牌，上面刻着她和情夫的名字缩写，想必那天一定有着愉快的回忆。

要去鱼深村看看吗？

他们不抱希望，就当观光旅游。

这么久过去了，鱼骨牌已成为鱼深村一大旅游特色，但凡是情侣都会将名字刻在上面，挂到包上，保佑感情顺利，出行平安。

阳光明媚，海面蔚蓝，波光粼粼。风吹海面，带来浓郁的咸腥味。

贩卖鱼骨牌的摊子旁边还有一家小店，艾黎进去一看，那是一家开了数年的小吃店，墙上挂了几百张观光旅游的游客照，皆是购买鱼骨牌的客人。

她存了心思，一心一意在上头寻沈南峤的踪迹。

不知是上天注定还是巧合，竟然真的有沈南峤与情夫的照片。

艾黎盯着那张略显模糊的相片，心生朦胧的情愫。

她探出手，抚摸这个女人的脸颊——对方果然如她想象的那般美，风华绝代。沈南峤微笑时，会露出标准的八颗牙齿，法令纹不明显，瞧着细皮嫩肉，还很年轻，一点都不显老。她应该是很注重外貌的，刘海有新剪的痕迹，唇瓣上的口红也涂抹得匀称规矩。

是不是快要找到你了？沈南峤。

艾黎注意到她比“V”时露出的腕表的牌子，这种经典单色老款腕表很特别，至今也每年会出怀旧版本，艾黎也有一块。这是LK家的腕表，欧洲某小众奢侈品牌，在国内旗舰店并不多，H城只有一家。

她似乎想到了什么，几乎是立刻赶往LK的品牌店。

奢侈品品牌店绝对不会暴露客户信息，这是对于客户的一种承诺。在陈鹤川的施压以及领导出面的情况下，对方终于不得不将沈南峤这名客户的信息告诉他们。

沈南峤今年还有在LK购买新品，有保留个人邮箱与手机号。

接下来的事情，就是警方需要处理的程序了。他们联系移动公司，让工作人员在号码实名登记系统里寻找沈南峤这个人，再监控她近期的通话信息，实行定位。

寻人的过程极其复杂，过了将近一个星期，警方才找到了失踪已久的沈南峤。

艾黎不想询问她真相，甚至害怕和这个女人见面。

刘烨自首，归还遗体。

沈苍月便不用多说了，她拿到了自己想得到的东西，便准备带着北一洺的骨灰盒离开H城。

之后要去哪里，她也不知道。

那么，沈苍月快乐吗？

艾黎想，她是快乐的。人生还那么长，她虽然没有什么求生欲，但也不至于寻短见。艾黎把北一洺还给她了，成全了她，她总该知足的。

此后，刘烨提出，要见沈南峤一面。

沈南峤和当年长得一样美，岁月没有带走她的美貌分毫。

艾黎站在审讯室的防弹玻璃后，静静听着她说的故事。那是多年前的事情了，活着的人还在继续生活，死了的人早已被世人遗忘，好像真相如何，恩恩怨怨，都不再重要了。

艾黎有一瞬的恍惚，好像自己也很痴傻，花上那么多的时间去寻找另外一个人的生前迹象。

沈南峤还在说话，她的声音动听，娓娓道来。

悲剧的全过程和艾黎猜的差不多，沈南峤被王洛山抓走试药，又被其儿子所救，随后复仇。

这里的爱恨纠葛撇下不谈，事情总算尘埃落定。

至于刘烨杀北一洺的动机，究竟是为财起意，还是蓄谋已久为亲人报仇，抑或是纯粹嫉妒北一洺这个人，谁都说不清楚。

可能几点都有，分别占了不同的分值，在那一瞬，他忍不住下了手，一念之差的事情。

艾黎有些唏嘘，不知说什么好。

接下来，就是继续调查她父亲一案了。

她要去找萧逸——白芷的秘密爱人，找到他，或许就能了解到白芷自杀的真相。

回家的路上，车辆稀疏，一路畅通无阻。临近黄昏，光线暗了不少。

艾黎打开车窗，将视线投向窗外。

这是一条海边公路，半轮红日落入海中，一片橙红，蓝橙相接，格外醒目。

艾黎不声不响，深吸一口气，再徐徐吐出，排遣心中烦闷。

见了这么多隐秘的人和事，了解了这么多禁忌的情和爱，她至今才知，这世界不是非黑即白。犯罪的地带，什么恶意都能悄然滋生，需要人去铲除罪孽。

她的纤细五指突然变得有力，可以拿捏山河；她的眼睛突然炯炯有神，可以分辨纷繁人间；她的话语突然铿锵有力，可以令冤屈昭雪。

一瞬之间，艾黎懂了陈鹤川为何选择这条路，又为何肯陪她走下去。

因为啊，在深不可测的泥潭里，还有无数的人，等待他们施以援手。既然此道无引路星，亦无太阳为灯，那他们便用此生献世，还众生一个清明人间。

艾黎睡着了，是陈鹤川喊醒她的。

她迷迷瞪瞪地睁眼，入目便是近在咫尺的陈鹤川。

艾黎吓了一跳，慢悠悠出声：“陈鹤川？”

对方嘴角噙笑：“我的车就这么好睡吗？还是说，有我在，所以格外安神？”

“……”哎呀，这让她怎么说呢？

艾黎腹诽自己怎么嘴这么笨，面对陈鹤川，吃了不少哑巴亏。

她是不会说话吗？明明不是，就是语到喉头，怎样都出不了口。可能是唇齿相绊，让她的千言万语全部止于舌尖，囫囵滚回腹中。

“不说话，就是默认。”

“陈哥哥今年成年了吧？怎么还能说出这么幼稚的话？”

陈鹤川笑道：“不是说，男人在他喜欢的女人面前都会变成小孩吗？你就当我是太喜欢你了。”

“……”艾黎又被他一连串的情话轰炸得透不过气儿来了。

她在陈鹤川看不见的角落，双手捧脸，缓解那份燥热。她的段数太低，遇到陈鹤川这种人，总是丢盔弃甲，落荒而逃。

——可不能这样了，艾黎你要振作，绝地反击，杀出一条生路。

艾黎干咳两声，主动出击：“陈鹤川，你作为我的男朋友，没有和我约过会，是不是特别不上道？”

他俩都是工作狂，一直以来忙事业，还真没为儿女情长特别留出空当。

陈鹤川似笑非笑：“怎么？现在想起来有我这个男朋友了？”

“一直都想着啊……哪有忘记过。”艾黎心虚。

“有我这种从小被你养成的男友，你该知足了，这可是量身定制的绝世好男友，不包退包换的那款。一旦谈了就得结婚，否则就是毁我一生。”

“……”艾黎目瞪口呆，陈鹤川还要不要脸啊？怎么说得他好像是被“渣妻”遗弃的小可怜一样？

何况，如果真的是为她量身定制，她也不想要这样霸道强硬的“狼狗”款啊。

现在网上是比较流行穿衣显瘦、脱衣有肉的“小狼狗”类型，可怎么看陈鹤川，他都比较像饿狼。

不对，说他饿狼是抬举他了，他分明就是衣冠禽兽，吃肉不吐骨头的那种。

艾黎又绞了绞手指，再怎样，她也不能把自己比喻成油光水滑的五花肉吧？

等一下，五花肉撒点孜然烤一烤，吃起来味道鲜美，还真的不用吐骨头。

艾黎突然有点饿了，肚子传出咕噜咕噜声。

她羞窘，捂住肚子，逗得陈鹤川轻笑，他挑眉，说道："约会何必挑明天，今晚我能不能请我的女朋友吃顿烤肉？"

这人是不是有读心术，怎么知道她想吃肉？他一下就戳穿她的心事了。

艾黎点了点头，没拒绝。

烤肉店位置偏僻，离家倒近。他们把车停到车库，直接步行过去。行至半路，天就下起淅淅沥沥的小雨，几欲打湿人发。

陈鹤川将艾黎揽入怀中，用外套罩住她的头顶，拖着她朝前狂奔。脚下溅起水花无数，沾湿了裤腿，瞧着略显狼狈。

幸好，烤肉店里有暖气，缓解了那份濡湿的潮意，让艾黎感到格外舒心满意。

这里不只有五花肉，还有牛百叶以及马肝一类，他们随意点了几样，陈鹤川从冰柜里拿出一瓶生啤，指尖一翻一挑，用筷子启开啤酒瓶盖，刺鼻的味道汹涌而出，弥漫开来。

陈鹤川倾着酒杯往里倒生啤，咕咚咕咚几声，白浪便涌上了杯沿。他自言自语："这样放低杯子浅浅倒一层，再兑入泡沫底下，将黄啤倒到杯子三分之二的分量，口感最好。"

他把啤酒递给艾黎，径自抿了一口桌上另外一杯酒。

艾黎不懂酒，随意小啜一口，专注于灶上的烤肉。

比起酒，她在吃肉上更有造诣。

陈鹤川开玩笑，说她暴殄天物。

艾黎傻乎乎一笑，当作回应。

灶子起火，烤肉时，油与火交缠，惨白的肉被火燎得呲呲几声，渐渐变焦变脆。将硬毛刷子蘸上香油，不疾不徐涂到五花肉上。火焰误以为那油是水，嗞嗞吐着火舌，将其卷入腹中。那点“水”自然灭不了火，火焰反倒越燃越烈。

火旺了，肉香便灵魂出窍，从肉里溢出，飘入人的口鼻里，勾得她食指大动。

艾黎切下一块肉，还没尝到味道，便已满口生津。她心急火燎去咬肉，舌尖被烫出了个燎泡，她顿时捂住嘴，泫然欲泣。

她太疼了，泪水一下子涌上眼眶。她想掉眼泪，有点委屈，又觉得过于矫情，哪能因为这种小事就哭。大风大浪走过来，她都咬紧了牙没落泪，却在阴沟里翻了船，太丢人了。

可能是气氛温馨，爱人在侧，浑身铠甲都卸了个一干二净，是以，艾黎才无所畏惧，心甘情愿暴露自己的弱点与软肋，完全放松，简单生活。

陈鹤川瞥她一眼，无奈摇头，叹了一口气。

哪有这样笨的姑娘，教他怎么办？

陈鹤川夹起一块肉，吹凉了，喂到她唇边：“张嘴。”

艾黎怯生生张嘴，舌尖还有点疼，眼眶湿漉漉的，像是受了天大的委屈。

瞧着有点心疼，陈鹤川放下筷子，将那肉放回了碗里。

“很疼吗？”他问。

“疼啊。”艾黎带点儿坏脾气，借机宣泄。

陈鹤川关了灶火，粗粝的手掌抵在矮桌上，撑起半个身子，朝艾黎倾去。

他突然伸出满是厚茧的拇指，轻轻捏住艾黎的下颚，以唇封唇，吻了上去。

艾黎瞪大眼睛，看着陈鹤川临时发难的动作，动弹不得。

四周突然寂静无声，时间仿佛中止了，岁月静好而缓慢。

艾黎的心脏跳动很快，随着她急促的呼吸，隆隆震耳。陈鹤川就在她的眼前，离她只有一寸，不，就一根眼睫毛的距离。她能感受到他呼出来的气息，说出来的甜言蜜语，以及柔软的唇瓣。

唇？

陈鹤川现在是……在吻她呀。

艾黎感到羞窘，害羞地闭上眼，感受陈鹤川细腻温柔的吻。

陈鹤川似乎想安抚她的伤口，让她别再落泪，亦别再难过。

怎么能哭呢？小姑娘家家，哪能动不动就哭，又不是三岁。

他越亲越觉得好笑，越想笑就越想亲。

是艾黎撩起的火，总该她负责灭吧？

艾黎挺直了脊背，如坐针毡。

她没想到会有这样一天，被陈鹤川按在怀里，就这样乖乖受他欺负。

陈鹤川一进攻，唇间纠缠的力度一大，她就无力抵抗，气都顺不过来，像是要窒息了一般。

哎呀，这该怎么办呢？

她后退，想逃避，躲开陈鹤川的吻，以及他炙热的怀抱。

可对方不容许她逃脱，霸道地扣住她的后脑勺，将她往他这边压……

是不是哪里不对呢？

艾黎摇摇欲坠的泪，终于在这一瞬间掉下来了。

陈鹤川及时松开她，放过这个可怜兮兮的小姑娘。

哪里知道，艾黎的舌头是不疼了，唇又火辣辣的了。

都怪陈鹤川，他是罪魁祸首！

艾黎气呼呼地喝甜茶，缓和嘴里酥麻的感觉。

陈鹤川自知理亏，干咳一声，将肉片剪成细小的肉块，推向艾黎的方向，对她道：“喂你烤肉，给你赔礼道歉，好不好？”

艾黎不爽：“千万别，你何罪之有？”

他笑：“是我不对，不该乘人之危，不该趁你不备，偷偷亲你。”

“……”艾黎瞪眼，轻拍了拍桌子，反了他了，还敢讲！

陈鹤川连连求饶：“好好好，我不说了。”

艾黎嘀咕：“还有，你这哪是偷亲，你分明是光明正大地亲啊。”

“那我下次偷偷亲，绝对不正面来，这样可好？”

“也不好。”

“哦，艾黎妹妹是想让我下半辈子一点荤腥都不沾？”

艾黎想到陈鹤川化身为无欲无求的和尚，心里只觉好笑。就陈鹤川那样，迟早破戒，他能憋到几时？

这般想着，她哧哧地笑，眉目弯弯，像一只偷腥的猫。

陈鹤川慢条斯理地问：“你这心里打了什么算盘，笑得这样精明？我是做了什么伤天害理的事情，用得着这般算计我？”

艾黎一噎，急忙摆手：“没有没有，你误会了。”

“我误会？误会什么？”

“我没想别的。”

“那除了别的，你想了什么？”

“……”让她怎么说？说她在想陈鹤川当和尚吗？

“算了。”陈鹤川才不跟这只小狐狸计较，要较真，较个千百年都较不过来。

艾黎松了一口气，遣散心头乱七八糟的想法，老老实实吃肉。

屋外的雨还未停，雨珠哗啦啦沿着透明的玻璃窗往下滚落。屋里暖，屋外寒，形成了温差，导致玻璃窗户雾蒙蒙一片。

她夹起烤肉，主动喂到陈鹤川的唇边。后者没有拒绝，勾唇将肉咬住，细嚼慢咽。

他逗她，不愧是她夹的肉，果然比寻常肉好吃。

艾黎翻了个白眼，说他撒谎成性，没半点正经。

陈鹤川本性如此，言语风流，看似吊儿郎当，却有一腔热血，对爱偏执。

一个假正经，一个假正直，两个都不是好人，能成一对也算是命中注定。

艾黎和陈鹤川成了恋人，还能坐在包厢里一起吃烤肉，谈笑风生。

这真是一件不可思议的事情，至少从前的艾黎没有想过。

她是什么时候喜欢上陈鹤川的？她好好去想，一时竟想不起来。

细雨绵绵，夜越发深了。

艾黎喝了酒，靠在陈鹤川怀里昏昏欲睡。

她好困啊，回想陈鹤川过往种种，既爱又恨。

爱他什么呢？

是陈鹤川有勇有谋，舍命救她？还是陈鹤川围上洁白的围裙，给她煮饭、热奶？抑或是陈鹤川护她成性，视她为命中唯一？

艾黎和陈鹤川一起长大，从小便深受他庇护。她没有父母，但从小便寄宿在陈鹤川的家中，没受过多少苦难。

本来她该颠沛流离，居无定所吧？本来她该受尽白眼，历尽千帆吧？本来她该被父亲的死所累，一生郁郁不得志吧？

是陈鹤川拯救了她，赐予她新生与未来。

她该谢他的。这样的恩情，是三言两语说不完的，是一生一世还不清的。

或许是夜深了，女儿家的情愫纷乱如麻。

艾黎突然想，就这样和陈鹤川待在一起，相处一辈子，好像也不赖。

她和陈鹤川的故事，还有千百页未曾续写的篇章。她要执笔，将这些故事一一书写在纸上，纪念她的一生。

这一生啊，必定是很好、很长，独属艾黎与陈鹤川的。

（上册完）